意地悪な彼と不器用な彼女

Hikari & Miki

響かほり

Kahori Hibiki

EB
エタニティ文庫

目次

意地悪な彼と不器用な彼女

「天《たかし》さん、もしよかったら今度、私の家族に会ってもらえる？」

デートの帰り道、私、東雲《しののめ》ひかりは、付き合ってもうすぐ一年になる恋人の井坂《いさか》天さんに尋ねた。けれどその瞬間、彼のにこやかだった表情が険しくなる。

「……それ、どういう意味で言ってる？」

彼のこんな不機嫌な顔を見たのも、私を突き離すような低い声を聞いたのも初めてで、驚いてしまう。

それに、言われた意味もよくわからない。思わず立ち止まり、そのまま先へ進む彼を見た。

「家族に会えとか、萎《な》える」

そう呟《つぶや》いて彼も脚を止め、私を振り返る。

冷ややかな笑顔の天さんは、今まで見てきた彼とは別人のよう。

五つ年上の彼は同じ部署の先輩で、私がここに配属されてからずっと傍《そば》で見てきたはずなのに。

天さんは、営業部で二年以上成績トップを維持する、やり手の営業マンだ。笑顔が素敵で、女性にも優しい。だから人気があって、綺麗な彼女が途切れることのない人だった。

入社してからずっと、私はそんな彼に憧《あこが》れと恋心を持っていた。だから、彼から告白された時はとても嬉しかった。

彼は忙しくてもまめに連絡をくれたし、デートにも誘ってくれる。喧嘩なんてしたこともなくて、二人で仲よく過ごしてきた。

だから、そろそろ親代わりの祖父母に彼氏ですって紹介したかっただけなのに。

「なんで俺がお前の家族に会わないといけないわけ？」

「付き合っている人を、家族に紹介するのがいけないの？」

「結婚したい女は、いつも似たようなことを言う。家族に会え、俺の親に会わせろ、って」

確かに、彼といつか結婚できたらいいとは思っていた。でも、まだそこまで深く考えてなんていなかったのに。

「お前もそうだろ。結婚しろって俺に圧力かけてくるんだからな」

「そんなことしてないし、言ってもいないじゃない」

「お前も他の女と同じでがっかりだわ」

全然話が通じない。私の言葉を最後まで聞かずに、どんどん話していく天さんを、なんだか怖いと思った。

「お前は文句も言わないし、いちいち詮索《せんさく》してこなくて楽だったけど、結婚するほどの女じゃねえよ。お前は、ただの遊び」

それは、私を好きじゃなかったってこと？

天さんはあざけるような笑みを浮かべて、言葉を吐き出し続ける。

「それに、お前よりいい女もいるし。いいタイミングだから、これっきりにしてくれ」

一方的にそう言い切り、天さんは私を置いていってしまった。

天さんに振られたことを理解できたのは、彼の後ろ姿が見えなくなってからだ。彼の豹変《ひょうへん》ぶりに、頭の中が真っ白になっていたらしい。

それからどうやって家に帰ったのかは覚えていない。

気付けば私は、自分の部屋のベッド端にしゃがみ込んで泣いていた。

振られたことよりも、彼の酷《ひど》い言葉の方がずっとショックだった。

家にいる祖父母に悟られないように、声を押し殺して泣き続ける。

彼にとって私は本気の相手じゃなくて、そして自分が彼に女として好かれていなかったことが、悲しくてたまらなかった。

「あー、目が腫《は》れてる……不細工だぁ」

朝、洗面所で見た自分の顔は酷《ひど》かった。二重瞼《ふたえまぶた》が腫《は》れて一重《ひとえ》になっている。目元も赤くて、泣いていたのが丸わかりだ。

もう二十五歳だというのに、こんなに子供みたいに大泣きするなんて……

振られたのは現実だと、自分の顔を見て改めて思う。けれど、泣いたお蔭で頭はすっきりしていた。

目を冷やしてどうにか瞼《まぶた》の腫《は》れを引かせてから、着替えをすませる。それから、朝の日課にとりかかった。

それは、仏間にある御仏壇に五供《ごくう》を供《そな》えること。

どんなに体調が悪くても、それをしなかった日はない。

今日の花は、庭でほころび始めた白いマーガレット。母が大好きだった花だ。

供《そな》える花は、朝起きて一番に庭で水やりをする祖父が、花壇から選んで摘《つ》んできてくれる。

ご飯とお水は祖母が。

私はそれを持って、御仏壇にお供《そな》えするのだ。

日常礼拝《らいはい》を終えた後、両親と弟の位牌《いはい》に挨拶《あいさつ》をする。

三人が亡《な》くなって十五年、私はこれを祖父母に倣《なら》って毎日欠かさず続けている。

今日は、昨日の夜に自分が振られたという残念なお知らせを三人に告げなくてはならない。

悲しい気持ちがなくなったわけじゃないけど、泣いて冷静になった今、あれだけはっきり言われたのだからすっぱり諦めようと思えた。

「今日も一日、頑張ってきます」

写真の中で笑っている三人にそう告げてリビングに向かえば、祖父がソファに腰をかけ、薬を飲むところだった。

「おじいちゃん、おはよう」

「あぁ、ひかりか。おはよう」

「どこか痛いの？　大丈夫？」

テーブルの上にあるのは、いつも飲んでいる薬とは違う頓服《とんぷく》の袋だ。慌てて顔を覗き込みながら尋ねれば、祖父は悪いことを見つけられた子供のように、バツが悪そうに笑った。

「少し頭痛がな」

「大丈夫？　病院行く？」

「平気だよ。大したことはないし、朝の血圧も問題ないからすぐ治るよ」

「……そう？　無理しないでね。続くようならすぐお医者さんで診《み》てもらってね」

「ひかりは心配症だなぁ。このジジイはそう簡単に病気に負けはせんぞ」

親指をぐっと立てて陽気に笑う祖父は、五年ほど前に軽い脳梗塞《のうこうそく》を起こしてからずっと薬を飲んでいる。でも、病院嫌いでギリギリまで我慢するから心配なのよね。

「ひかりがお嫁にいくのも見たいし、曾孫《ひまご》も見たいから、まだまだ元気でいるぞ」

その言葉に、すごく胸が痛くなる。

「どうした、ひかり」

「ごめんね、おじいちゃん。私、付き合ってた人と別れちゃったの。だから、まだお嫁にもいけないいんだ」

以前天さんとお付き合いをはじめたことを報告した時、祖父も祖母もとても喜んでくれた。

いつか彼に会えるのを楽しみにしていると言っていたのに……

結局、祖父母に会わせることもできないまま、私は振られてしまった。

とはいえ、態度を豹変《ひょうへん》させた天さんの二面性を知った今では、紹介しなかったことはむしろよかったのかもしれない。

ただ、祖父母には残念な報告になってしまったのが申し訳なくて、自然と俯《うつむ》いてしまう。

「そうか。それはそれで、ほっとしたよ」

「どうして？」

慰めではなく、本当にちょっと安心したような声で祖父が呟《つぶや》いたので、思わず顔を上げた。目が合うと、祖父が笑う。

「可愛い孫がお嫁にいったら、わしもばあさんもやっぱり淋しいからなぁ……複雑なジジイ心だな」

そう言って、細く節くれだった手で、私の頭を撫でた。

昔から、私が落ち込んだり、悲しいことがあったりした時、祖父はこうして頭を撫でてくれる。

「ひかりが幸せなら、それが一番だな」

「やだ、おじいちゃん男前」

笑ってそう告げると、祖父は嬉しそうに目を細めた。

「そうやって笑っていると、たくさん幸せが来る。今日はいいことがあるよ」

「そうだね。ありがとう、おじいちゃん」

話をしていると、小柄な祖母がやってきた。

「あらあら、楽しそうね。でも、ひかり。電車の時間は大丈夫？」

腕時計を見れば、既に家を出る時刻だった。

「電車に乗り遅れちゃう！」

慌てて立ちあがった私に、祖母がランチボックスの入ったバッグを渡してくれる。

「お弁当も忘れずにね」

「ありがとう、おばあちゃん」

「気をつけて行くんだぞ」

「はーい。おじいちゃんも、調子悪かったらすぐ病院行ってね。それじゃあ、行ってきます」

電車に乗り遅れないように、私は小走りで家を出た。


私が勤める会社は中小企業だけれど、うちでしか作れない特殊部品を製造販売しているので、大手メーカーと取引が多い。

お蔭さまで会社の業績もよくて、社名こそさほど有名ではないものの、大都市に子会社を四社も抱えている。

私はそんな会社の、本社の営業部に勤めている。主な仕事は事務業務だ。

ちなみに、昨日別れた天さん……じゃなくて井坂さんも同じ部署だ。

同じ会社の同じ部署だから、彼に振られた翌日でも、朝からどうしても顔を合わせることになる。出社した私に、彼はなにごともなかったかのように「おはよう」と挨拶《あいさつ》してきた。だから私も、同じくなにごともない感じで挨拶《あいさつ》を返した。

そうしたら、彼はなんだか嫌な顔をしてその場から立ち去った。

「……井坂さんと喧嘩でもしたんですか？」

たまたま資料を取りに来た一つ年下の立木未紀《たちきみき》君が、珍しく私的な話を振ってきた。

立木君は人の機微に敏感というか、目敏《めざと》い。そして何故か私には遠慮がなくて、あまり触れてほしくないところをピンポイントで突いてくる人だ。

「あー、別れたの。というか、振られちゃった」

暗くならないように笑顔で事実を告げれば、資料を受け取った立木君の手がピクリと動く。

「へえ、やっとですか。よく一年も続きましたね」

「立木君は、毒舌だよねー」

「ええ。俺、あの人嫌いなので」

淡々と立木君は答えた。彼は毎回、ストレートに井坂さんへの感情を口にする。

立木君と井坂さんはとても仲が悪い。犬猿《けんえん》の仲だと言えるだろう。

立木君がこの会社に入社した時、彼の指導担当になったのが井坂さんだった。けれど二人は反《そ》りが合わず、ことあるごとに言い争いをしていた。

井坂さんは仕事はとてもできるのだけれど、人を指導するのは苦手な人だった。そのせいで立木君はなかなか仕事を覚えることができず、二人の間には深い溝ができたのだ。

その険悪さは、私が立木君の指導役に代わるまで続いた。

今は立木君も井坂さんもお互い一定の距離を置いているので、あからさまに揉めることはなくなっている。

そんな二人の不仲を知りつつも、立木君が入社する前からずっと井坂さんが好きだった私は、一年前に彼に告白され、それを受け入れたのだ。それ以降、立木君の私への態度も酷《ひど》くそっけなくなっていた。

それはまあ、仕方ないと思っている。

「別れて正解ですよ。書類、ありがとうございました」

「あ、うん。どういたしまして」

立木君はそのまま、自分の席へ戻っていく。

その日のお昼には、私が井坂さんと別れたという話が、何故だか会社全体に広まっていた。

いくら小さいとはいえ、隣接する工場の人たちにまで伝わっているなんて、一体どういうことだろう。

別に隠すつもりもなかったけど、この広がり方は井坂さんが女性にもてるとはいえ、異常だと思う。

「噂の出所、わかったぞ。経理の河崎《かわさき》。井坂の新しい彼女」

営業部の情報通である二課の男性社員が、食堂で食事をしていた私たちのテーブルにやって来た。

日替わりランチののったトレイを机に置きながら、私と峰《みね》さん——職場で私の隣の席の、頼れる先輩女子社員だ——に教えてくれる。

ちなみに情報通の彼は、峰さんの旦那さん。旦那さんの方は、皆から孝正《たかまさ》さんと呼ばれている。

孝正さんは元々、私や峰さん、そして立木君と井坂さんと同じ、営業一課だった。でも昨年、二課に異動になっている。

孝正さんは始業して一時間で噂を聞き、仕事の合間に出所を調べてくれたらしい。流石《さすが》、営業部で成績二位の、やり手セールスマン。行動も、情報収集も早い。

「昨日の今日でもう彼女？」

「しかも口が軽い女って、井坂が一番嫌いなタイプだろ？」

「どこかのお嬢様で、社長と繋がりもあるらしいって噂の子よね、河崎さんって。それなら、出世狙いかも。井坂は新人の頃から出世欲が強かったもんね」

新しい彼女って、井坂さんが私よりもいい女って言っていた人かな……

経理の河崎さんは、私の一つ年上で、社内でも有名な美人さんだ。社長の知り合いのお嬢さんだという噂もある。実家は資産家とか、どこかの企業の社長の娘とか、いろいろな話を聞くけど、本当かどうかはわからない。

女性として確かに魅力的な人だなとは思うけど、もう付き合っているっていうのは、流石《さすが》に早い気がする。もしかして私、二股されてたとか？　そう考えると、嫌な気分になる。

「いくら温厚なひかりちゃんだって、ここは怒っていいところよ？　二股なら、井坂を一発くらい殴っても、みんな見逃してくれると思う」

峰さんに言われた。

「そうですね。今なら、頑張って叩ける気がします」

そう意気込み、胸の前でぐっと拳《こぶし》を握ってみる。

でも、人を叩いたことなんてないし、暴力的なことは無理かな……

怒ったりするのは苦手。けれど、二股されていたのならやっぱり許せない。叩くのは無理でも、一方的に言われっぱなしで振られた分も込めて、文句くらいなら言えるかも。

「え、そこ頑張るの？」

「そういうところ、ひかりちゃんらしくて好きよ。やる時は援護するからね」

「じゃあ、俺は奥さんの援護だな。任せろ」

峰さん夫婦が、揃って私に親指を立てて笑う。頼もしい支援に私も「お願いします」

と、同じように親指を立てて返事をした。

「私に気持ちがないってはっきりわかったので、私もきっぱり諦めて新しい恋が探せます」

「それがいい。東雲ならすぐ見つかる」

「うん。案外近くに出会いがあるかもしれないし」

「そうですね」

峰さん夫婦はにこやかにそう励ましてくれた。


それから数日、なんだか生温かい周囲の目があったけれど、特に突っ込まれることはなく過ぎていた。

井坂さんとも、仕事以外で話をすることはなくなった。でも、特にぎくしゃくすることもなく、普段通りのままだ。

時々、井坂さんと河崎さんが仲よさそうに一緒にいる姿を見かけて、その度に多少は胸がズキっとした。それでも、嫉妬《しっと》心は全く湧かなかった。

きっとそのうち、この胸の痛みも失恋の痕《あと》も、残さず綺麗に消えてなくなるんだろう。

そんなある日、就業中に私宛《あて》の外線が入った。

電話の相手は、祖父が通っている総合病院の看護師さんだ。祖父が診察待ちの間に激しい頭痛を訴え、今、意識を失って検査中だという。

一瞬頭の中が真っ白になった。

駄目だ。ちゃんと話を聞かないと。祖父のところに行かないと――

電話の向こうで、看護師さんが何か言っている。メモするためのペンは動いているのに、頭には残らない。

電話を切って、自分がメモした文字を目で追う。震えた字を何度見ても、何も頭に入ってこない。

「ひかりちゃん、大丈夫？　顔真っ青よ？」

「あ……峰さん……どうしよう、そ、祖父が、倒れて意識ないって……病院から」

「大変じゃない。課長に報告して……あ、課長！　ひかりちゃん早退します！」

「おぉ？　どうしたんだ。……って、おい東雲、大丈夫か？　すごい顔色だぞ。気分悪いのか？」

峰さんが隣で課長に事情を説明してくれている。

「東雲、早退届は後でいいから、早く病院行け。一人で行けるか？　タクシー呼ぶか？」

「はい、一人で……行けます。すみません、後お願いします」

なんとか最低限の仕事の引き継ぎをし、メモとバッグを持って椅子から立ち上がる。

歩きだそうとしたけれど脚に力が入らなくて、ガクガク震えながら膝が折れた。

「危ない」

そのまま膝をつきそうになった時、私の腕を誰かが掴んだ。

見上げれば、立木君だった。

「あ、ありがとう」

「落ち着いてください。貴女が動揺しても何も変わりませんよ」

私、動揺しているの？

立木君が私の手にあったメモに視線を向けた。

「つつじ谷《たに》総合病院？　そこなら今から行く営業先の途中にあるので、送っていきますよ。このまま一人で歩かせたら、タクシー拾う前に道路にフラフラ飛び出して、貴女が事故に遭いそうですし」

「そうだな……。立木、頼めるか」

「ええ、大丈夫です」

「それなら頼むよ」

「ではいきますよ、東雲先輩」

気付いた時には、立木君が運転する車の中だった。

手には缶のアイスココアを持っていて、助手席に座っている。

ココアは半分くらい減っていた。

そのココアの缶を見て、立木君が新人の頃に仕事で失敗した時に「甘いものを取って気持ちを落ち着けよう」とこれと同じものを渡したことを思い出した。その時の私は、彼が甘いものが苦手だとは知らなくて、立木君が何も言わずにものすごく苦々しい顔でそれを一気飲みしたのを、仕事の失敗がこたえてるのかな、なんて思いながら見ていたなあ……

「少し落ち着きましたか」

「……立木、君？」

隣を見れば、ちらりと視線だけを私に向けた立木君と目が合った。彼はすぐにまた、運転に集中する。

そっか、立木君が病院に送ってくれているんだった。

「さっきまで、俺が何を話しかけても『うん』しか言っていませんでしたよ」

「あ……ごめんね。迷惑をかけて」

「どうせなら、ありがとうの方がいいですけど」

「ありがとう」

「別に構いませんよ、ついでなので」

運転しながら、立木君は淡々と答える。

「御家族は、病院に向かっているんですか？」

「祖母が、祖父に付き添って病院に行ってたみたい。だから一緒にいるって」

そういえば、おばあちゃんは大丈夫だろうか。祖父が倒れるのを間近で見ていたはずだから、驚いて心臓の調子が悪くなっていないといいけど。

「御両親は？」

「うち、両親いないの。交通事故で、両親と弟が亡《な》くなったから」

「……すみません、立ち入ったことを」

「ううん、子供の頃のことだから、気にしないで」

「それじゃあ、おじい様が倒れたと聞いたら動揺しますよね」

「うん。自分でもびっくりするくらい、頭の中が真っ白になっちゃって……。部署の皆にも心配かけたよね。後で謝らないと」

「そうですね。でもとりあえず、今は自分のことだけ考えればいいですよ」

あれ、なんだか立木君が優しい言葉をくれるけど……どうしたんだろう。

「あの病院、俺の身内が勤めているんです。いい医者が揃ってるって言ってたんで、東雲先輩のおじい様もきっと大丈夫ですよ。それに貴女のおじい様なら、不死鳥のように蘇《よみがえ》りそうですし」

「流石《さすが》に蘇《よみがえ》るのは無理かなー」

でも、あれくらいの歳の人の中では、回復は早い方だと思うけどね。

「大事な人を悲しませるようなことはしないでしょう」

祖父のことをよく知らない立木君の言葉なのに、祖父のことを正しく言いあてていて、胸にすとんとその言葉が落ちてくる。

彼は気休めを言っただけなのかもしれない。けれど、祖父は大丈夫な気がしてきた。

「そうだよね。ありがとう……今日の立木君、優しいね」

急速に気持ちが落ち着いて、つい口が滑った。

一年近く膠着《こうちゃく》していた立木君の態度が、以前のものに近くなって、気が緩《ゆる》んだんだと思う。

「俺は気落ちしている人間の心を抉《えぐ》るほど、鬼でも悪魔でもありませんよ」

運転しながらずっと前を見ている立木君の横顔に、僅《わず》かに困ったような笑みが浮かんだ。

立木君が私の前で笑ったのを見たのは、一年ぶりくらいかも。

「うん、知ってる。立木君はもとから優しいよ。わかり辛いだけで」

そう答えたら、立木君が驚いた顔をして、直後難しい顔になる。

「そういう恥ずかしいことを、よく平気で言えますね」

「え？　そう？」

「でもまあ、それだけ軽口が言えれば大丈夫ですね」

赤信号で停車した車内で、立木君は私に顔を向け、少しだけ頬を緩《ゆる》める。

それから数分ほどで、病院に到着した。

「送ってくれてありがとう」

「大変だと思いますが、無理し過ぎないでください」

「うん。立木君も仕事頑張ってね」

立木君とは駐車場で別れ、メモを見つつ指示された場所に向かう。

辿《たど》り着いた先で看護師さんに声をかけると、祖父はまだ処置中で、もう少し時間がかかるという。

祖母は心臓が苦しいと言って、処置室で休んでいた。けれど、祖父の処置が終わる頃には落ち着き、起き上がれるようになった。

祖父は、脳の中の血管が切れて出血していたらしい。幸い切れた血管が細く、また、早く処置を施したので、大事には至らなかったそうだ。ちょうど病院へ来ていたことが、早い処置に繋がったとお医者さんから告げられた。

運が悪く出血が酷《ひど》かったり、処置が遅れたりしていれば、寝たきりになったり亡くなっていた可能性もあったと。

だから、不幸中の幸いだったらしい。

ただ、祖父は脳梗塞《のうこうそく》の既往歴《きおうれき》があって血が詰まりやすいので、血をサラサラにする薬を飲んでいる。出血を止めるには、その薬を止《や》める方がいいのだけれど、薬を止《や》めると血管が詰まる可能性が高く危険だという。そのため、薬の量を調節しながら経過を見ないといけないらしい。

難しいことを他にもたくさん言われたけれど、医療用語が多過ぎてよくわからない。とりあえず、祖父はしばらく入院し、ベッドで安静にしているようにとのことだった。

会社へ連絡して、祖父が安定するまで私は変則勤務することに決まった。祖父の見舞いと仕事を両立していけるよう、上司が会社に話をつけてくれたのだ。

◆◆◆

「東雲、これ、詳しい製品資料つけて、見積もりを今日の夕方までに作成して」

「え、ちょっと待ってください」

私の机の上に資料を置いてその場を去ろうとする井坂さんを呼びとめた。

煩《わずら》わしそうに、井坂さんが私に向き直る。

「なんだ？　俺は忙しい」

「急ぎでしたら、他の方にお願いして頂けませんか」

「はぁ？　お前今まで、俺の書類は全部作成してただろ。何言ってんだ」

確かに、彼と付き合っていたほぼ一年、彼から依頼される書類のほとんどを私が請け負ってきた。期限が極端に短い案件も多かったけれど、私が断ったことは一度もない。好きだったから、多少の無理もきいていたのだ。

もちろん他の人の書類も引き受けているし、彼だけを特別扱いしていたわけではない。ただ、その頃は普通の勤務体制だったので問題なくこなせていたことが、今は難しい。祖父の入院と、それにともなう祖母の体調不良への対応。そのため出勤時刻を遅らせたり早退したりと、勤務時間が短くなっている。これまでのように仕事が回せなくなっているのだ。

同僚の皆が助けてくれて、時間に余裕のある書類の作成を回してくれるから、どうにか今のところやりくりできている。

でも、今回井坂さんが持ってきたような至急の案件は、今の私では対応しきれない可能性がある。だから祖父の容態が安定するまで受けるのを控えるよう、上司にも言われているのだ。部署内の他の人ももちろん上司から話を聞いて、急ぎの書類は他の人にお願いしてくれている。

けれど何度断っても、井坂さんはこうして以前と変わらずポンポンと無茶な仕事を持ってくるのをやめない。

「他の仕事で手一杯のため、他の方に――」

「口答えせずにお前がやれ。重役出勤に早退、お前、俺たちが営業であっちこっち頭下げて回ってるってのに、いい身分だよな？　それくらいやれよ」

酷《ひど》く当たりがきつい言葉に、なんだか呆れてしまう。

元々井坂さんは、嫌いな人間にはきつい言葉を投げかける人ではあったけれど、流石《さすが》にこれは酷《ひど》い。

「間に合わない場合、責任がとれないです」

「うるさい。黙って間に合わせろ」

「だから難しいんです」

「ちょっと、井坂君」

隣の席から峰さんが、彼に声をかける。

「ひかりちゃんは昼までに仕上げないといけない書類で手一杯だから、急ぎなら私がやるけど？」

綺麗な顔に笑みを浮かべて、峰さんがそう言う。けれど、井坂さんより十歳も年が上の峰さんに対してさえ、彼は苦々しい顔を向けた。

「峰さんは黙っててもらえますか。俺はひかりに言ってるんで。ひかり、絶対お前がやれ。俺に振られた当てつけみたいに、俺の仕事を断るな」

「仕事に私情は挟みません」

井坂さんが舌打ちする。

「俺に振られたショックで凹《へこ》んでる癖に、身内が病気だなんて嘘ついてるだろうが。仕事を平気でサボって周りに心配されて。俺を悪者に仕立てて悲劇のヒロインぶりやがって。さぞ、気分がいいだろうな！」

事実と違い過ぎて、怒るどころか呆気に取られてしまう。

私の何を見て、井坂さんはそんな風に感じたのだろう。さっぱりわからない。

正直なところ、井坂さんと別れたことよりも今は祖父の方が気掛かりで、彼を意識する余裕もない。仕事も忙しいし、他のことに気を向けている場合じゃないのに。

ただ、この状態で彼の言葉を否定しても、会話がかみ合わないのはわかっている。だから、否定するのは止《や》めておいた。

「井坂さん。私は家庭の事情で仕事を制限して皆さんに迷惑をかけているのを、申し訳なく思っています。その点はお詫《わ》びします。申し訳ありません。だからこそ、仕事で不備を出したくないんです。そこをご理解ください」

そう頭を下げれば、頭上から更に舌打ちが聞こえる。

「悪いと思うならやれ」

結局、井坂さんは聞く耳をもたずにそう言い捨てて、さっさと部署から出て行く。

顔を上げると、峰さんが隣で憤怒《ふんぬ》の形相になっていた。

「なにあれ。感じ悪過ぎ」

「すみません」

「ひかりちゃんは何も悪くないじゃない。彼、あんなことを周囲に言いふらしているけど、誰も信じてないから、気にしないで」

「言いふらしている？」

「そう。井坂、ひかりちゃんと付き合っている頃から河崎さんと二股していたのが、すぐばれたじゃない？　周囲から白い目で見られていたところに、ひかりちゃんが大変な状態になったでしょう？　ばつが悪かったのか知らないけど、ひかりちゃんへの悪態で自分の悪い話を消そうとしてるみたい」

「それは、逆効果な気が……」

井坂さんと河崎さんがずいぶん前から付き合っているっていう話は、私たちが別れた後で流れてきたんだよね。やっぱり二股だったけれど、彼への気持ちはそれで綺麗さっぱり消えたから、今更どうでもよかった。

あのまま、二股と気付かずずるずる付き合うより、ずっとよかったと思うし。

「だよねぇ。井坂の女癖の悪さは入社時から変わらないし、ひかりちゃんの真面目な勤務態度を知っている人も多いから、誰も信じてなくて噂にもなってないけど」

「課長が祖父のお見舞いに来てくださったし、嘘だったらとっくにばれてますよね」

「課長も同じことを井坂に言って窘《たしな》めていたわ……。しかし、あの態度は目に余る。後で課長が戻ったら報告しとくね」

一児の母で、会社では頼れるお姉さん的存在の峰さんが笑顔で宣言した。女の私でもドキドキしてしまう素敵な笑顔のはずなのに、峰さんの背後にブリザードが吹き荒れている気がする。

美人が怒ると、すごく怖い。

「あ、仕事一つ終わったから、何か一つ回してくれる？」

「いいんですか？」

「思ったより早く片付いちゃったから。それにひかりちゃんには、つわりが酷《ひど》かった時に助けてもらったしね。困った時はお互い様よ」

「ありがとうございます。助かります」

処理する書類の一つを渡すと、峰さんはパソコンに向き直った。

私も業務を再開する。

「それにしても井坂、もとから仕事外での評判がいい方じゃなかったけど、最近酷《ひど》いわねぇ」

「そうなんですか？」

私は誰かの悪い話は、耳にしてもすぐに流してしまうので、あまり気にしたことがなかった。

画面に目を向け、指を動かしたまま二人で会話を続ける。

「ひかりちゃんと付き合い始めて人間も丸くなったし、女遊びもしなくなったから、真剣なんだって見直したけど……別れた途端、反動なのかなんなのか、前より傍若無人《ぼうじゃくぶじん》でどうしようもない。なんだか井坂の方が振られて嫌がらせしているみたい」

「まさか。私が振られたのに」

「気をつけた方がいいわ。ああいう下手にプライドの高い男は、自尊心を傷付けられると逆恨《さかうら》みするから。立木君が被害者としてのいい例よ。悪化するようなら、すぐに課長か部長に伝えた方がいいわ」

「はい。そうします」

祖父の体調が回復すれば、仕事も通常の状態に戻せるはず。そうなればこれまで通り仕事を受けられるようになって、井坂さんも何も言わなくなるだろう。だからこのことを、私はそんなに難しく考えていなかった。

◆◆◆

「ひかりちゃん、ご飯いける？」

「すみません。この資料、今日中に上げないといけなくて」

昼休憩のチャイムが鳴り、いつもお昼を一緒にとる峰さんが声をかけてくれた。

私の答えに、峰さんは不思議そうな顔をする。

「いつ頼まれたの、それ」

「今日の朝、井坂さんに至急と言われて」

「また？」

峰さんの眉間に少しだけ皺《しわ》が寄る。

あれから更に三日が経った。井坂さんの書類依頼の無茶ぶりは、変わらないどころか、むしろ酷《ひど》くなっている。わざわざ人がいない時を狙って頼んでくる始末だ。

断っても強引に押しつけてくるし、課長に相談しても改まらなかったので、もう私が自分で対応するしかない。

そのせいで仕事が全体的に押し、残業ができない今の私は、昼休憩を削って仕事時間を捻出するという方法をとっていた。

「まったく、井坂は。手伝えることある？」

峰さんがそう尋ねてくれるけれど、彼女も幾つか仕事を抱えているので申し訳ない。

「何とか間に合いそうなので、お昼を摘《つ》まみながらちゃっちゃと片付けちゃいます」

「そう？　少し顔色が悪いから、あまり無理しちゃ駄目よ？」

「はい。ありがとうございます」

峰さんが食堂に行くのを見送って、私はパソコン画面に向かう。

キーボードに手を添えたまま、深くため息をついた。

このところ、作業に集中できない。身体も酷《ひど》くだるい。

仕事で疲れているのに、夜眠れないのだ。

ベッドに入ってさあ寝ようと思っても、祖父や祖母のことが頭をよぎる。

祖父の意識は戻っているし、簡単な意思疎通も図れるようになった。けれど、まだ出血はじんわりと続いていて、予断を許さない。

祖母も連日の付き添いで疲れているようで、横になっている時間が増えていた。

もし、祖父の脳の出血がこのまま止まらなかったら……祖父がこのままよくならずに、祖母も心労で寝込んでしまったら……

縁起でもないことが頭の中をぐるぐるまわり、不安で全然眠れないのだ。

いつもの私なら、こんな悪循環に陥《おちい》ることなどない。

けれど、今の状況は相当こたえているようで、マイナス思考が止まらない。もし両親や弟が生きていてくれたら……いろいろ協力しながら、祖父母を支えられるのに……とか、どうしても考えてしまう。

自分が頑張ればどうにかなると思っても、やっぱり私一人じゃままならないのだ。一人でいると、自分らしくないネガティブな気持ちにばかりなる。

「あーもう、らしくなさ過ぎてやだなぁ」

また気持ちが沈んで、慌てて頭を横に振る。

大丈夫。きっと祖父は回復する。現に、少しずつ調子もよくなっているもの。祖父も病院で頑張っているし、私は私のやれることをやらないとね。

まずは……

「仕事を片付けないとね」

気を取り直して、私はキーボードを叩き始める。

どのくらい集中していたのか——。缶のような瓶のような、しっかりとした容器が机に当たる音にふと我に返る。自分の机の左側に小さなビニール袋が置かれたのが目に入った。

目線を向ければ、立木君が難しい顔をして立っている。外回りから帰って来たようだ。

「あれ、立木君？　おかえり？」

「戻りました……すみません。何度か呼んだんですが、返事がなかったので」

「あ、ごめんね。集中してたみたい。外回りお疲れさま」

「それ、あげます」

立木君が指さしたのは、机の上に置かれたコンビニの袋だった。

どうしたんだろう、これ。

「コンビニで昼飯買ったら、くじ引かされたんです。それで当たったんですけど、俺苦手なんで」

私の疑問を感じ取ったのか、立木君が早口で言う。

袋の中を見れば、甘い味の缶コーヒーと、栄養ドリンクだった。

しかも、コーヒーは私が好きなメーカーの商品。

立木君はコーヒーはブラック派だ。甘いものは、食べ物でも飲み物でも苦手で、ほとんど口にしない。

「いいの？」

「処理に困ってたんで」

「ありがとう。ちょうどコーヒーほしかったんだ」

疲れている時は、やっぱり甘いものが一番よね。

「よかったです。……ところで、昼飯は食べたんですか？」

「あ！　忘れてた」

摘《つ》まもうと思ってうっかり忘れてた。

机の引き出しから、朝に買っておいた総菜《そうざい》パンを取り出す。

「食べて休まないと、頭働きませんよ」

「だよね。ありがとう、休憩するね」

昔、私が新人指導の時に彼に言ったことをそのまま言われ、なんだかちょっと懐かしいなと思う。

それに、彼に言われなかったらご飯を食べずに昼休憩の時間が終わっていたかも。

声をかけてもらえてよかった。

笑顔でお礼を言ったけど、立木君は更に険しい顔をしてさっさと自分の席へ戻って行った。

相変わらず立木君はそっけない。それでも、少し前に比べたら、話しかけてくれるようになったなぁ。

祖父母のことも心配で、仕事も大変だけど、悪いことばっかりじゃない。

立木君がくれたビニール袋から缶コーヒーを取り出して、それをぎゅっと握る。

今日、このコンビニで、私もパンを買ったからわかる。

この缶コーヒーは、くじの当たりの景品じゃない。

きっとわざわざ買ってきたんだと思う。わかり辛いけど、たぶんこれは差し入れ。

彼らしい気遣いに、沈んでいた気持ちが少し浮上する。

よし。これを飲んで、残りも頑張ろう。

◆◆◆

それから数日が過ぎた時、問題が起こった。

「何なんだよこの書類！　資料が違うじゃないか！　これから必要だってのに、どうしてくれるんだ！」

昼休憩が終わった部署内に、井坂さんのものすごい怒声が響く。

私はそんな彼を前に、頭を下げていた。

「すみませんでした。すぐに直します」

頼まれた書類に添付する資料を、私が間違えていたらしいのだ。

らしいというのは、私は彼に渡された資料を依頼された通りにそのまま掲載しただけで、資料の内容を確認したわけではないからだ。その井坂さんから渡された資料自体が、実は間違っていたという。私はそれに気付かなかった。

普段なら、資料の内容にも一応目を通すので、おかしいことに気がつくはずだった。

けれど今回は、気付くことができなかった。

それは明らかな自分のミスだから、私は謝罪をした。

でもその後で、井坂さんのミスも率直に指摘したら「黙れ、言い訳するな！」と、余計に怒りを買ってしまったのだ。

このところの井坂さんの強引な振る舞いに辟易《へきえき》して、ついそのまま思ったことを口にしたのが気に障ったみたい。

「だいたいお前、俺が注意したのに早退も遅刻も直らねえし、たるみ過ぎだろ。いい加減、仕事をまじめにやれよ。こんな下らないミスしやがって」

誰が訂正しても、井坂さんの中で私の変則勤務は早退と遅刻らしい。それが気に入らない彼に、毎日のように文句を言われている。

無意識のうちに、私は自分の両手を強く握りしめていた。手に持っていた書類が、くしゃりと歪《ゆが》む。

人の心を折っていくかのような罵倒《ばとう》を、これ以上聞きたくなかった。

「何とか言え！」

この傍若無人《ぼうじゃくぶじん》な井坂さんの振る舞いに、もう我慢できなかった。

これまでの仕事の押しつけも含めて、一度、彼にははっきりと言っておこう。

そう決め口を開きかけた時、声が聞こえた。

「犬の無駄吠えかと思ったら、井坂さんですか」

「何だと、立木」

いつの間にか外回りから帰って来たらしい立木君が、井坂さんと私の傍に近付いてくる。

そして、井坂さんの持っていた書類を取り上げた。そこにある資料のページをめくると、今度は私の手から資料をとって井坂さんに向かって見せる。

「これ、同じ資料ですよね。それと、東雲先輩が持っていた資料のここ、貴方の字で指示が書いてあります。これ、貴方の根本的ミスですよね？」

井坂さんは特徴的な字を書くので、彼の字だとすぐにわかる。

立木君の指摘に、井坂さんが彼を睨む。

「だとしても、それに気付かずに作ったこいつが悪いだろうが」

「東雲先輩がミスに気付けないほど、厳しい条件下の仕事を何件も重ねて彼女へ依頼したのは貴方でしょう？　しかも、手が回らないと断っているのに無理に仕事を押しつけているのを、何度も課長に注意されていましたよね？　それでも止《や》めないから、嫌がらせしていると営業一課の人間のほとんどは思っていますよ？」

立木君の言葉を証明するように、一課《うち》の社員の多くは井坂さんに厳しい目を向けていた。

「ふざけるな！　俺は仕事が多いんだよ。顧客が少ないお前等みたいに余裕もってなんてできるか」

「へえ。このところ、営業に回らず女性と頻繁にホテルに入っているのを、何人かの社員が見ていますよ？　東雲先輩に頼んだ資料はどこで使っているんですか？」

「なっ……」

井坂さんの顔に朱がさす。彼は今にも立木君に殴りかかりそうな憤怒《ふんぬ》の表情を向けた。

衝撃的過ぎる立木君の言葉に、周囲もざわめく。

「お前っ、そんな嘘で俺を貶《おとし》めようって言うのか」

「嘘なんて俺はつきません」

「証拠もないだろ！」

「証拠？　ご存知ないんですか？　その写真が添付され、時間と場所が書かれた社内メールが、かなりの人に送られていますよ？　俺のところにもきていましたし」

周囲で、「あ、俺見た」とか、「俺のとこにもきた」とか囁《ささや》く声が上がる。その全てが男性で、女性の声はない。男性限定で回っているの？

「う、嘘だ……」

「それから、貴方以外の課員皆、ご家族の入院で大変な思いをしている同僚に対して、さぼっているだの遊んでいるだのと悪態をつく常識知らずでもありません。彼女の仕事量は、勤務時間が減っているのにほとんど変わってないんですよ？　貴方が、要らない書類仕事を押しつけるせいで。課長が頭を抱えてましたよ」

え……私の仕事量、そんなに変わってなかったの？

無我夢中で処理していたから、全然気付かなかった。

「就業中に何をしている！」

突然、室内に厳しい一喝《いっかつ》が響いた。声の主は我が社の社長だった。

六十代前半のナイスミドルな社長は、下町の工場に就職して、一代でこの会社を作り大きくしたすごい人だ。

驕《おご》ったところがなくて、社員が増えた今もこうして社内を回ったり、食堂で皆と同じように食事をしたりしている。だから、社員とも交流が多く、かなりの社員の名前と顔を把握しているのだ。

そんないつもはおだやかな社長だけど、今は怒っているようだ。

野次馬をしていた社員は、まずいと思ったのか一斉に自分の持ち場に戻っていく。

「しゃ、社長」

真っ赤だった井坂さんの顔が、一気に真っ青になる。

私は慌てて社長に頭を下げた。

「騒がしくして、申し訳ありません。仕事のことですこしトラブルが」

私と同じように、立木君も社長へ頭を下げる。

「東雲君、対処できそうか？」

「はい」

社長が平社員の私の名前を覚えていることに驚いたけれど、それを表に出してはいけない状況ということくらいはわかる。ピリピリした空気をまとっている社長の姿に、努めて動揺を見せないようにしつつ言葉を返した。

「ならば早急に対処を。それから……井坂天は今いるか？」

「は、はい。俺……私です」

「君に話がある。ついて来なさい」

そう言って社長は、井坂さんを連れていった。

一気にいろいろなことがあって、もう何がなんだかわけがわからない。

「大丈夫ですか、東雲先輩」

「うん。助けてくれてありがとう」

「別に助けてはいません。あの人に喧嘩を売っただけです」

確かに最初は、井坂さんに喧嘩を売るような言い方をしていたっけ。

でも、私の話を聞かずにどんどん捲《まく》し立てる井坂さんを、私では止められなかった。

課長や部長もちょうど不在で、いつも助け船を出してくれる峰さんも、今日はお休みだ。

立木君が井坂さんを煽《あお》る言葉を言わなければ、あのまま井坂さんの怒鳴る声を聞き続けなければならなかっただろう。

「それに、貴女もいい加減怒ったらどうですか。あんな理不尽なことを言わせっぱなしって、どうなんですか。貴女の優しい指摘なんて、あの人には通じませんよ。相手をつけあがらせるだけ。メリハリつけてビシッと怒るところは怒らないと、あんな嫌がらせを受けて貴女が損するだけです」

あぁ、やっぱり井坂さんのあれは嫌がらせだったんだ。

要らない書類を作らせているとか、立木君が言っていたけど……それが本当なら、もう止《や》めてほしい。

他の書類に不備が出ても困るし、それに現時点ですでに周囲に、特に峰さんにかなり迷惑をかけているのだ。

「一度くらい、井坂さんを怒りに任せて殴っても、うちの部署の人間は見ないふりしてくれますよ」

あれ、なんだかデジャヴが……峰さんにも似たようなことを言われた気がする。

「うーん。注意しようかなって思ったら、立木君がガツンと言ってくれたから。私の出番なし？」

「それは邪魔をしてすみませんでした」

「ううん。言いたいことは立木君が言ってくれたから、それで満足だもの。それに自分のミスはミスだから、今度から気をつけるよ」

「……東雲先輩は全然、怒らないですよね」

「んー。毎日を少しでも笑って過ごしたいし、人にも笑っていてほしいから。立木君も、笑顔だとイケメン度が更に上がるよ？」

負の感情は嫌なことを引き寄せるから、笑ってよいことを引き寄せなさい。幸せな姿は見ている人も自分も幸せにする、って祖父母が私に教えてくれて以来、私はそれを心がけている。

「要らないお世話です……貴女に怒れと諭《さと》すのは無理だとわかりました。諦めます」

そっけなく言われたけれど、ちょっとだけ顔が赤くなっているので、たぶん照れているのだろう。

それにしても最近、なんだか立木君の顔が赤くなるのをよく見る気がするな。

「そういえば、どうして社長が？」

いらっしゃる時は事前に連絡があることが多いのに、今日はそれがなかった。

「さあ。社長は俺がここに入った時には、既に廊下にいらっしゃったので」

「立木君が入って来たのって……」

「『何とか言え』って言ってた後くらいですかね。ちなみに、『資料が違う！』って叫んでいるのを、社長の傍で聞いていました」

「ほ、ほぼ最初からだよ、それ」

「自業自得《じごうじとく》ってやつですよね。大変ですね、井坂さん」

それって、立木君が言っていた井坂さんの悪い行動、全部社長に筒抜けってこと？

おぉう。立木君、策士？

キラキラした素敵な笑顔だけれど、怒ってるよね？　うん、すごく怒ってるのがわかる。

何でそんなに怒っているの？　立木君。

そう聞きたいけれど、笑顔が怖くて聞けない。

でも、井坂さんと折り合いが悪くて、孝正さん情報では入社以来、陰でずっと嫌がらせを受けていたって話だから、思うところはいろいろあるのかもしれない。

「でもまあ俺もわざと煽《あお》ったんで、後で叱られそうですね、喧嘩両成敗で。でも、すっきりしました。社長に叱られても後悔ありません。それじゃ、これ返します」

立木君は、手に持っていたさっきの書類を私に渡して、そのまま自分の席へと帰っていった。

その後、井坂さんは社長からの厳重注意を受けたらしく、私に過剰な仕事の依頼をしなくなった。勤務形態のことも何も言わなくなった。何か言いたそうに私を見ている時はあるけど、あまり快く思われていないのがわかる視線だったので、私から話しかけたりは一切していない。

そのお蔭か、仕事は忙しいけれど気持ち的に少し余裕がでてきた。

ちなみに立木君は、部長に呼び出されて注意を受けたそうだ。けれど形だけだったみたいだと私に教えてくれたのは、孝正さんだった。

立木君とはそれからぐっと親しくなる……ということはなく。けれど、孝正さんが何故だかよく、立木君の話を私にするようになった。

それから数日して、祖父は少し呂律《ろれつ》が回らないところもあるけれど、喋《しゃべ》れるまでに回復した。

ただ、まだじんわりと出血しているようなので、ベッドの上で安静にしていることが必要だと説明を受けた。

専門的なこともあれこれ言われたけれど、やっぱり私ではよくわからない。でもとりあえず、祖父と話ができるようになったのは大きな進歩だ。

「だから言っただろう？　わしは死なんぞー」

多少弱々しい感じもあるけど、祖父はいつもの明るさでベッドの横にいる祖母と私に笑顔で呟《つぶや》く。

あまり元気のなかった祖母も、祖父の回復ぶりが嬉しいのだろう。明るい表情で微笑んでいる。

「もう、おじいさん。ひかりが病院に行くように言ってくれたから、助かったんですよ」

「そうだな。孫の言うことは聞くもんだ」

「元気になってきてよかった」

「もう家に帰っちゃ駄目か？」

「まだまだ。先生の言うことちゃんと聞いて、しっかり治してからね」

「ひかりは厳しいなぁ。なあ、ばあさん」

病院嫌いの祖父は、困ったように祖母に助けを求めるけれど、祖母は微笑んだまま首を横に振った。

「おぉ。ばあさんまで厳しい」

「あらまあ、おじいさんたら。厳しくないでしょう？」

「わしはうちが大好きなんだが」

「私もひかりも、貴方が家にいないと淋しいですよ。だから早くよくなってくださいな」

祖母の言葉に、私も頷いて同意する。

「そうか……じゃあ、頑張って医者の言うことを聞くかなぁ」

久しぶりに祖父母のやりとりと笑顔を見ることができてほっとする。

「ところでひかり」

「ん？　なに、おじいちゃん」

「仕事は大丈夫か？　わしの見舞いやら検査やらで、無理はしとらんか？」

「大丈夫だよ。うちの職場そういう対応はきちんとしているから、仕事時間を調整してもらえるんだ。職場の人も助けてくれるし」

うちの会社は、社長が『家族あっての仕事』という考えの人で、子育てとか介護をする人も働けるような環境作りに力を入れている。だから私も、こうして働けるのだ。

会社によっては、休職を求められたり正社員じゃなくなる可能性だってあったかもしれない。祖父はそれを心配しているのだと思う。

それを説明したら、祖父も安心したようだった。

祖父母が高齢なのもあって万が一に対応できるように、仕事の融通《ゆうずう》が多少きいて社員を大事にしてくれる今の会社をリサーチして就職したのは、正解だったと思う。

「そういえば、わしが倒れた時にひかりを連れて来てくれた人にお礼はしたか？」

不意に祖父に立木君のことを言われ、私は首を横に振る。

「お礼は伝えたんだけどね。それ以外は、大したことはしてないからって、受け取ってくれなくて」

職場には菓子折を持っていって、立木君には別で気を使わない程度のお礼を持っていった。けれど、彼は絶対に受け取ってくれない。

あまり何度もお礼を押しつけるのも、相手に迷惑になるだろう。こういう時、どうしたらいいのかな。

「それなら、その人が困っている時にそれとなく助けてあげなさい」

「そっか。そうだね、そうする」

形のあるもので受け取ってもらえないなら、それが一番いいのかも。

◆◆◆

気付けばあっという間に、新卒の子が入社する時期になった。

うちの部にも二人配属され、それぞれを孝正さんと、立木君が受け持つことになった。

本当は私が担当することになっていたのだけれど、家庭の事情もあり、急遽立木君に変更されたのだ。だけど……

なんだか立木君の表情が冴えない。それに、よく目が合う。こう、意図的に見られている感じで、何か言いたそうな雰囲気があるのだ。けれど結局何も言わずに目礼して、目を逸らす。そんなことが増えてきた。

もしかして指導がうまくいっていないのかなと思って、私の方から立木君を夕ご飯に誘ってみた。

私の気のせいならそれでいいし、断られてもまあ仕方ないかなって気持ちで。

だけど、立木君からはＯＫの返事がきた。

そして、お店は自分が決めたいと言うので、選択は立木君にお任せした。

立木君が連れていってくれたのは、会社から一駅隣の駅近くにある、洋風居酒屋だった。

席は全て個室で、出入り口は暖簾《のれん》で仕切られている。明るく落ち着いた室内は、周囲を気にせずゆっくりと食事も会話も楽しめそうだった。

私たちが案内されたのは、二人掛けのテーブル席の個室だ。

「東雲先輩は飲み物どうしますか？」

「んー。久しぶりの外ご飯だから、最初の一杯はお酒にしようかな」

私、酔って記憶をなくすことはないのだけど、チューハイを二杯以上飲むとケラケラ笑って会話にならないのよね。なんだか色んなことが楽しくなって、些細《ささい》なことでずっと笑っていられる。

大事な話をする時は飲酒を控えるようにしているのだけど、素面《しらふ》だと立木君も話し辛いだろうし。それに、一人だけお酒ってなると、遠慮してしまうかもしれないし。

「あんずサワーですか？」

「うん。よく知ってるね」

「飲み会でいつも頼んでましたから」

「あれ、そうだっけ？」

「そうですよ」

言われて思い返してみると、アルコールを注文する時はだいたいあんずサワーだ。

立木君の観察力と、自分のワンパターンぶりにびっくりだ。けれど、美味《おい》しいからつい頼んじゃう。

「そう言う立木君は、安定の生ビール？」

「ええ。絶対、外せません」

立木君は、いつも生ビールだ。あの苦味が美味《おい》しいらしい。苦いものの美味《おい》しさがわかるなんて、私には羨《うらや》ましい。楽しく食べられるものが増えそうだもの。

そんな話をしながら、二人でメニューを見つつ適当に摘《つ》まめそうな料理を注文する。

まずは乾杯して、順に運ばれてきた料理に箸をのばした。

「んー、幸せ」

盛り付けも御洒落《おしゃれ》で綺麗だし、味も美味《おい》しい。それなのにお値段リーズナブルなんて素敵過ぎて、本題を忘れて食事を楽しんでしまう。

立木君は食べるよりも飲む方がメインみたいで、ジョッキのビールがするすると減っていく。

「東雲先輩は美味《おい》しそうにご飯食べますよね」

「だって美味《おい》しいもの。職場の近くにこんなにいい店があるなんて知らなかったよ」

「ここは、少人数でゆっくり話をしながら食事をしたい人向けの店ですから」

職場の人と行くとなると、人数が多くなる。それにこういう落ち着いた雰囲気より、賑《にぎ》やかなお店の方が気楽だから、なかなか選ばないのよね。

「いいお店に連れて来てくれてありがとう」

「気に入ってもらえてよかったです」

少しだけ立木君の表情が緩《ゆる》まって、固かった雰囲気が落ち着いたものになった。

「立木君も、眉間の皺《しわ》がちょっととれたね」

「俺、そんなに不機嫌な顔でしたか？」

「ううん。悩んで考えているって感じかな。新人指導が始まった頃からだから、指導で悩んだりしているのかなって思って」

立木君は少し驚いた顔をした。

「要らぬお世話かとも思ったんだけど、気になっちゃって」

「それで俺に声を？」

「貴女はお人好し過ぎて、どうかと思いますよ」

立木君は手に持っていたジョッキを下ろし、少し視線を伏せた。そして考えるように沈黙した後、小さくため息を漏らす。

「俺、普段から貴女に対してあまりよくない態度だと思うんですが」

心底不思議そうな立木君に、思わず苦笑いする。

同時に、あぁ、いつもの立木君だなと、ほっとした。

「立木君には好かれてないかなって思うけど、毛嫌いまではされてないとも思ってるよ？　本当に嫌いなら、私にコーヒーをくれたり、祖父が倒れた時に病院まで送ってくれたりしないでしょう？」

嫌いなら自分から声をかけて助けたりしないし、わざわざ私の好きなものをくれたりもしないはず。

ましてて、こうして二人で食事なんてことにはならないと思うんだよね。

しかもこんないいお店を選んだりもしないと思うし。

「こうして食事に誘っても、立木君は嫌ならずばっと断るでしょう？」

「そうですね。でも、悪意を持って貴女の誘いに応じた可能性があるとは思わないんですか？」

「えっ!?　何か悪巧みでもしていたの？」

「していませんよ」

「ならいいんじゃない？」

ああよかった、なんて思って言ったのに、立木君は机に肘《ひじ》をついて頭を抱える。

「よくないですよ……貴女は人の悪意に無頓着《むとんちゃく》過ぎます。もうちょっと警戒心を持ってください。貴女みたいなお人好しは、詐欺師《さぎし》の格好の標的ですよ」

確かに、そういう人に街中で話しかけられることは多いかもしれない。けれど会話中にその気配を感じたら、問題なく対処できる。あしらい方を仕事でも習っているし。だけど……立木君はそう思ってはいないみたい。

指摘してくれるくらいには、気にかけてくれている……なんて思ったら自惚《うぬぼ》れかなぁ。

「注意してくれてありがとう、気をつけるね。それで、立木君は何を悩んでるの？」

「だから、そういうところが……」

顔を上げた立木君は不機嫌そうな顔で私を見た後、言いかけた言葉を止めた。

どうしたのだろうかと首を傾げれば、立木君はビールジョッキを掴んで、三分の一くらい残っていたビールを一気に飲み干した。

「もういいです。貴女を利用してやります。後で文句を言われても聞きません」

「いいよ。その勢いでドーンと言って」

利用してやる、なんて言いながらも、立木君は困ったような顔をしてしばらくためらっていた。

仕事外で話をすると、彼は表情がとてもわかりやすい。仕事中は意識しているのか、全くそういうことはないのだけど。こうした場だと、ちょっと捻《ひね》くれた感じのことは言うけれど、表情が気持ちを表現しているので、今も立木君が悪いことを考えてる、なんて疑う気持ちには全くならない。

とりあえず立木君の新しいビールと自分用のソフトドリンクをオーダーし、改めて話しかける。

「そんなに困るなら、言わなくてもいいよ？」

「……やっぱり無理です」

そう言って、立木君は突然立ち上がった。

「今まで失礼な態度をとって、申し訳ありませんでした」

そして立木君は、綺麗な謝罪の礼をした。

「た、立木君!?」

「あんな態度をとっておいて言えたことではないですが、別に先輩が嫌いになったわけじゃないです。ただあの時は……尊敬している先輩が俺の嫌いな人と付き合うって知って、すごく苛々《いらいら》して。東雲先輩が井坂さんにずっと片想いしていたのも知っていたのに、素直に祝福できませんでした。それに付き合いだしてから、俺が先輩に近付くと井坂さんの機嫌が悪くなって、先輩に当たりがきつくなるのも見てわかってましたし。それで聞きたいことがあっても先輩に話しかけ辛くて、余計に井坂さんに腹が立って嫌いになるし。意地の悪い井坂さんにも俺にもニコニコしている鈍感な先輩がもどかしくて……気付いたら先輩と距離を取って、話をしても失礼な口をきいていました。……子供みたいな真似をして、すみませんでした」

頭をずっと下げたまま、そう言葉を紡ぐ。そんな立木君に、なんだか自分の方が申し訳なくなった。

立木君の態度は、そこまで悪かったわけじゃないのに。

ちょっと毒舌かなとは思うけど、心を深く抉《えぐ》るような暴言をはかれたことは一度もない。私を遠ざけるような感じで態度もそっけないながらも、仕事に関しては適切な距離感で接していた。だから、業務に支障が出ることもなかった。

きっと、井坂さんと折り合いが悪い立木君からしたら、井坂さんと付き合い始めた私とは関わり辛いし、どういう態度で接したらいいか困っていたのだろう。

「うん、いいよ。もう気にしないで」

立木君が勢いよく顔を上げる。

驚きと困惑が入りまじった、そんな複雑な表情で彼は私を見た。

この一年、私を警戒するような厳しい表情の立木君を見ることが多かった。だから、こんな風に表情がころころ変わっていく彼を見て、私は自分の頬が緩《ゆる》むのを止められない。

「なんで……なんでそんなあっさり」

「まず座ろうか。店員さん来たら変な顔すると思うよ？」

立木君は頷いてから、椅子に腰を下ろした。

安堵したようにも見える立木君に、私も少しほっとする。

「私は二人の折り合いが悪いことも知っていたけど、自分の気持ちを優先させて井坂さんと付き合ったの。だから、立木君に嫌われるのも覚悟の上だった。だから気にしなくていいよ」

「……先輩と同じ状況で好きな人に告白されたら、俺だってＯＫします。浮かれて、俺の彼女だって公言して、人目もはばからずイチャイチャしますよ。後輩？　知ったことじゃありません。自分の幸せを優先します。先輩は悪くないです」

立木君の意外な返答に驚いた。

「立木君の恋愛は、意外に情熱的だね」

「……そうですか？」

「立木君はあまり自分のことを曝《さら》け出したり、自慢したりしないから、職場の人とかには公言しないで、静かに愛を育《はぐく》みそうかなって」

「俺も男ですからね。好きな人を周りに自慢したくなりますよ」

「そっか」

そうだよね。好きな人は自慢したくなるよね。

「それに浮気なんてしません。好きな相手だけ大事にします。そういう男は世の中にたくさんいます……だから貴女も、次の恋を探せばいいんです。これまで酷《ひど》い態度をとっていたので信憑性《しんぴょうせい》ないと思いますけど、俺は先輩が笑ってる方が好きです」

真っ直ぐに私を見て告げる立木君の表情が男の人を意識させて、思わずドキッとする。

立木君は、失恋した私を気にして励ましてくれているだけなのに。

「先輩？」

「あ、そうだよね。いい人はたくさんいるよね。ありがとう」

今はまだそんな気分にはなれないけど、次は浮気をしない人を見つけよう。

なんて思っていた時、不意にあることが頭に浮かんだ。

「あっ！　立木君、今彼女いる？　いたら、先輩とはいえ女と二人でご飯なんて嫌だよね？　確認せずに誘ってごめん」

「いえ、彼女はいませんけど」

多少前のめりに尋ねてしまったせいか、立木君が仰《の》け反《ぞ》りつつそう答える。

「だいたい彼女がいたら、女性と二人っきりになんてなりません。誤解されたくないし、喧嘩なんて嫌ですから」

「だよね。立木君、そのあたりの気遣いしっかりしてるよね。よかった」

ああよかった、と思って言ったのに、立木君の方はというと、呆れた顔をしていた。

「何の心配ですか」

「ごめんごめん。話の腰を折っちゃった。でもどうして、急に謝ろうって思ったの？」

「自分のしたことを悪かったと思っていますし、ずっと謝りたいと思ってましたから。貴女に教えを請《こ》うのに、失礼を詫《わ》びもせずにいるのは社会人としても人としても駄目だと思って……どさくさまぎれの謝罪みたいで申し訳ないですけど」

「真面目だなぁ立木君は。でも、そこが立木君のいいところだよね」

「褒《ほ》めても何も出ませんよ」

「えー。そこはもう、大盤振る舞いしてもいいんだよ？」

「それで、東雲先輩に相談なんですけど」

「はぐらかした!?」

私が大袈裟《おおげさ》に驚いてみせれば、立木君がくすりと笑う。

「相談、のってくれないんですか」

「もちろん聞くよ？　で、どのへんが気になっているの？」

「気になるというよりも、指導そのものにいき詰まってしまって。俺の教え方がまずいのかなと思って、他の人にもアドバイスをもらったんです。でも、うまくいかなくて」

「立木君が教えているのは市村《いちむら》君だよね？」

「はい」

詳しい話を尋ねれば、立木君はこれまでの市村君とのやりとりを細かに説明してくれた。

立木君によると、市村君は遅刻もないいし、勤務態度は真面目。立木君の話をちゃんと聞いて、メモもとったりしているみたい。だけど、なかなか仕事が覚えられないらしい。記憶力が悪いわけではないいし、全く覚えられないわけでもない。覚える気がないわけでもない。

だから自分の教え方が悪いと考えて、他の人にアドバイスをもらった。けれどうまくいかず、かなり進捗《しんちょく》が遅れてどん詰まりになったそうだ。

確かに八方塞《はっぽうふさ》がりだよね、これは。

「多少マイペースなところはありますが、一度覚えた仕事は丁寧で、ミスもないです。覚えることさえできれば、いい戦力になりそうなんです。だから俺がうまく教えられないまま、安易に能力がなくて駄目だって、市村を評価されたくないんです」

立木君は自分が新人の時に大変な思いをしている分、市村君に同じ思いをしてほしくないのかも。

立木君、根が優しいから、私が思うよりずっと気にしているんだろうなぁ。

何とかしてあげたいな、立木君も市村君も。

もう少し詳しく状況を確認するために、私は立木君から電子化した指導要綱を借りた。そこにチェックされた、終了項目とできていない項目を、ざっと調べてみる。

「うーん。これは見事に実践で覚えていくタイプだね。知識だけで覚える項目が苦手みたい」

「あぁ、確かに。実際に携《たずさ》わりながらの覚えはいいかもしれません」

「そうやって覚えた仕事についてはどう？　ミスとか多い？」

「いえ。ミスは今のところないですね。覚えたことはきっちり把握して動いてますし、わからないところは聞いてくれるので」

「一度覚えたことから派生した内容はどう？」

「普通の速度で覚えられますね」

「それなら、口頭指導だけっていうのは極力なしにしたらどうかな。実践指導で関連付けをしながら教えていった方が、覚えやすいかもしれない」

「それって、俺が東雲先輩に教えてもらった時のスタイルに近いですか？」

「そうだね。似たような感じになるかな」

そういえば私、立木君に似たような指導をしていたっけ。立木君は一から十までを順序立てて覚える癖があって、わからないことはその都度、そこで覚えていかないと納得できないタイプだった。だから必然的に、一つの業務が生じたら、それに関連付けたことを併せて指導する形になっていた。

逆に、井坂さんは合理的なタイプで、実践で必要なところを最初に抜きだして、滅多に使用しない内容は後で必要に応じて覚えればいいという指導スタイル。だから二人は、根本的に合わなかったのだろう。

指導方法を変えるか、覚え方を変えるか、お互いに臨機応変《りんきおうへん》に対応できれば、問題なかったかもしれない。けれど二人はお互いに折れなくて、真っ向から衝突していた。

一応、井坂さんも上司から注意は受けていたし、立木君も同様に、先輩の言うことを聞くのは大切だと注意を受けていた。その後も結局、平行線だったなぁ。

それでも、立木君はこの二年で柔軟さを身につけたみたいだ。教え方を変えることもできるだろう。きっとうまくやれるはず。

「私みたいにあんなにせっかちに教えなくてもいいし、うまくいかなければまた違うやり方を一緒に考えよう。その時は言ってね」

私が立木君の指導役に代わった時は、井坂さんとのいざこざで立木君の評価はとても下がっていた。そんな彼を指導するにあたって、私は当時の上司から、新人の研修期間中に立木君が独り立ちできなければ、他部署への異動もあり得るという話をされていた。

正当な評価をされないまま立木君が異動になるのは嫌だったし、出鼻を挫《くじ》かれ、自信を喪失しかけていた立木君に立ち直っても、もらいたかった。

だから井坂さんの指導で周りから出遅れていた立木君に、私はかなりハイペースでいろいろ教えたのよね。

なるべく覚えやすいように工夫はしたけれど、時間的な制限もあって立木君は大変だったと思う。

幸い、立木君は元々のスペックが高く、どんどん吸収していった。その結果、研修期間が終わる頃には新人の中でも高い評価を得る人材になって、異動は回避できたのだけど……

「流石《さすが》にあれをしたら、市村が胃を壊しますよ」

立木君が苦笑いを浮かべ、遠い目をする。

「そんなに酷かった!?　ごめんね、今更だけど胃薬いる？」

「まあそれは冗談ですが」

「冗談!?」

驚いたけど、冗談と聞いてちょっとほっとした。立木君がトラウマレベルの嫌な記憶を抱えてたら申し訳ないもの。

「俺、逆境の方が燃えるんで、ストレスで胃がやられるとかないんです」

逆境に燃えるのかはわからないけれど、確かに立木君には負けず嫌いなところがある。それでピンチをチャンスに変えた実績もあるくらいだ。ストレス耐性は結構あるのかもしれない。

「それでも、井坂さんとうまくいかずに、駄目な新人だって扱われた時は、凹《へこ》みました。井坂さんの言葉ばかりが信用されて、俺は先輩に反抗する生意気な新人だってみなされて。悔しくて、仕事ができるようになって見返してやりたいって思う反面、こんな会社なら辞めてしまおうかと思っていたんです」

立木君はその時のことを思い出したのか、一瞬悔しそうな表情を見せた。

確かにあの時は、井坂さんの言い分が課内で受け入れられていた。そのせいで、彼は同じ新入社員である同期からも浮いた状態だったのだ。

それでも、立木君の様子が気になって、彼に声をかける同僚は私以外にもいた。けれど井坂さんが、いろんな人間から仕事のアドバイスを受けると余計に混乱して立木君が覚えられないから口出しをしないでくれと周囲に伝えたのだ。さらに常に井坂さんが彼と一緒にいたので、なかなか関わることができなかった。

それに立木君本人も、井坂さんがいない時に話しかけても、挨拶《あいさつ》程度しか返してくれなかった。あの頃は、なんだか立木君に警戒されているようだった。

たぶん、周囲が信用できなくなっていたんだと思う。

「俺、新しい指導役が先輩だって知った時、不信感でいっぱいでした。先輩は俺と一つしか違わないし、体よく指導期間を終わらせるために適当な人をあてたんじゃないかって。ものすごく疑った見方しかできませんでした」

確かに、井坂さんで一度失敗をしている立木君には、年が一つしか違わない私が指導者なんて、不安でしかなかっただろう。それに私自身も、仕事ができるって感じには全く見えないのは自覚しているので、当然だと思う。

いくら私が高卒入社で立木君より五年先輩だと聞かされていても、少し話をする程度の相手の技量なんて彼にはわからなくて当然だし。

同様に私も、立木君がどういう人なのか、実際に交流してみなければわからなかった。

『貴女と馴れ合うつもりはありませんから』

実際に立木君の指導を始めても、彼は私を警戒しているようで、なんだか棘《とげ》を逆立てるハリネズミみたいにツンツンしていた。しばらくは、私が自分のこととか仕事のこととかを一方的に喋《しゃべ》り続けて、立木君が相槌を打つだけ、なんて日が続いたものだった。

お菓子やココアを押しつけたりもした。

だから彼が自分から『甘いもの苦手です』って言った時は、無理矢理食べさせてしまったことを申し訳なく思いつつ、彼から私的なことを話してくれたのがすごく嬉しくて。思わずその日に彼をご飯に誘って『立木君が初めて話してくれた記念だ！』って祝杯をあげたんだよね。そしたら立木君に呆れられたことを覚えている。

でもお酒を飲みながら、ぽつぽつと自分のことを話してくれたっけ。

『俺、母親の反対を押し切ってこの会社に入ったんです。だから、本当は諦めたくなくて……俺の父方の祖父は板金《ばんきん》の工場を経営していました。機械ではできない精密な作業を、油にまみれて黙々とやっているその姿が格好よくて、憧《あこが》れてたんです。ミクロン単位の厚みを見ただけで判断して、手作業で正確に研磨《けんま》するんですよ？　すごくないですか？　本当に、あれは神業《かみわざ》です』

それから急ピッチでお酒を進めた立木君は、どうしてこの会社に入ったのかを熱心に語った。

おじい様に憧《あこが》れていたけど、後継者には伯父家族がいたそうだ。だから別の方面で関われることをしたいと考えて、うちの会社に辿《たど》り着いたらしい。

うちの会社が特許を取っている部品は、機械でつくることはできない。緻密《ちみつ》で繊細な技術をもった技術者の手でしか、つくれないものだ。だから技術者を大切にしているし、育成にも力を入れている。

うちの会社はそこがいいのだと、彼は言っていた。技術者に対して尊敬の念を抱いているのがよくわかるから、と。

　そんなことを熱く語ったのを、立木君は記憶が飛んで忘れているらしい。けれどこの日を境に、立木君は憑《つ》きものが落ちたみたいに変わった。

「俺にもニコニコと普通に挨拶《あいさつ》してくるから、先輩が物怖じしないっていうのはわかっていたんです。けど、逃げ腰だった俺にガンガン話しかけて、自分のペースに引き込んでいくアクティブさにビビりました。気付いたらいつの間にか他の社員たちとも関わるようになっていて、自分の居場所ができ上がっていて。おまけに、とんでもない速度で仕事を教えてくるし。それがまたテンポよくわかりやすいもんだから、俺もついほいほいとそのペースに乗せられて――。気付いたら同期よりも仕事ができるようになっていて、驚きました」

　立木君に社内で居場所ができたのは、彼の一生懸命な姿が周囲の見る目を変えていったのと、立木君自身が態度を改めて話しかけるようになったからだ。だから私の力では全然ないんだよね。

　私はお節介しか焼いてないし、そもそも私のお節介だけでどうにかなる環境じゃなかったもの。

　あれは、立木君の努力の賜物《たまもの》だ。

「立木君がたくさん頑張って、それが皆に認められたんだよ」

「いえ。あれを乗り越えられたのは、貴女のお蔭です。どんなことにでも前向きで、人をやる気にさせる力に支えられていました。『過ぎたことはどうしようもないけど、失敗も遅れも取り戻せばいい。躓《つまず》いたら、やり直せばいい。そのための指導期間なんだから、どんどん悩んで迷って、たくさん試せばいい。独り立ちできるように一緒に頑張ろう』って、最初に貴女はそう言った。そしてそれを有言実行《ゆうげんじっこう》したんです。今の俺があるのは貴女のお蔭です、東雲先輩」

お酒が入っているせいか、いつもなら絶対に言わないような褒《ほ》め言葉を立木君が口にする。なんだか気恥ずかしい。

持ち上げ過ぎかなって思いつつも、立木君が雄弁に話している姿に懐かしさを感じて、なんだか私も頬が緩《ゆる》んだ。

立木君はこんな風に笑う人だった。打ち解けるとすごくとっつきやすくて、よく話もする。この一年近く、ずっと険しい顔ばかりだったけど、以前はこうして笑いながらよく話をしていたなぁ。大して時間は経っていないのに、懐かしいなんて変な気分だけど。

「そんなにヨイショしてくれたら、また相談にのらないとね」

「余裕がある時でいいので、市村たち新人が独り立ちできるまで、気にかけてもらえると助かります。俺だけだと、至らないところも多いので」

「わかった。立木君も、指導でわからないことがあったら聞いてね。多少は役に立つと思うから」

「心強いです」

立木君はそう言って笑った。


結局、アドバイスした指導方法は市村君に合っていたらしい。市村君の仕事の覚えが早くなり、その後は大きなトラブルもなく、順調に進んでいるという。

私と立木君は、食事をした日をきっかけに、話す機会が増えた。直接の会話だけでなく、立木君が外にいる時は、ＳＮＳのやりとりもするようになっている。最初は仕事の話ばかりだったけど、だんだん他愛のない雑談も増えてきた。

立木君も営業先で話題を広げるためにいろいろと情報収集をしているので、話が弾む。気付けば、二人で出掛けたりするようにもなっていた。

近日公開の映画が面白そうって話題で盛り上がれば、じゃあ話の種に観に行こうってなるのだ。

「先輩、この前話をしていた映画、次の土曜日から始まるみたいですよ」

「本当？」

「ええ。でも上映している館が少ないので、近場でもここですね」

立木君がスマホの画面を見せてくれたので、それを覗き込みながら映画館を確認する。

郊外で、ちょっと遠い。

「一緒に行きません？　車出すんで」

「いいの？　じゃあ、お昼ごちそうするよ」

「それなら、映画の後に映画館近くのアウトレットに付き合ってくれませんか？　大学時代の友達が結婚するから、結婚祝いを買いたいんです。見立ててもらえると助かります」

「私でよければ」

そんな感じで、休日に一緒に出掛けて映画を観たり、買い物をしたり。

出掛けている最中は、小柄な私が人ごみでもみくちゃにされないように前に立って歩いてくれる。絶対に私を車道側では歩かせないとか、買い物した荷物をそれとなく持ってくれるとか、彼はとても紳士的だ。恋人ならそういうこともされるかなって思うけど、私と立木君はお付き合いしているわけじゃない。でも、立木君の行動は自然で嫌味《いやみ》がないから、気付いたらそうなっていることが多かった。

いつの間にか縮まっている距離感にドキドキして、仕事中も何となく立木君を目で追ったりする自分に気付いて、ちょっととまどう。

平日も時間が合えば、一緒にお昼を食べに出掛けたりするようになった。

なんだか、そうやって一緒に過ごす時間が少しずつ増えて、それが普通になってきている感じだ。

私と話をする時に立木君が険しい顔をすることはなくなったし、他の人への話し方も、どこかおだやかになった気がする。

指導のアドバイスをしてからのこの二月《ふたつき》で、立木君との関係はとても良好になったと思う。

そして私自身、井坂さんと付き合っていた時より、なんだかドキドキするというか、わくわくするというか……

心が浮き立っている気もする。

「最近、立木君は機嫌がいいわね。あの変わりようは、彼女でもできたのかしら」

社員食堂で一緒に食事をしていた峰さんが、不意にそんなことを言った。

確かに、最近の立木君は笑顔が多い。機嫌がいいといえば、確かにそうかも。

「ひかりちゃん、最近仲いいんでしょう？　何か知らないの？」

思い当たることが一つあった。

立木君は猫好きで、実家でも飼っていたらしい。でも、今立木君が住んでいるマンションはペット不可で、飼えない。

その代わりにペットショップに通っているらしいのだけど、数日前にあるお店に可愛い子猫がやって来たそうだ。それで、仕事帰りに頻繁に通うようになったと言っていた。

「あぁ、可愛い子がいるお店を見つけて、通っているって。……でもその子、女の子じゃなくて男の子だった気が」

「えっ？」

峰さんの動きが止まった。近くの席にいた人たちも同じように一瞬動きを止めて、それからすごい勢いで私を見る。あれ、何で？

「店ってどこの？」

前のめりに尋ねてきた峰さんは興奮気味で、周囲の人も固唾《かたず》をのんでいる雰囲気だ。

「そこまでは。家の近くのペットショップって言ってました」

「そこの店員さんってこと？」

「ん？　店員さん？」

なんで店員さんが？　と、思った瞬間、後頭部をがしっと何かに掴まれ、微妙に痛みを感じる強さで絞められる。

「先輩、それだと俺が誤解されるじゃないですか」

「い、痛いです。立木君、頭取れちゃう、取れちゃいます」

「変な噂が流れたら容赦《ようしゃ》なく捥《も》ぎます」

「何で変な噂⁉　ただ、マンチカンの子猫を愛《め》でにペットショップに通ってるって話をしただけなのに？」

「その、マンチカンのっていう重要な情報が抜け落ちてましたよ」

「え、そうだった？」

呆れた顔で私と立木君を見ていた峰さんが頷く。

周囲も同じような反応だ。

立木君が私の背後でため息をついた。

「一瞬、風俗の男の子が気に入って通ってるのかと思ったわ」

「うわぁ……ごめんなさい」

まさかそんな思い違いをさせてしまうなんて……

「その誤解、俺がずっと片想い中だって知っていて言ってますよね、峰さん」

「ついに耐えられなくなって、振り切れたのかと」

「そうなる前に告白して玉砕しますよ。ここ空いてますか？」

「どうぞ」

峰さんの言葉に手の力を緩《ゆる》めた立木君は、私の隣の席に着く。

立木君に彼女がいないというのは聞いていたけど、片想いしているのは今の峰さんとの会話で初めて知った。

仕事もできるし顔もいいからもてそうなのに、片想いだなんて不思議だなと、彼の顔を眺める。すると立木君が、私を見た。

「なんですか、プリンがほしいんですか？　仕方ありませんね」

そう言って、セットランチについているプリンの器《うつわ》を私のプレートにのせる。

目的はそれではなかったけれど、思わぬ収穫に笑みが出た。

「ありがとう！　目で訴えてみるものだね。あ、唐揚げ食べる？」

「結構です。おかしなことを言わないように、それは口止め料ですから」

「うっ……気をつけます」

私には言葉足らずなところがあるらしい。だから仕事ではかなり気をつけているのだけれど、気が緩《ゆる》むとどうしてもそうなってしまうのだ。気をつけないと。

「なんだか二人、ほんとに仲よくなったね」

「そうですか？」

峰さんに、立木君が即答する。

「少し前まで拗《す》ねた子供みたいな態度だった立木君が、ひかりちゃんと漫才コンビを結成するまでになってるじゃない」

「どこに漫才の要素がありましたか？」

「どこって、全部よ。どんな心境の変化があったわけ？」

「そういえば、おじい様の具合はいかがですか？」

ニコニコしながら質問の手を緩《ゆる》めない峰さんに対し、立木君はばっさりと話を切り替えた。すがすがしいほど、容赦《ようしゃ》がない。

「なんて後輩だ。可愛くない。全くもって可愛くない。

「大人の男にそんなものを求めないでください」それで東雲先輩、どうなんですか？」

肩をすくめた峰さんを横目に、私は立木君に答える。

「あ、うん。ようやく車椅子に座ってもいいって許可が出たの。リハビリも体調をみながら増やしていくみたい。祖父も、リハビリやる気満々だしね」

祖父の脳の出血は止まり、ひとまず危機は脱した。けれど、ベッドにいる時間が長かったので、リハビリで体力をつけないといけないそうだ。祖父は動けるようになって嬉しかったらしく、張り切り過ぎてリハビリの先生に叱られている。あまり急激に運動をすると、また脳の小さな血管が切れてしまうかもしれないから、リハビリは慎重に、とのことらしい。

そんな祖父を度々祖母が窘《たしな》めている。けど、よくなっている祖父に、祖母もほっとしているみたいだった。

私の勤務も通常に近い状態に戻した。業務も以前とほぼ変わらない感じでこなせるようになっている。

土日にフルで遊びに出掛けるようなことは状況的にまだ難しいけど、祖父母に頼まれた買い物のついでにお茶をしたり、映画を観て帰るくらいの余裕はできた。

「そうですか。それはよかったです」

営業スマイルとは違う、柔らかい素《す》の笑みを浮かべた立木君に、私も笑顔を返す。

最近、立木君はよく、こうしたおだやかな表情を見せる。

自身の営業の仕事もうまくいっているし、指導中の市村君も順調に成長していて、同僚からの評価も高くなっている。それで気持ちにゆとりが出てきたのかな。

立木君の先月の月間成績は、部内で三位だったし。

「立木君、最近仕事好調だね。今月はいよいよ、トップ取れそうだって聞いたよ」

「孝正さん、祝い名目で食事に行くぞって言ってましたね」

「うちの旦那は飲みたいだけよ。よかったら相手してやって」

「いえ、孝正さん、俺が一人暮らしでぼっち飯なの気にして誘ってくれたんです。俺もたまには賑《にぎ》やかに食べたいんで、峰さんとお子さん、東雲先輩も是非一緒に」

「じゃあ、都合調整して皆で行こうか。ひかりちゃんは大丈夫そう?」

「はい。事前に祖母に伝えれば」

そんな感じで、食事の約束が決まった。このメンバーで食事に行くのは一年以上ぶりだ。とても楽しみ。

「それにしても、立木君は有言実行《ゆうげんじっこう》だね。そのうち、本当に一位奪取できるかもね」

「ええ。俺は、絶対に営業に向いてないって言ったあの人に勝って、見返してやります」

　この数年ずっと、営業成績トップは井坂さんだ。この仕事に向いてないと新人の時に井坂さんから言われて以来、立木君は彼に対抗意識を燃やし続けている。

　派手な大口の契約を取る井坂さんと違って、立木君はあまり目立たないけれど、終始手堅く地道な営業活動をしている。そのため、ゆっくりとではあるものの着実に成果を挙げているのだ。金額的には井坂さんが勝るけれど、契約数でいえば、今の時点でもう立木君の方が多いかもしれない。

　先月の三位も、二位の孝正さんに肉薄する金額での三位だった。一位の井坂さんに、徐々に近付いていているのは間違いない。

「そういえばその井坂だけど、河崎と別れたみたいよ？」

「もうですか？　ずいぶん早いですね」

　冷めた声で立木君が呟《つぶや》けば、峰さんが笑う。

「井坂は元々、女と長続きしないって有名だもの。ひかりちゃんの時が異例だっただけよ」

「まあ、どうでもいいですが……東雲先輩、井坂さんのことを聞いても平気そうですね」

　私を見つめる立木君に、笑顔を返した。

「立ち直りが早いのが私の取り柄だからね。見る目がなかったって、諦めがついちゃった」

終わったことをくよくよしても仕方ないし、これからいいことがあるって思った方が断然楽しいもの。それに、祖父のこととかで大変だったから、感傷的な気持ちをそこに割《さ》く余裕なんてなかった。それで気付いたら過去のことになっていた、って感じだ。

井坂さんを好きだったっていう気持ちは、ほとんど残っていない。だから彼が河崎さんと別れたと聞いても、心は静かだ。

完全に、自分の中で区切りがついている。

「大変だった分、この先にもっといいことがありますよ」

「そうだね。ありがとう」

やっと、落ち着けるようになった気がする。

「あれ？　付箋《ふせん》がない？」

「また？」

けれど、平穏な日々が戻ってきたと思っていたのは錯覚だったのかもしれない。最近、身の回りで変なことが起こるようになったのだ。

付箋《ふせん》を出そうと引き出しを開けたけれど、いつも置いている場所に付箋《ふせん》がない。

会社支給のものではなく、自分で購入した私物で、気に入っていたものなのだけど……

このところ、こんな感じでよく小物がなくなる。

「他は？」

「んー。備品のボールペンもないです」

被害としては、ボールペンとか付箋《ふせん》とか小さなものばかりだ。

最初は、誰かがちょっと借りてそのままなのかなと思って気にしていなかったのだけど、こう毎日のように続くと、流石《さすが》に気持ち悪い。

大事なものは鍵つきの場所に保管しているから、大きな被害はない。とはいえ、会社の備品も含まれているしと、一応、課長に報告した。そしたら課長から、なくなったものがわかるよう数を把握しておいてと言われたため、細かいと思いつつも、確認するようにしているのだ。

「峰さんは大丈夫ですか？」

「あ……私もペンとメモがない」

隣の席の峰さんも、私と同じように小物がよく消える。

「……気持ち悪いわねぇ。人のものを持っていって何が楽しいのかしら」

「ですね」

「嫌がらせにしては地味で、子供みたいだけど」

「後でまた課長に報告をしておきますね」

峰さんが渋い顔で頷く。

ものが小さくて金額にしても少額なだけに、大きな騒動にはなっていない。

それにしても、何の目的でこんなことをしているのだろう。

そうして、ちょっと気味が悪いねなんて話しながら過ごしていたら、今度は朝出社すると机の上に箱詰めの備品が積まれていたり、シュレッダーにかけられた紙屑がばらまかれていたりといった悪戯《いたずら》が始まったのだ。

「……何ですか、この紙屑の山」

「あ、立木君。おはよう」

「先輩、いじめられてるんですか？」

「え、そうなの？」

紙屑が山のように積まれた机を前に、立木君が渋い顔をしている。

「誰が見ても嫌がらせでしょう。ねちっこいやり方で、相手の陰険さが知れます」

「んー、私、どこかで悪いことしたのかなぁ？」

考えてみるけど、大きなトラブルって井坂さん以外には思いつかない。井坂さんは面と向かっていろいろ言わないと気がすまない人だから、こういうことはたぶんしない……と思うのだけど。

「逆恨《さかうら》みって場合もありますし。とりあえず片付け手伝いますから、仕事前にさっさと綺麗にしましょう」

「うん。ありがとう」

こうして立木君に片付けを手伝ってもらうことも、度々あった。

日に日に、嫌がらせはエスカレートしていった。それはやがて、総務が管理するものが勝手に他の営業課に置かれていたりと、うちの課だけの案件ではなくなって来た。この頃には、各部署にも注意喚起の通達されるまでになっていた。

私が自分でやったのでは？　とか言われたりもしたけれど、前日に私より遅く帰った人や、その翌日に私よりも早く出社して荷物を発見した人がいたので、すぐにその話はなくなった。

しかも私だけではなく、隣の席の峰さんにも同様のことが起こっていたので、課に対する嫌がらせではないかという話も出ている。課長も、上と相談をしているようだ。

「地味に業務に支障が出て、イラッとさせられるのが本当にムカつくわ」

メモを取りたい時にメモ用紙やペンがないとか、置かれた荷物を片付けないといけないから仕事に入る前にひと手間あるとか。そんなこんなで、峰さんはかなりご立腹だ。

私も、峰さんの言葉に頷く。

「でも、こんな手間をかけて何がしたいんでしょう？」

「こんな稚拙《ちせつ》な真似をする人の感覚、大半の人にはわからないわよねー。迷惑だわ、まったく」

「早く止《や》めてもらえるといいんですけど」

「ほんとに。でも少しずつエスカレートしてるし、ここらへんで犯人を捕まえておきたいわよね」

「そうですね。待ち伏せします？」

「それは、私もひかりちゃんも、家のことがあるから難しいでしょう？」

確かに。峰さんには小さいお子さんがいるし、私も祖母がいるから夜に家を空けるわけにもいかない。

「旦那が、立木君と相談して対策考えるみたいなことを言っていたから、二人に任せようか？」

「危ないこと、しないですよね？」

「しないしない。旦那は喧嘩なんてできない人だから、そんな下手は打たないわよ」

早く捕まってほしい気持ちはあるけど、そのために誰かが怪我をしたり、危険な目に遭ったりするのは嫌だ。

かといって、私には解決のためのいい案なんて浮かばない。

だから、できればこのまま終息してくれますようにと、そっと心の中で祈るのみだった。


「あ、東雲先輩、おはようございます」

あとちょっとで会社に到着する、というところで、後ろから声をかけられた。脚を止めて後ろを振り返れば、立木君が早足で近付いてくる。いつも車出勤の彼がここを歩いているのは珍しい。

「あれ、立木君おはよう。珍しいね、電車？」

横に並んだ立木君に合わせて歩き出す。

「そうなんです。昨日、接待で車を社に置いていったので」

「お疲れ様。電車混んでたでしょ？」

「ええ。あれを毎日体験するのは遠慮したいです」

「会社に着いたらコーヒーでも一緒にどう？」

心なしかげんなりしている立木君を誘えば「いいですね」と小さく笑った。

あの押し寿司みたいにぎゅうぎゅう詰めな車内は、慣れた私でもげんなりするもの。気分転換しないとね。

「休憩室に導入されたバリスタマシン、試しました？」

「うん。コーヒー好きな社長が拘《こだわ》っただけあって、豆の種類も多いし、美味《おい》しいよね」

そんな話をしながら職場に入り、コーヒーを飲みながら雑談する。

「今日は机、何ともないですか？」

「うん、さっき確認したけど、今日は何も置いてなかったし、なくなった文具もなさそう」

「それならよかったです」

「このまま止《や》めて、収まってくれるといいんだけど」

「被害がなくなるならそれが一番ですね。でも、犯人を捕まえたいですけどね」

峰さん夫妻は職場ではドライな感じで接しているけれど、とてもラブラブなんだよね。だから、奥さんが迷惑を被《こうむ》っているこの状況を、普段温和な孝正さんは静かに怒っているらしい。

らしいって言うのは、私が見ても普段と変わらないように見えるから。奥さんの峰さんからすると、怒っているのが微妙な変化でわかるらしい。流石《さすが》夫婦だな、って思う。

「愉快犯か嫌がらせかはわかりませんが、やっていることは、少額のものとはいえ窃盗《せっとう》行為ですからね」

そっか。なくなったとしか思ってなかったけど、言われてみれば立木君の言う通りだ。

「あ、そうだ。東雲先輩、大石ヤスダ重機の見積もり資料っていつ上がりますか？」

「後は誤字脱字と数字の再確認で終わりだから､そんなに時間はかからないと思うよ？」

「あと、それとは別でアニマ科学工業の前回データもほしいんですが、一緒に出してもらってもいいですか？」

「わかった。やっておくね」

「手間を取らせてすみません」

「いいよー」

元々あるデータをプリントアウトするだけだから、大した労力もかからないし。

……って、思っていたのだけれど。

「あれ？　フォルダがない？」

パソコンに保存していた見積もり書類のデータが、ごっそりフォルダごと抜けている。

それも、今年の分が。

まだ作成途中のものも、立木君に今日渡さなければいけないデータも、全てだ。

一瞬頭の中が真っ白になるけれど、違う場所に誤って移動させたかと思って調べる。

けれど、どこにもない。

「どうしたの、ひかりちゃん」

「データフォルダがごっそりないんです」

「ない？」

峰さんが怪訝《けげん》な顔をする。

「誤ってフォルダの場所を変えたかと思って検索かけたんですけど、出ないです」

「パソコン、シャットダウンして帰ってたよね？」

「はい。カードも手元にありました」

昨日は、峰さんと同じタイミングで退社した。お互いにパソコンの電源を落としていることを確認している。

営業部では顧客情報の取り扱いがあるから、各パソコンごとに特殊なカードを使用しないと電源を入れられないようになっている。更に暗唱番号を入力するから、外部の人間がこのパソコンを使えるとはとても思えない。

「他にないデータは？」

「量が量なので、もう少し調べてみないと何とも……」

調べるにしても時間がかかるので、急を要する書類だけでもどうにかしないといけない。

万が一のためにデータはバックアップを取っているので、一応大きな支障はないといえる。けれど、私のミスではなくパソコンの不具合なら、修理が必要になるだろう。

「おかしなところはなかった？」

「そういえば、マウスの位置が右手側になってました」

私は左利きで、マウスを左側に設置して使っている。だけど、今朝はマウスパッドごと、マウスがキーボードの右側に置かれていた。

もしかしたら小さな悪戯《いたずら》なのかもしれないけれど、消えたデータフォルダのことと合わせて考えると、誰かが操作した可能性もなくはない。

ただ、特殊な方法でしか起動できないこのパソコンを私以外の人間が起動したとなると、他にも何かされているかもしれない。それを確認しないと、このパソコンは使えないだろう。

単なる機械トラブルならいいけど、万が一クラッキングとかだったら、このパソコンが原因でウィルス感染……なんてことになるかもしれない。

「……システム課を呼んでチェックしてもらった方がいいかもしれないわね」

専門の人にチェックを頼もう、と思っていた私と、峰さんも同じことを考えたみたいだ。

上司に報告をし、了解を得てからシステム課に連絡を入れる。

「どうしたの？」

すぐに来てくれた担当は、システム課にいる同期だった。事情を説明すると、彼女は早速、調査に入る。バタバタしているのに気付いたのか、立木君が声をかけてきた。

「どうしたんですか？」

「直近のデータがなくなっていたの」

「なくなっていた？」

「ごっそりフォルダが消えていて。でも、原因がよくわからないから、他にも異常がないか調べてもらってるの」

「それは大変ですね」

「仕事が間に合わなくて、自分で消したんじゃないのか？」

聞き慣れた声に視線を向ければ、井坂さんが険しい表情で私を見ていた。

「どういう意味ですか」

「言ったままだ。最近のデータだけなかったってことは、そう疑われても当然だろ。そうじゃなければ、同情誘うためか？　お前がよく使う手じゃないか」

全く身に覚えがないことを、明らかに悪意のある言い方で井坂さんが言う。

確かに、うちのシステムを知る人なら、他の人が介入するのは難しいから使用している当人がどうこうしたのではと考えても不思議じゃない。それでも、別れたとはいえ一年近く付き合った相手にそうあからさまに疑われるのは、辛かった。

「そんなの、したことありませんよ」

「どうだか。だいたい、ものがなくなるって騒ぎたてたのもそれじゃないのか？」

「どういう意味ですか？」

「大したものがなくなったでもないし、実害なんてあってないようなものだろう。そんなことで犯人に何の利益がある。あるとしたら、注目されたいか、心配されたいがために自作自演で騒動起こすくらいだろ」

「よくそんな失礼なことが言えますよね」

そこで、立木君の冷たい声が響いた。

「下らない真似をして、こいつが必要な書類を出さないから迷惑してるんだよ」

「……それはさっき、作成済みのものを確認してもらいましたよね？」

井坂さんの書類は朝一に必要ということで、昨日帰る直前にプリントアウトしたものを彼の机に置いていた。更に電子化したものを、社内メールに添付で送信済みでもある。井坂さんがそれを確認する前に私のデータが消えたという話を聞いて、書類はどうするんだと問うてきたのだ。だから確認してもらって、その話は既に終わっているはず。けれど、立木君を含め他の人のデータはまだ出せていないから、早くやりたいのだけど。

井坂さんは私の指摘に、不愉快そうな顔をした。

「だいたい、データのバックアップは皆、取ってるでしょう。仕事が間に合わないからとか、その場しのぎでそんな嘘をつく理由がないです。速攻でばれますよ」

正論を言った立木君を、井坂さんが鼻で笑う。

「はっ、そうやってお前が味方するように、騙《だま》してるんじゃないのか？」

立木君は呆れたようにため息をついた。

「東雲先輩は、そんな駆け引きができるほど小ずるい性格はしてませんよ。大して深く付き合っていない俺がわかるのに、一年近く付き合った貴方がわからないなんて、貴方の目は節穴ですか？」

「お前の方が節穴なんだろ。ひかり、とっとと自分が悪かったたって皆に謝れよ。そうしたら赦《ゆる》してやるから」

さも私が悪いかのような言い方に、不快感が募る。

付き合っている時には全然わからなかった彼の酷《ひど》い部分が、別れてからどんどん見えてきていた。

「どうして東雲先輩が謝る必要が？」

「これ以上恥をかかないように、俺が優しく教えてやっているんだろ。素直に従えばいいんだ」

「貴方は、どうあっても東雲先輩を悪く言いたいんですね」

「事実、そうだろう。こんな事態になって得する奴なんて、こいつしかいないんだし。課の連中は皆迷惑してるんだ」

「それは、確たる証拠を持って先輩を犯人扱いしているんですよね？　まさか、確証もないまま同僚を貶《おとし》める発言なんて、しないですよね？」

「お前は、いちいち俺に口答えし過ぎだ。せいぜい二人で庇《かば》いあってろ」

井坂さんはそう言って、その場から離れていった。

本当にこの人は、私が付き合っていた井坂さんなのだろうか。自分の中で彼の印象がどんどん悪くなっていく。

「立木君ごめんね、変な話に巻き込んじゃって」

「いえ、貴女のせいじゃないです」

「……それにしてもどうしちゃったんだろうね、井坂さん。最近、理解できない言動が多過ぎる気がする」

井坂さんは、別れてから、まるで別人かと思うような態度を度々見せている。もう、どう接していいのかわからない。

「本性が隠しきれなくなっただけですよ。俺が知る井坂さんは、最初からあんな感じです」

「え、そうなの？　私、全然気付かなかったよ……」

「外面がよくて、仕事ができますからね。大半は騙《だま》されます。特に女性には優しいですし」

確かに、別れるまでは優しかった。

そうか、これが井坂さんの本性だったのか。私も見る目がなかったんだなぁ。

「あの人の言葉なんて、スルーが一番です。貴女は犯人じゃありません」

「うん」

「犯人は必ず見つけますから。逆に井坂さんに頭を下げさせてやります」

慰めの言葉をくれた立木君に、私は頷く。

犯人を見つけるのは難しいだろうけど、私は違うと信じてくれる立木君の優しさが嬉しかった。

「ありがとう。あ、消えたデータはバックアップがあるから、予備のパソコンを借りれば問題ないよ。ちゃんと用意できるから、心配しないでね」

「それなら、俺のデスクのを使ってください。これから営業で外に出て、昼までは戻らないので」

「ありがとう。立木君が戻るまでに用意するね」

「東雲ー、ちょっといい？」

「あ、はーい。じゃあ立木君、後でね」

私の席でパソコンのチェックをしてくれているシステム課の同期が呼んでいたので、彼女の隣に移動する。

「これ、やっぱ不正ログインされてるわ。データは、聞いてたやつの他にも幾つか消されてるけど、これなら戻せるから問題ない。ウィルスも大丈夫。メールでデータを送った形跡もないから、そこからの情報漏洩《ろうえい》は心配ないよ」

「そっか。とりあえず仕事には支障なさそうでよかった……。ありがとう」

「データの復元にちょっと時間もらうけど、大丈夫？」

「あ、うん。他の人のパソコンを少しの時間借りられるから」

「ＯＫ。詳細はうちのトップに報告するけど、手口が悪質だから、犯人を早く捕まえないとまずいわ」

それからほどなくして、犯人が判明した。なんと、経理の河崎さんだった。

何故犯人がわかったかというと、孝正さんが上の許可を得て、夜間、峰さんと私の机が映る位置に暗視カメラを設置して録画をしていたというのだ。目的は、私と峰さんの机からものを盗っていた犯人を見つけること。

そのことを私と峰さんは全然知らなかった。本当に、カメラがあるなんて全然気付かなかったよ。

映像には、私と峰さんの机の上にコピー用紙の入った段ボールを積み上げる河崎さんの姿が映っていたそうだ。

そのほか、デスクの引き出しを開けてものを抜きとっていく姿もばっちり撮れていたという。

嫌がらせに関する証拠が揃ったので、人事へ話を持っていって、彼女を呼びだそうという話になった矢先に、私のパソコンの一部データ消失の騒動が起こった。まだ設置したままだったカメラの映像で確認したら、それも河崎さんだったそうだ。結局、そのまま人事部の人が経理へ向かい河崎さんを連れていった。

その後で私も人事の人に呼ばれて、いろいろと話を聞かれた。そして戻ったところで、立木君と孝正さんに謝罪されたのだ。

「黙っていてすみませんでした。カメラの設置については誰にも漏らさないようにと上から厳命されていたので、言えなくて」

「仕方ないよ。犯人が誰かわからなかったし。カメラのお蔭で犯人が見つかったんだから、よかったってことで」

この先、もう変なことは起こらないのだ。二人には感謝しかない。

「甘い、甘いわよ、ひかりちゃん。これ、日中も稼働していたら盗撮よ、盗撮」

峰さんも、カメラのことを聞いてびっくりしていた。

実は人事部の人も、私や峰さんの自作自演ではないかと少し疑っていたようだ。だから、公平を期するために、私たちにも言わずにカメラを設置することにしたそうだ。

でも、流石《さすが》に許諾もないまま終日の撮影はまずいからと、犯行時間と思われる夜間に絞って録画することを決めたという。

「でも、それで犯人が見つかったんですし、結果オーライですよ。ありがとうございます。カメラの起動時間も考慮してくれてたんですから、本当に感謝してます」

「まあ、それもそうね。二人ともありがとう」

「いえ。犯人が見つかってよかったです」

「本当にな」

「それにしても、河崎には腹が立つわ。彼女のいる男を奪っておきながら、悲劇のヒロインぶって。被害者面して私にまで嫌がらせするとか、ほんと迷惑な話だわ」

峰さんの憤《いきどお》った様子に、立木君が苦笑いする。

「峰さん、ずいぶんご立腹ですね」

「当たり前よ。そもそも、人の男を略奪する女と仲よくしたい女なんているわけないでしょ。うちの女性社員は独身よりも既婚者が多いから、そういう話を特に嫌うのよ。しかも、河崎は自分から、井坂が二股していて結果自分を選んだ、みたいなことを自慢げに言ってたんだから。総スカンよね」

「あぁ、それで。経理の同期が仕事やり辛いって愚痴《ぐち》ってました」

「確かに、出張費の申請出しに経理に行った時、河崎が周囲から浮いてたな」

立木君と孝正さんが納得したように言う。

私も、経理部の空気が微妙なのは、たまに用事で行く時に感じていた。けれど、まさかそんな理由だったとは。

あの騒動から数日経った頃、立木君に声をかけられた。

「先輩は、河崎さんの処遇は聞きましたか？」

「うん」

懲戒解雇《ちょうかいかいこ》だと聞いた。

会社の備品を盗難するのも問題だけど、嫌がらせのために総務の倉庫の鍵を使って物品を持ち出したり、パソコンに不正ログインして業務上必要なデータを削除したといった行為がより重要視された。これらの行為が、会社に対しての悪意ある行動とみなされたそうだ。

彼女は発覚後、二日くらいして辞めたという。

あの日、人事に呼ばれた河崎さんは、嫌がらせをしたのは、私が意地が悪くてずるい女だと皆に知らせたかったからだと言ったらしい。私が井坂さんと別れた後、河崎さんと井坂さんは、周囲から距離を置かれるようになった。その原因が、私だという。井坂さんに振られた腹いせに、彼女や井坂さんの悪口を言い、同情を誘うような言動で周囲を味方につけたのだ、と。その結果、自分と井坂さんが悪役になってしまった、そうだ。

峰さんに対しても同様のことをした理由は、峰さんもまた井坂さんに嫌がらせをしていると誤解をして、その仕返しだったということらしい。

私には、意味がわからないことだらけだ。

あの日私も人事に呼び出され、話を聞かれた。けれど、すでに皆わかっていたようで、早々に私は被害者という扱いで解放された。

「危うく濡れ衣着せられるところだったって聞きましたけど、ちゃんと謝罪受けましたか？」

「ううん」

「ううん、って……」

「私も同席した話し合いの場で、自分は悪くないから謝らないって、本人が言ったの」

「はぁ？　先輩のこと、馬鹿にし過ぎでしょう？」

立木君が憤《いきどお》った様子でいう。

「うん。私が悪いって言い張るだけで、話し合いにすらならなかったからね。それで、人事の人がものすごい剣幕で河崎さんを叱責したんだよね。会社の大事なデータも飛ばしているのに、その態度は何だ、反省もないのかって。横で聞いていてもすごく怖かったよ。流石《さすが》に河崎さんもまずいと思ったみたいで、渋々って感じの表情で謝罪しようとしたから、私が止めたの」

「何で止めたんです？」

「形だけの謝罪をもらっても仕方ないし。だから、今後も一切謝らなくて結構です、私も許さないでおきます、って、言ってきた。で、その後の対応は、人事の方に全部お任せしたの」

人事の人はかなり怒り心頭だった。

私としては、今後、彼女と関わるつもりはないし、こんなトラブルに巻き込まれなければそれでいいと思ったのだ。

「先輩にしては、手厳しく突き離しましたね。お人好し発動して、情状酌量《じょうじょうしゃくりょう》でも望むかとちょっと心配でしたけど」

「真摯《しんし》に謝罪されたらそうしたかもしれないけど、流石《さすが》にね。私が犯人なのではって誤解も解けたし、もういいかなって。かみ合わない人とずっと会話するのも疲れるし、面倒くさかったんだよね」

「ちょっと厳しくなったのかと思ったら、やっぱり手ぬるいです。信用っていうのは、なかなか修復できないんですよ。先輩は悪くないってきちんと周囲に知らしめるためにも、彼女に謝罪させていいと思います。河崎さんに謝らせたって、誰も謝罪の強要だなんて文句、先輩に言いませんよ」

「でも、立木君は最初から私じゃないって信じてくれたでしょう?」

一瞬言葉に詰まった立木君は、視線を彷徨《さまよ》わせる。

「他にも私の周りにはそうやって私を信用してくれる人がいたから、そんなに傷付かなかったし。助けてくれる人がいるってわかって、嬉しかったしすごく感謝してる。そういうのを気付かせてくれた一面もあるから、これでいいよ」

そういう人の助けになれるよう頑張ろうって改めて思えたから、悪いことばかりじゃないもの。

「貴女が悪意に無頓着《むとんちゃく》で、悪意を人に向けることもしない人だってわかってますから。峰さんや孝正さんだってそうです。でも、そうでない人だっている。河崎さんのように、悪意をもって貴女を陥《おとしい》れようとする人もいるんです。だから、自分に攻撃的な相手には毅然《きぜん》とした対応しないと、また似たようなことをする馬鹿が湧きますよ」

「そうなの？」

「そうです。貴女は、俺みたいなのを簡単に許してしまうくらいお人好しなんですから。何をやってもいいって、相手を増長させて危険なんですよ。気をつけてください」

「は、はい……気をつけます」

懇々と説明する立木君は真剣そのもので、その気迫に押されてしまう。

「おい立木、何、説教ジジイみたいなことを言っているんだ？　お前、東雲が心配で、今回の一件だって犯人を突き止めて締め上げてやるって、俺に協力を頼んできた癖に」

「ちょ、孝正さん？　何言ってるんですかっ」

突然響いた孝正さんの声に、立木君が慌ててそちらに視線を向ける。いつの間にか、峰さん夫婦が近くに立っていた。

「素直に、東雲が心配だった、無事でよかった、変な人が多いからこれからも気をつけてください、でいいだろ。ついでに、俺がいつでも相談に乗りますから遠慮なく言ってください、くらいのスマートで男気のある台詞《せりふ》をつけ足せばいいんだよ」

「先輩に対するこれまでの俺の態度の悪さがあるのに、掌返《てのひらがえ》したみたいにいい人ぶってそんなこと言ったら、俺、ただの気持ち悪い男じゃないですか」

「まあ、確かにこれまでの立木君の態度を思えば、旦那が言ったようなこと口にしたらドン引きよね」

峰さんが苦笑いしながら続ける。

「でも立木君ももう少し、ひかりちゃんに素直な物言いをした方がいいわ。旦那の言葉じゃないけど、それだと後輩じゃなくて、口うるさい説教おじさんポジションで嫌われるわよ」

この中で一番年下の立木君は、峰さんの言葉に複雑そうな顔をする。

「……改めます。先輩もすみません」

「ううん。立木君が言うように、悪意のある人もいるから気をつけるね。ありがとう」

笑顔でそう伝えれば、立木君は少しだけ唇の端を緩《ゆる》め、頷いた。

なんだか、井坂さんと別れてからずっと、立木君に助けてもらっている気がする。

立木君は根が真面目だから、私への態度が悪かったことをまだ気にして、いろいろ気にかけているのだろう。それがわかるから、ありがたいって思う反面、申し訳なくも思った。

あまり彼に頼り過ぎるのはよくないし、立木君が『説教おじさん』なんて不名誉な呼び方をされるのも駄目だ。そのためには、自分がしっかりしないとね。

そう気持ちを新たにした。


それからしばらく経ったある日。

終業時刻間近で、私宛《あて》に一本の連絡が入る。

「東雲さん、二番に外線です。英《はなぶさ》さんという方です」

英さんは家のお隣さんで、祖父母と仲のいい御夫婦だ。もしかして、祖母に何かあったのだろうか。

「お電話代わりました、東雲でございます」

『あ、ひかりちゃん。加代《かよ》さんが大変なのよっ』

慌てたように祖母の名を出したのは、祖母の友達である英のおばあさんではなく、その娘さんの方だった。

「英のおばさん、落ち着いて。どうしたの？」

『加代さんが家で倒れて、今救急車が来てるの』

「そ、祖母がですか？　転んだんですか？　それとも発作ですか？」

『それが……警察も呼んで、もう、騒動になってるのよ』

その言葉に、一瞬で頭の中が真っ白になる。

警察って何？　救急車が来るって、一体どうなっているの？

電話越しに、パトカーのサイレンが聞こえた。

呆然としたけれど、祖父はまだ入院中だ。私がしっかりしないと駄目だと、我に返る。

「警察!?　事件なんですか？　祖母は無事ですか？」

『怪我はたぶんしてないけど、胸が苦しいって動けないの。それで病院、どこに連れていったらいいのかわからなくて』

そう言って、英のおばさんが救急隊の人に電話を代わる。

祖母のかかりつけ医がいるのは、祖父が入院している病院だ。その病院の名前と、担当医の名前を伝え一度電話を切った。その後すぐに警察から連絡が来て、家の敷地が荒らされていて、それを見た祖母がショックで倒れてしまったというあらましを教えられた。

自由に動ける身内が私しかいないと告げると、それなら病院でと、警察の人に病院で会うことが決まる。

電話を切って横を見ると、やりとりを聞いていたようで、傍に課長が来ていた。心配そうに私を見ている。

私はわかることをかい摘まんで説明し、そのままタクシーで病院へ向かった。

救急外来に着くと、外来前の待合室に警察官と英のおばさんの姿があった。

すぐに看護師さんに呼ばれ、祖母が休んでいるベッドへ案内される。

眉間に皺《しわ》を寄せたまま眠っている祖母の姿に、胸がぎゅっと締めつけられて泣きそうになった。

だけど泣いている場合じゃない。やることは山積みで、それができるのは私だけだもの。

両手をきつく握って、先生の話を聞く。

祖母は疲労と急激な精神的ストレスで、不整脈を起こしたらしい。薬を飲んで今は少し落ち着いているとのことで、しばらくそのまま寝かせることにした。

数日入院して心臓の検査をするというので、必要な書類を記入し、看護師さんに渡す。

その後でようやく、病院に来ていた年配の警察官と話すことができた。

家には強盗が入ったわけではなく、中は何ともないそうだ。ただ、庭や玄関が荒らされていたという。そしてその嫌がらせは、実は一週間ほど前から始まっていたらしい。

最初はゴミが玄関の前に捨てられていたり、生卵が扉に投げつけられていたりしたそうだ。それを祖母は、警察に相談していたという。しかし日ごとにエスカレートして、今日、ついにショックで倒れたということみたいだった。

祖母は、私にこれ以上心配をかけたくないからと、近所の人たちにも私には言わないよう口止めをしていた。

そして私が帰る前に全て自分で片付けていたらしい。だから私は、全然そのことに気付かなかった。

祖母は無理に身体を動かすと胸が苦しくなる。それなのに、一人で片付けをしていたのだ。

悔しくて、情けなくて、言葉が出なかった。

「おばあさんのことがあって大変だとは思うのだけれど、家の方に他に被害がないか確認をお願いできるかな。……その前に少し休もうか？」

私は今きっと、酷《ひど》い顔をしていると思う。警察官が心配そうに私を見て、椅子を勧めてくれた。けれど、首を横に振る。

「いえ……祖母の入院の支度も必要なので、家に戻ります」

戻る前に、祖母の様子を見に行く。

まだ眠っている祖母の顔を見てから、看護師さんに荷物を取りに行く旨を伝える。

家には、パトカーで警察官と一緒に行くことになった。

パトカーの中でぼんやりしていたら、スマホの着信音が聞こえてはっとなる。ディスプレイを見れば、立木君の名前が表示されていた。

「もしもし」

『先輩？　今、電話大丈夫ですか？』

「うん。何かあった？」

『先輩のおばあ様が倒れてお宅に救急車と警察が来たと言っていたので、気になって』

「大丈夫。祖母は少し入院するけど、薬で容態は落ち着いてきたから」

『それはよかったです。警察はどうして？　事件ですか？』

「家に嫌がらせされていたみたいで、今、警察の人と家に向かっているところ。これから被害を確認するの」

『一人で大丈夫ですか？』

「心配してくれてありがとう。……私しかいないから、どうにかするよ」

一人で大丈夫。何もできなかった子供の頃とは違うから、一人でどうにかできる。

「大丈夫。なんとかなるから」

『……それ全然、大丈夫じゃないじゃないですか』

「そう？　いつも通りだから平気だよ」

私はいつもと変わらない。祖父の時みたいに我を忘れたりしないし、ここまでちゃんと対応できているもの。大丈夫。きっと問題ない。

『先輩、俺は今必要ですか?』

「どうしてそんなことを聞くの?」

『ずっと、声が震えてますよ。そんな声聞いたら、気になるに決まってるでしょう』

「震えてなんて……」

答えながら気付く。スマホを持つ手が震えてる。声も掠《かす》れてる。

あれ……おかしいな。なんでだろう。

『東雲先輩、言い方変えます。俺が心配なんで、そっちに行きます。住所教えてください』

「でも……」

『俺が駄目なら、峰さんに連絡します。それでいいですか?』

「駄目だよ……峰さんはお子さん小さいし、家のことがあるよ」

『なら俺が行きます。おばあ様の入院の支度で足もいるでしょう。こういう時くらい、後輩を利用してください』

他にも何かやりとりした気がするけど、気付いたら、立木君に家の住所を伝えていた。

電話を切ってしばらくして、家に着いた。家の敷地に入った瞬間、目に飛び込んできた光景に脚が竦《すく》んで、その場にしゃがみ込んでしまった。

慌てて隣にいた警察官が立たせてくれたけど、ショックが酷《ひど》過ぎて、声にならない。

玄関ライトで照らされている壁や扉に、赤いペイントスプレーで線状の痕《あと》が幾つもつけられていた。地面にはゴミが散らばり、庭にある小ぶりの桜の木にも、赤いスプレーが吹きつけられている。

祖母はこれを見てショックを受けたんだ。今の私と同じように。

この桜は、両親と祖父母が植えた大切な木。

こんなの、祖父には見せられない……

「東雲さん、大丈夫ですか」

「あ……はい。すみません。家の確認、でしたよね」

多少フラフラしたけど、他に傷付けられたものがないかを確認するために、警察官立ち会いのもと、日が沈んで暗くなった庭を、ライトをともして歩いて回る。幸い、それ以外には何もなかった。

被害届を出すかどうかという話をしている時に、立木君がやってきた。

車はどこかに停めたのか、スーツ姿で私に駆け寄ってくる。

「東雲先輩！」

「立木君」

彼の姿を見た瞬間、ものすごく安心する自分がいた。同時に、自分の中で何かがぷっつり切れるのがわかった。

「ごめ……きて、……」

ごめんね、来てくれてありがとうって言っているはずなのに、全然言葉にならなかった。

一瞬で目の前が歪《ゆが》んで、口から嗚咽《おえつ》が漏れる。涙も溢れて止まらない。

「ちょ、先輩、泣いて⁉」

どうにか涙を止めようと、何度も自分の頬を指で拭《ぬぐ》うけど、止まらなくて。

慌てた様子で声をかけてくれる立木君にも、答えられない。

きっと困っているだろう彼に、大丈夫だと言いたいのに、全然うまくいかなかった。

気付いたら、私の身体はすっぽりと温かいものに包み込まれていた。

そのぬくもりに、余計に涙腺が崩壊する。

「やっぱり来て正解でした。……大丈夫ですよ、先輩。一人で大変だったでしょう？俺が手伝いますから、もう一人で無理しなくていいですよ」

労《いた》わるような優しい声が、耳の傍で響く。背中を優しく叩く手のぬくもりに、立木君に抱きしめられているのだとわかった。

「落ち着いたら、俺にしてほしいことを言ってください。協力しますから」

立木君にしがみつくようにして、私は何度も頷いた。

その後、泣いて少しすっきりした私は、立木君にも一緒に警察の話を聞いてもらい、被害届を出すことにした。

大切な家と、思い出の桜の木を傷付けられたことはどうしても許せなかったし、一週間も祖母を苦しめた犯人を捕まえたかったのだ。

とりあえず、防犯カメラを明日の朝買いに行って設置することに決めた。警察からも、昼間にこの周囲を巡回する回数を増やすことと、何かあればすぐに警察に連絡するようにとの言葉をもらった。そして警察は、必要な証拠品の採取を終え帰っていった。

立木君が、警察が許可した範囲の玄関の片付けを申し出てくれたので、私はその間に祖母の入院の支度をすることにする。

下着にタオルに洗面道具。保険証に病院の診察券、判子など必要なものを集めて、大きめのバッグに確認しながら収めていく。

祖父や祖母の話し声も生活音もない家の中は異様に静かで、両親と弟が亡《な》くなった時を彷彿《ほうふつ》とさせた。家族が亡《な》くなって、葬儀が終わった後のこの家は、こんな風に静かだった。

バッグに荷物を詰め込んだあと、仏間に向かう。

仏壇の前に腰を下ろし、両親と弟の位牌《いはい》と、三人の写った写真を見つめる。

「ごめんなさい……」

知らず、そんな言葉が漏れた。

私がもっとしっかり気を配っていたら、祖母は倒れることなんてなかったのに。

両親の建てた思い出の詰まった家が汚されるのを、止められたかもしれない。

両親と祖父母が植えた桜の木を傷付けられてしまうことも……

顔も知らない相手に、大切なものを土足で踏みにじられて、悔しくて、情けなくて。

心細かっただろう祖母を支えて守ることもしないで、何も気付かずにいた自分が許せなかった。

でも、こんな気持ちも酷《ひど》い顔も、祖父母に見せたくない。

「もう、こんなことさせないように頑張るから……おじいちゃんにもおばあちゃんにも心配かけないようにするから……」

少しだけ、弱音を聞いてください。

ちゃんと、葬儀の時に約束したように、皆の分まで笑って楽しく毎日を送れるように頑張るから、おじいちゃんとおばあちゃんの体調が悪くならないように守ってください。

そう両親たちの位牌《いはい》に手を合わせる。

返事なんて戻ってこないけど、それでも全然よかった。

気持ちを立て直す時、私はいつもこうしている。

「……先輩？」

背後から、立木君の声がした。

振り返れば、立木君が申し訳なさそうに仏間の入り口に立っていた。

「すみません、勝手に入って。少し玄関先で待っていたんですけど、物音もしないし、来る気配がなかったんで心配になって」

「あ……ごめんね。掃除してもらっていたのに、こんなところにいて」

「いえ、気にしないでください。ただ、粗方片付いたんですけど、ペイントはすぐ落ちそうにないんです。なので明日、ホームセンターで専用の洗剤を買って綺麗にした方がいいと思って」

「ありがとう。そうするよ……」

私は立ち上がって、仏間を出る。

「あの、その仏壇の位牌《いはい》は」

「両親と弟のものなの。交通事故で亡《な》くなってね。もう十五年くらい前の話だよ」

「そうだったんですね」

リビングに移動して、立木君にお茶を出して時計を確認すれば、もう二十時を回っていた。

「もうこんな時間……ごめんね、遅くまで付き合ってもらったのに、お茶くらいしか出せなくて……。お礼したいんだけど、これからまた病院に戻らないといけないから。お礼は落ち着いたらするね」

わざわざ来てくれた立木君に満足なお礼もできずに申し訳ないけど、今はどうにもならない。

「そんなの、大丈夫です。俺が好きでやったんで。というか、病院へは俺が送ります。先輩は少し腹に何か入れた方がいいです。顔色も悪い」

「でも……」

「先輩、前に俺に言ったじゃないですか。空腹だと頭も働かないし気持ちも滅入る。踏ん張りたい時はちゃんと食べろって。俺の苦手な甘いもの、たくさん机に積み上げて力説していたでしょう」

そんなことも、確かにあったな。食欲が落ちていた立木君に、甘味嫌いだって知らないまますすめたんだった。甘味が嫌いだと言いつつも、立木君はそれを口にして、ものすごく苦々しい顔をしたんだ。で、二度とこうならないために、これからは絶対に食事を抜かないって、やりとりをしたなぁ。

「有言実行《ゆうげんじっこう》してくださいよ。買い出しくらい、いくらでもしますから」

「……うん」

そうだった。それを私に教えてくれたのは祖父だ。家族が亡くなった時に……

交差点で事故を起こした車が、歩道を歩いていた私たち家族に飛び込んできた。両親と弟は即死。私は、弟が落としたものを拾うために、三人とは少し離れていた。だから、飛び散った車の破片で軽い怪我をした程度だった。

すぐ傍を歩いていたのに、ちょっと目を離したら両親たちがいたところには大きくひしゃげた車があって、周りは悲鳴と怒号が飛んで。家族の姿がどこにもなくて……

車に押し潰された姿を、私は見ることはできなかった。周囲が見せなかったのだ。

私だけ置いていかれたみたいで、生き残ったのがとてもいけないことのように感じて、その事故以降、私は全然ご飯が食べられなくなった。

そんな私に、祖父母が泣いた。私までいなくなったら、生きていけないと。両親と弟の分まで生きて、笑って楽しく幸せになってと、ぎゅっと抱きしめてくれた。

一人じゃないんだ、生きていていいんだって気付いて、祖父母と泣きながらご飯を食べたのだ。その時に、言ってくれた言葉だ。

踏ん張って、三人で頑張って生きていこうと、そう約束した。

私が弱っていたら、また祖父母を悲しませてしまう。

ちゃんと食べて、少しでも元気にならないと。

それを、立木君のお蔭で思い出せた。

「でも、ご飯はやっぱり後にするよ。さっきは祖母が眠っていて、話ができていないから。それに、祖父にも家のことを伝えないといけないし」

祖父もこの家を大事にしていた。この報告で、祖父が気落ちしないか心配だ。

「わかりました。……どうしました？　まだ何か困ったことが？」

「あ、ううん。家の扉や壁と桜の木に落書きされたこと、どうやって報告しようかなって。祖父もすごく悲しむなって思って」

「何か思い入れが？」

「元々、私たち一家と祖父母の二世帯でここに住んでいてね、両親や弟との思い出のある家なの。桜の木も、弟が生まれた時に祖父母と両親が植えたもので、皆で大切に育てていたから……亡《な》くなってからは特に。だから、こんな状態になって、祖母もショックが大きかったんだと思う」

私は三月生まれだから桃の木で、弟は四月生まれだったから桜の木を植えたんだって、生前の両親が私と弟に教えてくれた。

だから祖父母は亡《な》くした弟の代わりに、桜の木をそれはそれは大事にしていた。

「先輩も、辛かったんですね。大切なものや人を傷付けられたから」

「……桜の木は……弟が成長するみたいに見ていたから、思った以上にダメージを受けたみたい。我慢していたんだけど立木君の顔見たら、なんか気が抜けちゃって。ごめんね」

「気にしないでください。大事なものが傷付けられたら、ショックに決まってます。それに、頼れる身内がいないっていうのはおじい様の時に伺っていたので、大変なんじゃないかと俺が勝手に来ただけです。協力できることはいくらでもしますよ」

「ありがとう……。私だけだったら、ここまで落ち着いて対処できなかったよ……。こういう時、相談したり協力できる家族がいないって大変なんだね。わからないことが多くてテンパっちゃった」

「話くらい、俺が聞きますよ。解決できるかは内容にもよりますけど。けど、こういう時は一人で鬱々《うつうつ》とするより、誰かに吐き出した方が気分的にも楽だと思います。まあ、これも貴女の受け売りですけど。でも俺自身で実証済なんで、効果は保証します」

立木君らしい気遣いに、なんだか泣きそうな気持ちになる。

「それなら実践しないとね……とはいっても、どうにもならないことを悩んでるだけなんだよ」

「どうにもならない?」

「祖父母のこと。二人とも高齢だし、この先、こうやって体調を崩して入院することも増えるでしょう?　……以前から祖母の方は、発作を起こすことが増えれば、家での生活は難しいって言われていたの。で、今回の検査の結果がよくなかったみたいで……。

入院中に詳しく検査をするんだけど、結果次第では、もう家には戻れないかもって先生に言われたの」

「そんなに悪いんですか？」

「家事も、簡単なことだけをって今までも言われてたの。それに、ストレスは大敵だって。なのに、祖母は嫌がらせのことを私に隠して、一人でどうにかしようとしたらしくて。そのせいでストレスがたくさんかかって……。掃除のために動いたのも、駄目だったみたい。一緒に暮らしていたのに、私は気付けなくて。私が気付いていたら、祖母は倒れなかったのにって思うと、申し訳ない気持ちでいっぱいになる。祖母の検査結果が悪かったらどうしようとか、もう、そんなことばっかり考えちゃうの……」

深刻な感じにならないように、できるだけ軽い調子で話をしていたのに、気付いたら俯《うつむ》いていた。自分の左手を握りしめ、それを包むように右手で握っている。

思った以上に、今回のことは私にもショックだったみたいだ。

話してすっきりするどころか、なんだか余計に気持ちが滅入ってきた。こんなことじゃいけないと、慌てて顔を上げる。

「駄目だよねー。終わったことはどうしようもないし、わからない先のことにくよくよするのも意味ないのに。ごめんね、こんな話をして。でも、ちょっとすっきりしたよ。大丈夫」

　こんなことじゃ立木君に余計に迷惑をかけてしまう。だから、笑え笑えって自分を叱責しながら立木君を見た。

　すると、さっきまで少し離れたところにいたはずの立木君がすぐ左隣にいて、びっくりする。思わず右側に避けたら、立木君に腕を掴まれた。

「なんて顔して、すっきりしたなんて言ってるんですか。俺は吐き出せって言ったんです。誤魔化せなんて言ってない」

「え……ど、したの？」

「泣きそうな顔して大丈夫なんて、全然、説得力ないんですよ」

　怒っているわけではなさそうだけど、ちょっと険しい顔で立木君が言う。

　私、泣きそうな顔しているのかな……。笑えてない？　笑っているはずなのに。

「だいたい、誰だって頼る相手がいなかったら不安になるに決まっているでしょう。大事な人の体調が悪くなったら、心配だってしてします。こんな時くらい、少しくらいネガティブになったっていいじゃないですか。俺はいくらだって付き合います。それとも俺じゃ、頼りないですか？」

　立木君の問いに、私は大きく首を横に振った。

　頼りなくなんてない。

　頼りたくなるくらい優し過ぎて、堪《こら》え切れなくなるのだ。

握りしめている手の甲に、ぽたぽたと滴《しずく》が落ちていく。

「あれ……なんでだろ。止まらない」

さっき泣いたはずなのに。

悲しいわけでもないのに、溢れて零れるものが止まらない。

「すみません。貴女を泣かせたいわけじゃないんです」

うろたえた声の立木君の手が、私の頬に触れる。彼の親指が、流れ落ちていく涙の滴《しずく》を何度も拭《ぬぐ》った。

大きくて少しごつごつした男の人らしいその指も、両頬を包み込むその掌《てのひら》も、温かくて——何故だか酷《ひど》く安心する。

「今から俺が話すこと、別に答えなくてもいいんで、頭の片隅に置いてもらえますか？」

優しく尋ねられ、私は頷く。

「先輩、前、俺の身内があの病院にいるって言ったのを覚えてますか？　その人、医者なんです。だから一度、話をしてみませんか？　専門は循環器で、きっといろいろ教えてくれます。顔も広いので、医療系の関係者とも繋がりが増やせると思います。在宅ケアのことについても相談できるかもしれません。だから、聞きたくなったら俺に言ってください」

「……うん」

「先輩の家にあんな真似した人間を捕まえるなら、孝正さんに相談しましょう。孝正さんのお兄さんが、防犯システムに詳しいんです。河崎さんを特定する時も、いろいろ教えて頂いたんですよ。防犯カメラの設置とか、効果的な方法を相談してみましょう」

「うん」

「貴女は一人じゃありません。俺もいるし、峰さんや孝正さんだって貴女を心配してます。峰さんがメッセージを入れるって言っていたので、落ち着いたらスマホを見てください。俺に先輩のことを連絡してくれたの、彼女なので」

「うん……」

私の胸の中にある痞《つか》えを取り除くように、一言一言ゆっくりと話す立木君の言葉に、短いけど答えていく。

涙はまだ止まらない。でも、立木君の言葉のお蔭で、自分がやれることが拓《ひら》けてきた気がする。

私、家のことは何でも一人でやらないといけないって、思い過ぎていたのかもしれない。

「ありがとう、立木君」

今度はちゃんと笑えたと思う。

「本当は思う存分泣いてもらった方がよかったんですけど、面会時間とかあるでしょう？　あまりここに長居もしていられないかと……」

「うん。なんだかモヤモヤが一気に吹き飛んだ気がする」

「それはよかったです」

一人だったら、気持ちを立て直すのにもっとずっと時間がかかっていただろう。

立木君には本当に感謝だ。

「壁や扉のペイントは落とせばいい。桜の木は、剪定《せんてい》をお願いしている植木屋さんに連絡して、状態を見てもらうよ」

「その意気ですよ、先輩。いつもの調子が戻ってきましたね」

立木君は、安堵した表情で笑った。

私を見る目がすごく優しい気がする。優し過ぎて、胸がキュッとなって、立木君を直視できなくて視線を泳がせてしまった。

「あの、先輩」

「ん？　なに？」

言われて立木君を見れば、立木君は少し目を伏せていた。

「ちょっと言い辛いことなんですが」

「あ、もしかしてお腹空いた？　有り合わせでよければ準備するけど、食べる？」

仕事終わりにそのまま来てくれたみたいだし、立木君もお腹空いているよね？　何でこんな当たり前のことを失念していたんだろう。そう思ったけど、立木君は首を横に振った。

「違います。今後のことです」

「今後？」

「おばあ様も入院されたということは、先輩ここでしばらく一人暮らしになるでしょう？　嫌がらせのあった家で、女性の一人暮らしは危険だと思うんです」

「あ……そっか」

そうだ。祖父母二人とも入院したら、私一人だ。他のことで頭がいっぱいで、気付いていなかった。どれだけ動揺していたんだろう。

立木君が言うように、一人になるのはちょっと不安だよね。

けれど、今から突然泊めてくれるような友人は、心あたりがない。どこかビジネスホテルに泊まる方がいいのかな。

でもそれだと、夜に人がいないからってまた嫌がらせをされるかもしれない。仏様のお世話も、祖父が大事にしている庭の花壇の世話もできなくなるし。

「怖がらせるつもりはありませんが、嫌がらせの目的もわかりませんし、もし友達のところに泊まれるならそうした方がいいかと」

「だとしても、今日はちょっと無理かな。まだ、病院に行かないといけないし、帰りが何時頃になるかもわからないから、泊めてとは言えないもの」

「確かに……それもそうですね」

「まあ、何とかするよ。明日には防犯用のカメラも置くつもりだから、今日は我慢して家で寝るかな」

「軽率ですよ。夜にもし犯人が来たらどうするんですか。それが男だったら、一人で対応できますか？　貴女に何かあったらどうするんですか？　御家族が心配しますよ」

「それは……」

立木君の言うことはもっともだ。何より、祖父母に心配をかけるのは嫌だ。

「……一晩、俺の家に来ますか？」

「っ!?」

いまさらりと、立木君がとんでもないことを言った気がする。

「今、なんて？」

「俺の家、来ますか？　姉夫婦が海外赴任の間、部屋の管理もやっといてと言われて、今、姉夫婦のマンションに住んでるんですよ。ファミリータイプなんで、部屋数も多いし、空いてる部屋もありますから」

「そんな簡単に、お部屋にお誘いなんてしたら駄目だよ」

「困ってる先輩を助けることの、何が駄目ですか？」

「お付き合いしていない男の人の部屋に行くなんて駄目でしょ？　立木君もそんな簡単に女の人を部屋に誘ったら、勘違いされちゃうよ？」

「勘違いって、どういうことですか？」

わかっていないのか、立木君は至極真面目な顔で突っ込んでくる。むしろ私の方が困ってしまった。

「ほら、この人は自分に気があるんじゃないかな、とか……一夜のお誘いしてるのかな、とか……ね？」

なんだか自分が自意識過剰なことを言っている気がして、すごく恥ずかしい。

立木君は私の言葉を聞いて、ふっと笑う。

「あぁ、そういうことですか。確かに、恋愛感情のない相手にそんなことを言ったらまずいですね」

よかった、納得してくれたみたいで。

「白状すると、俺は貴女を一人にしたくないんです。さっき貴女が仏間にいた時、後ろ姿を見ていたら、そのまま先輩が消えてしまいそうで怖かったから。一人にしたら、本当にいなくなってしまいそうで」

「え、し、死んだりとかしないよ？」

「わかってますよ。俺が貴女を放っておけないんです。この数ヶ月、いろいろあったたから余計にそう思うのかもしれませんが……。先輩には、誰かと一緒にいてほしいです。できれば、俺の家って選択肢は、最終的な手段の一つとして考えておいてください。できれば、ここれ以外の手段を選択してもらえるのが最善です」

全然やましさを感じさせない立木君の言葉に、私は頷く。

今の言葉はただ私のことが心配なだけで、色恋で言っているわけじゃないのだとちゃんとわかる。それが何故だか、ずきっと胸を刺した。


それから立木君が、病院まで車で送ってくれた。正面玄関はもう閉まっていたので、夜間通用口から中に入る。

立木君は病棟の待合室まで付き添ってくれて、そこで待っていると言った。

祖母は目を覚ましていた。消灯時間になっていたので、声を抑えての話になる。幸い、その部屋には祖母しかいなかったので、そこで小声で話をした。

私の顔を見た祖母は、隠していたことを真っ先に謝ってきた。

「私こそごめんね。私が早くに気付いていたらよかったんだよ」

祖母は泣きそうな顔で何度もごめんねと言っていたけど、そんな祖母に私の方が泣きそうになる。

「壁の落書きは何とか落ちそうだし、桜の木はいつもの植木屋さんに見てもらうから心配しないで。おばあちゃんは、身体も気持ちも休めて、早くよくなってね」

「だけど……ひかり、今日はどこか別の場所に泊まりなさい」

「どうして？」

「……家の嫌がらせ、最初はゴミが少し散らばっている程度のものだったの。おじいさんのことで元気がなかったひかりが、やっと最近、以前のように楽しそうに笑うようになっていたから、貴女を煩《わずら》わせたくなくて……。だから、おじいさんと相談して、ひかりには黙っていようって決めたの」

「おじいちゃんも、知ってたの？」

祖母が一人で抱え込んでいなかったことにはほっとしたけど、私だけ蚊帳《かや》の外みたいでちょっとショックだ。

祖母の話では、本当に最初はゴミくずが少し程度で、すぐ片付けることができたそうだ。だけど、日ごとにゴミが増え、仕方なく警察に相談して、地域の巡回を増やしてもらうことにしたらしい。

それで今日、祖母は祖父と話しあい、私にも伝えようと決めたという。そして家に戻ったら、あの惨事だったと。家や桜の木が傷付けられたことにももちろん大きなショックを受けたけれど、それ以上に祖母の心に衝撃を与えたのは、扉に張りつけてあった紙だったそうだ。

私に対する中傷が綴られたそれを読んで、祖母は倒れたらしい。

「紙？　私、知らないよ」

「警察の人が持っていくっていってたから、もうなくなっているんだね」

どうやらその貼り紙は、警察の人が嫌がらせの証拠品として押収しているようだ。

そこに書かれた悪意溢れる言葉を見たから、祖母は私に、しばらく家には戻らない方がいいと言ったのだ。明日、何か思い当たることがあれば警察に話をして、落ち着くまでは別のところに泊まるようにと、祖母は続ける。

立木君が不安視していたことが現実になってしまっていた。

「でも、仏様は？」

「貴女の身の方が大事よ。それにあの子たちだって、こんな状況ですもの。きっと許してくれるわ」

「……わかった。おじいちゃんにも報告しに行ってから帰るね」

「帰りも一人？　気をつけるのよ」

「ううん、立木君が送ってくれたの。帰りも家まで送ってくれるから心配しないで」

「貴女が最近またよく話してくれる立木君？」

立木君と打ち解けてきてから、毎日ではないけど、祖父母との会話に彼の話題が出るようになった気がする。祖父の入院の時に車で送ってくれたことも、話している。

「そうだよ」

そう言うと、祖母が複雑そうな表情をした。

何故だろう?

少し不思議に思ったけれど、もう時間も遅いから、祖母の身体に負担をかけないようにお暇《いとま》することにした。持って来た荷物を片付けて、退室する。

立木君と合流して祖父のもとへ行くと、祖父はまだ起きていた。立木君が一緒にいると伝えると、病室に入ってもらうように言われる。

祖父に言われるまま、待合室にいた立木君を病室に招いた。

「こんな姿で呼んでしまって申し訳ないね」

「こちらこそ、このような時間に失礼します。はじめまして、立木未紀と申します」

立木君はスーツのポケットからカードケースを取り出し、そこから名刺を一枚ぬいて祖父に差し出した。

「これはご丁寧に。ひかりの祖父です。ひかりがいつもお世話になっているようだね」

「こちらこそ、先輩には入社時からよくしていただいています」

そんなやりとりの後、祖父の方から話を切り出した。

「実況見分を終えた警察から家のことを聞いてね。その時に、君がひかりのところに来てくれたことも聞いたよ。ひかりの手助けをしてくれて感謝している」

祖父は、すでに家のことを知っていた。

「微力でもお役に立てたら光栄です」

祖父と立木君はおだやかな雰囲気のまま、会話を交わしている。

「ひかりは大丈夫か？　いろいろあって気持ちが落ち着かんだろう？　家への嫌がらせも黙っていて悪かった……お前に余計心配をかけることになってしまったな」

「ううん。大変だったけど、途中で立木君も来てくれたし、何とか今やれることは終わったから」

「そうか。立木さん、ありがとう」

「いいえ。俺が好きでしたことなので」

「感謝するよ……ところでひかり、中傷文については聞いたか？」

「うん、さっきおばあちゃんから聞いたよ」

「中傷文？　先輩、そんなもの、あそこにありましたか？」

「あ、祖母が剥《は》がしたみたいで、今警察にあるって」

「内容を伺っても？」

「簡単に言えば、立木さんが悪い人間で、ひかりを騙《だま》している。そしてひかりと君が、会社で周囲に酷《ひど》く迷惑をかけている、という内容だね」

「それで、気になって俺を呼ばれたんですね？」

「すまないね。失礼だとは思うが、わしは君のことをよく知るわけではないからね」

それで祖母も変な顔をしたんだと納得した。

立木君は巻き込まれただけなのに、申し訳ない気持ちになる。

「おじいちゃん…立木君は、人を騙《だま》したりする人じゃないよ」

「そうか」

「いえ。ご心配はごもっともだと思います。このようなことがあれば、会ったことのない相手ですし、警戒するのは当然です……ただ、俺がその中傷文通りの人間だった場合、この場で逆上して暴れる可能性もあるので、こうして会うのは危険です。東雲先輩のためにも無茶はなさらないでください」

「君はひかりから聞いたままの人物だね。安心したよ」

立木君の言葉に、祖父は小さく笑った。

「正直なところ、中傷文の内容をわしは信じてはおらんよ」

「じゃあどうして立木君を呼んだの？」

「二人に犯人に心当たりがないか、聞いてみたかったんだよ」

「犯人と言われても……私は全然。立木君は？」

正直、誰がこんな真似をしたかなんて、全くわからない。

「その紙を見ていないので何とも言えませんが、会社の内容が詳細に書かれていたとしたら、会社絡みの人間と考えられるかと思います」

「……会社の人ってこと？」

「御近所トラブルでの嫌がらせなら、これまで御家族とも面識がない俺の名前が挙がるのは変な話ですから」

「確かにそうよね。立木君、おじいちゃんとは今が初対面だもの。それに、家もさっき教えたばかりだし」

「俺のことを知っていて、なおかつ会社の内情に明るいとなれば、俺と先輩に共通で関係している人間を疑った方がいいと思います」

立木君の言うように、我が家への嫌がらせなのに立木君のことが書かれているのは変だ。

「ひかり、会社で何かトラブルはなかったのかい？」

「少し前にあるにはあったけど……その人はもう退職しているし。それに、家に嫌がらせが始まった時はその人まだ普通に仕事をしていたから、日中にそんなことをする時間はないと思うの」

会社のトラブルや仕事内容に関しては、普段から祖父母には話をしていない。二人には極力心配をかけたくないから、あのいざこざを祖父母は知らないのだ。

「そういったことがあるのなら、警察には一応話をしておきなさい」

「うん、そうするね。立木君は何か思い当たることある？」

「そうですね……正直、あの人が犯人だとしたら、東雲先輩の家だけ狙うのも変なんですよね。あの人の逆恨《さかうら》みっぷりからしたら、捕まえるために行動した俺や孝正さんの家も狙われると思うんですよ。特に、孝正さんのところは夫婦で関わってますから。でも、俺の家にも何もないし、孝正さんにさっき連絡したんですけど特に何も言ってませんでした。いずれにしても、犯人の捜査は警察にお任せして、先輩は自衛を考えた方がいいと思います」

　確かに、家にこれ以上被害が及ばないように、対策するのが大事だよね。

とはいっても、防犯用のカメラとか、警備会社に直結する防犯システムを導入するくらいしか思い浮かばない。

「ひかり、ばあさんはどのくらいで退院できる？」

「三日後に今日とは違う心臓の検査をして、その結果で決めるって先生が言ってた。色々全部大丈夫だったら、早ければ今週末には退院できる可能性はある……かな」

「今週末に退院としても、それまでひかりが家で一人になるのは心配だな」

「おばあちゃんにも言われたけど、子供じゃないから大丈夫だよ。これまで夜は何ともなかったし、今日は夕方に警察が来て騒動になったから、警戒して来ないんじゃない？」

「駄目ですよ。俺言いましたよね？　相手の思惑もわからないし、仮に犯人が男だとしたら、先輩が一人でいる時になにかあっても対処できないでしょう？　だからホテルに泊まってくださいって」

「立木さんの言う通りだよ、ひかり」

二人がかりでホテルへ泊まるように勧めてくる。

ちょっと過保護のような気もするんだけど……

「でも」

「でもじゃありません。先輩は人を疑うことをほとんどしないから、うっかり犯人を玄関から迎え入れそうで怖いんですよ」

「そこまでボケボケしてないよ」

「犯人が顔見知りだったらどうするんですか。疑っていない相手が何食わぬ顔でやって来たら、どうぞどうぞって家に迎え入れるでしょう？」

「それは……お迎えするかも」

それはもう、笑顔で家に上げる可能性が高過ぎて否定できない。

「だからです。前から言ってるでしょう、警戒心を持ってくださいって。できることなら、一人でホテルにいるよりも、仲のいい友達のところに身を寄せてほしいとも、さっき言いましたよね？」

立木君が心配してくれているのは、言葉からもすごくわかる。傍で私たちのやりとりを聞いている祖父は、立木君の言葉に頷いて同意を示しているし、二人の私に対する思いが一致しているのもわかるのだけど……

「一日だけならいいんだけど、できれば家を空けたくないの。何日も人がいないってわかったら、もっと酷《ひど》いことを家にされるんじゃないかって思って……。おばあちゃんも、嫌がらせが悪化しているって言っていたもの。あれ以上、家に何かされるのは絶対に嫌なの。家は……家族との思い出がたくさんあるから、壊されたくない」

「ひかり、お前の気持ちはわかるよ。あの家には大事な思い出がたくさんある。だけどね、ひかりより大事なものではないよ」

祖父が手を伸ばし、私の手をそっと握った。

少し弱って細くなってしまった指だけど、とても温かかった。そのぬくもりにほっとする。

「家は壊されたら直せばいい。建てて二十年も経っているからいずれガタもくるし、建て替えも必要だ。形あるものが変わるのは仕方のないことだよ。だから気にしなくてもいい。でも、お前は違うんだよ。他の誰も、ひかりの代わりにはなれない。大事なわしの孫だ」

私のわがままを叱るでもなく、窘《たしな》めるわけでもなく。祖父はおだやかにそう説く。

「私だって、おじいちゃんやおばあちゃんが大事だよ。だから、大事な家も守りたいよ」

「じゃあ、もしお前を一人家に帰して何かあれば、わしは病院を脱走してお前のもとに駆けつけるが、それでもいいかな？」

「だ、駄目だよっ。倒れちゃったらどうするの」

そんな風に言われると、家に戻ると強く言えなくなる。

祖父は昔から、思ったら即行動してしまうのだ。それが頼もしくもあるけど、同時に向こう見ずなところもあって、はらはらすることが多い。祖父がやると言えば、本当に実行するだろう。

「そんなことを言われたらできないよ、おじいちゃん」

「ひかりはわしに似ているからな。突飛なことをせんように釘をさしておかんと」

「おじいちゃんが飛んできたら困るから、大人しくします」

「そうか……なあ、ひかり」

「なあに、おじいちゃん」

「お前は立木さんとお付き合いしとるのか？」

「えっ!?」

ものすごく真面目な顔をして尋ねる祖父に、慌てて首を横に振る。

「してない、してないよ？　立木君は会社の後輩だよ？　突然どうしたの？」

「今、お前たちのやりとりを見ていてそう思ってな」

「立木君は心配してくれているだけだから、そんなことを言ったら立木君が困っちゃうよ」

「別に困らないですよ？」

「立木君!?」

思わず隣にいた立木君を見れば、彼と目が合う。

その視線は真っ直ぐ私に向いていた。じっと見つめられ、だんだんいたたまれないような気恥ずかしいような気持ちがこみ上げてきて、頬が熱くなる。

不意に、立木君が慈《いつく》しむような優しい笑みを浮かべた。そして彼は、祖父に視線を向ける。

「お付き合いはしていませんが、女性として素敵だと思っています。ただ、アプローチしても気付いてもらえないので脈なしですね」

祖父は何ともいえない表情で私を見る。

「ひかり……お前はばあさんに似て、少しばかり鈍感だな」

「ええ、私が鈍《にぶ》いの？」

アプローチされていたっけ？　すごく優しいとは思うけど……きっと祖父の前だからほめておこうっていうことでの、リップサービス的なものだよね？

「……立木さん、うちの孫、預かる気はないかな?」

「ちょ、ちょっと、おじいちゃん」

「恋人でもない一人暮らしの独身男に預けるのは危険ですよ」

「君は同意のない相手に無体するような男かね?」

「そんな下劣な真似はしません。身体の関係は、恋人相手でなければ無理です」

立木君は強い口調でそう言い切った。立木君らしい言葉に納得しつつも、その内容に動揺を隠せない。

「それに、もし俺が犯人だったらどうするおつもりですか。心配するふりをして、彼女を嵌《は》めようと考えているかもしれないですよ。会って間もない俺にそれを言うのは、不用心過ぎます」

「それはないな」

祖父はあっさりと否定した。

「はっ?」

立木君が驚いた表情になる。

「そういう悪巧みをする人間は、悪意が内から滲《にじ》み出る。言葉、行動、目、そして人相にもだ。でも君からは、悪意が感じられないんだよ。だからこそ、ひかりは君を信頼しているし、君の話に耳を傾けている」

祖父が立木君を警戒していないっていうのはわかったけど、私を立木君に預けようとする意図がわからない。いつもの祖父ならそんなことは絶対に言わないはずだ。

「おじいちゃん。確かに私は立木君を信頼しているけど、これ以上うちの事情に巻き込んだら立木君の迷惑になるよ。私だっていい大人なんだから、自分のことくらいできるから」

「迷惑ならば無理だと、遠慮なく断ってくれて構わないよ」

立木君はしばらく考え込むようにじっと押し黙っていたけど、何かを決めたように顔を上げる。

「わかりました。しばらく先輩は俺の家に来て頂きます」

「まっ、まってよ、立木君。無理することないよ」

「無理はしていませんよ。退院される日がはっきりしない状況では、長期間になればホテルに泊まるのは金銭的に大変ですし、ご友人の家に連泊も難しいでしょう？　かといって、泊まれる場所を探して転々とするのも大変ですし、気疲れもすると思います。俺の家なら、おばあ様が退院されるまでいて頂いて問題ありませんから」

「だけど」

「家は、この病院からわりと近いので、お見舞いの時間も増やせると思います。もちろん、仏様もご一緒にいらしてください」

大変魅力的な話ではあるけれど、そんな簡単に頷けないよ。

「立木君には何の得もないじゃない」

「滞在中、余裕がある時だけでいいので、夕飯を作ってもらえたら嬉しいです。ずっと外食生活なので。あ、料理はしない派ですか？」

「料理ならできるけど……」

「……もしかして、俺が襲うとか思ってますか？　貴女の貞操は保証します。口だけでは何ですから、誓約書も作成しますのでご心配なく」

「そ、そこは心配してないよ」

「信頼してもらえて嬉しいです。他に、何か気掛かりなことは？」

「……立木君が迷惑じゃないかだけが心配だよ」

「迷惑ならこんなこと言いませんよ。俺は嫌なことにはノーと言える人間です」

「そうだね……そこははっきり言ってくれるよね」

「なんだかんだと言い募りましたけど、結局は、俺が心配なんです。俺の心労を減らすと思って、遊びに来るくらいの感覚で来てください」

気付けば、断りの退路がどんどん潰されて「はい」の返事しかできなくなっていた。

「……うん。しばらくお世話になります。よろしくお願いします」

「そう言ってもらえてよかったです」

立木君がほっとしたように笑うから、つられて私も笑ってしまう。

どんどん、立木君の優しさに甘えて融《と》かされていく。

「ほぉ……なんだかわし邪魔だな。どこか行こうか？」

「どこに行くの？　おじいちゃんはここに入院してるんでしょ？」

「おぅ、そうだった。わしも早く退院できるように頑張るから、ひかりも無理せずやりなさい」

「うん」

「立木さん、しばらくの間、ひかりを頼みます」

「お任せください」

なんだか私よりも立木君の方が年上みたいだなと、二人のやりとりを見ながらそう思った。

立木君の住んでいるマンションに連れていかれて、びっくりした。

外観からして、北欧風デザインで御洒落《おしゃれ》な建物だ。室内も、海外映画で見る高級アパートみたいな瀟洒《しょうしゃ》な雰囲気があって、思わず感嘆の声が出る。

男性の家ってことで緊張というか身構えていたんだけど、驚きでそれが少し吹き飛んだ。

「義兄が長身なので、海外仕様の家じゃないと頭ぶつけるんですよ。だから、探しに探してここを見つけたらしいです」

立木君はそう言いながら、部屋の中の設備とか、よく使うものがある場所を教えてくれた。お風呂も大人二人でも余裕な感じの広さだ。部屋は四室あり、その一室に案内された。

「部屋は、鍵付きのここを使って下さい。寝る時とか、着替えとか、施錠が必要でしょうから」

「気を使ってくれて、ありがとう」

立木君のことは信頼しているけど、部屋鍵があるとさらに安心感が増す。

問題があるとすれば、二つ。一つは、彼の家には食材や調味料が一切ないこと。そしてもう一つは、身長が高い人向けに作られた立木君宅のキッチンが、私の背丈には合わないことだ。

背伸びしながら洗い物をする私に気付いて、立木君は翌日すぐ踏み台を買ってきてくれた。

子供みたいで可愛いって笑われたけど、まあ、そういう間の抜けたやりとりがあったからこそ、このプチ同居生活が変に立木君を意識したものにならずにすんだのかなと思っている。お互いに、わりと自然な感じで過ごせているはず。

そつのない立木君だから、お風呂でばったりなんてハプニングも全然なくて、峰さんには『漫画のようにはいかないか』という、謎なことを言われたりしたけど、あれはなんだったんだろう。

こうして立木君の家での生活が始まった。それは驚くほど平穏で、当初色々と構えてしまっていたことに拍子ぬけするほどだった。

私を一人で家に帰さなくてすむことに安心したのか、祖母の状態も、心配はいらないところまで回復してきている。

それを聞いて、ものすごくほっとした。

祖父母の入院する病院にいるという立木君の身内のお医者さんは、なんと院長先生で、そして立木君のお父様だった。

立木君の仲介で、病院の外で会うことになったお父様は、とても気さくな人だった。

「初めまして。未紀の父です。息子がいつもお世話になっています」

「は、はじめまして。こ、こちらこそ、い、いつも未紀さんには、お世話になっています」

院長先生ということと、立木君のお父様ということで、ものすごく緊張して挨拶《あいさつ》がおかしくなる。

「先輩、緊張しなくても大丈夫ですよ。父さん、肩書は立派だけど、本人は全然偉そうじゃないから」

「そうそう。もうちょっと威厳《いげん》を持ってってよく言われるんだ。だから、何でも気兼ねなく聞いてくれていいよ」

「医者の中では、父さんが一番信用できますから。俺と違って口も悪くないし優しいので、丁寧に教えてくれますよ」

「息子に褒《ほ》められると嬉しいものだね。これは是非、貴女にサービスしないと」

おだやかな雰囲気で会話をする二人。結構仲がよさそうだなと思う。

性格は違いそうだけど、立木君が年を取ったらこんな感じになるのだろうと思うくらい、立木君の容姿はお父様似だった。

立木君のお父様からは、祖母と祖父、それぞれの病気がどういうものなのか、噛み砕いてわかりやすく教えて頂いた。

もちろん、これまでに祖父母らの担当医から説明は受けている。けれど、その説明は専門用語が多く、なかなか理解が難しい内容だったのだ。

それを今回、立木君のお父様が丁寧に説明してくれた。理解できずにいたことによる不安が解消し、ようやく心がスッキリした気がする。

医師の説明がわからなければ看護師に聞いてみるのも一つの手段ですよと諭《さと》され、そんな簡単なことすら失念していたことに気付く。

また、祖母の退院後、家で支援が必要なら、看護師や介護士が家に訪問するシステムもあると教えてもらった。そういった業務の担当者を紹介してもらうこともできた。

そうこうしているうちに、祖母の担当の先生から、自宅で安静にできるのなら週末に退院も可能と言われた。

元々、家事はほとんど私が担っていたから、そんなに問題はない。

日中は隣の英さんが、いつものようにお茶をしに来るという名目で顔を出してくれると言ってくれたので、少し安心だ。

桜の木も、ペイントは完全にはとれなかったけど、薄くはなった。一部、枝が折られていたので、その部分は切ることになった。

祖父母に報告すれば、二人揃って「早めの剪定《せんてい》をしたと思おう」との言葉が返ってきた。

確かに、毎年、馴染《なじ》みの植木屋さんに大きく伸び過ぎないように剪定《せんてい》をお願いしているので、私もそう思うことにした。

家への嫌がらせが、祖母が入院して以降止まっていることもあり、相談の結果土曜日の午後に退院することを決めた。

とはいえ、嫌がらせの犯人は、まだ捕まっていない。

防犯カメラも設置はしたけれど、嫌がらせが止まったので、当然犯人の姿は映っていない。その件に関して何も進展がないことは、家に戻るにあたって少し気になるけど……

「それでね、今度の土曜日に、退院できることになったの」

キッチンで踏み台に乗ってハンバーグを焼きながら、立木君に伝えた。立木君はお皿を出してサラダを盛りつけつつ、それを聞いている。

「元気になられてよかったです」

同じ目線にある立木君の表情は、会社にいる時よりおだやかで、祖母の退院を喜んでくれているのがわかる。とても優しい表情だ。

「うん。思ったよりも早くよくなって、先生も驚いてた。ありがとうね」

「俺は何もしていませんよ」

「ううん。立木君がいなかったら、毎日泣いていたかも。そしたら祖母も心配して、回復にもっと時間がかかっていたかもしれないし」

いろいろ重なり気が滅入っていたんだけど、立木君のお蔭もあって持ち直せた。

私の好きな映画のＤＶＤを借りてきてくれて、ソファに並んで一緒に観たり、夕飯の時にテレビを見ながら雑談したりとかして。立木君は、私の気晴らしにさりげなく協力してくれたのだ。

「貴女が泣かずにすんでよかったです」

微笑みながらさらっとそんなことを言う立木君に、恥ずかしさとか照れとは違う、なんだか胸がキュッとなる感じがして、ドキドキした。

立木君に優しい言葉をかけられると、このところ心臓がバクバクする。なんだか自分が変なのよね。

立木君はイケメンだけど、職場ではあまり笑わないし、表情が硬めだ。なのに、家で話すと柔和で、よく笑う。その差が嬉しい反面、立木君の優しさを勘違いしそうで困る。

前に彼が祖父に言った言葉も、社交辞令のはずなのに……

「そうなると、今度の土曜日のお昼頃、お迎えに？」

意識を飛ばしていたら、立木君がそう尋ねてきた。

「あ、う、うん。そうなの。でもその前に、家の掃除をしないといけないから、明日から少しずつ家に寄ってくるね。ちょっと帰りが遅くなるかもしれないけど、ご飯の支度はしておくから」

「俺も掃除手伝いますよ。二人の方がはかどるでしょう。それに夜一人で歩くのはまだ危ないですから」

嫌がらせをした犯人がわからないから、用心に越したことはないと重ねて言われたので、彼の言葉に甘えることにした。

そうしてバタバタしているうちに、あっという間に金曜日になる。

「先輩、明日、おばあ様が退院されますし、お祝いがてら飲みませんか？」

遅めの夕食の時に、立木君がそう言って缶チューハイと缶ビールを持ってきた。

チューハイは、私が好きなあんず味だ。

「家に戻ったら、しばらくはお酒を飲む時間もないでしょう？」

「そうだね。いただくね」

「どうぞ」

乾杯をして、食事をしながら他愛ない話をする。

短い期間だったのに、なんだかずっと一緒に暮らしているみたいに心地良い。この雰囲気と離れるのが、とても惜しい気がした。

「先輩が自宅に戻ったら、もうこの美味《うま》い食事が食べられないんですね」

本当に残念だとしみじみと口にする立木君に、少し嬉しくなる。

立木君の家にお世話になるにあたって、彼からお願いされた食事作り。私はそれを、できる限り行っていた。

立木君は一人暮らしを始めてからずっと、外食かお弁当を買う生活をしていたらしい。だからお家ご飯はすごく久しぶりだそうだ。

なので私の手抜きかつ地味めな簡単料理でも、立木君は喜んでくれた。毎回必ず美味《おい》しいと言って、残さず食べてくれたのだ。

「お世辞でもそう言ってもらえると、嬉しいよ」

「仕事でもないのに、お世辞なんて言いませんよ。それに、こうして家で誰かと食べるのが楽しいんだって思い出しました」

「そういえば、実家の方にはほとんど帰ってないんだっけ？」

「ええ。何というか、母親が駄目なんですよね。できのよい兄にべったりで、姉と俺はわりと放置というか。なにごとも兄中心が常態化していたので、母親にいい印象がないんです。父親がその分、手をかけてくれたので、父とは家の外で定期的に会いますし、姉とも仲はいいので連絡を取り合っています。だから不自由はないですね。兄は……まあ、連絡するほど親しくもないって感じですよ」

　苦笑いしながら、立木君はそう言った。彼の家のことを、初めて聞いた気がする。私は仕事場での立木君のことしか知らなかったんだと気付いた。

「そっか。合わない人とは適度な距離でいるのがいいよね。その分、親しい人との付き合いを大事にすればいいんだし。万人に好かれるのは無理だもの」

「先輩って、人を嫌ったり悪口を言ったりとかしないですよね。で、気の合わない相手だと、すごくドライな考え方で折衝《せっしょう》しますよね」

「なんだかもったいないって思っちゃうのよ」

「もったいない？」

「両親たちのこともあって、ある日突然、自分がぽっくり逝《い》っちゃうかもって考えるの。そしたら、自分の人生楽しまないと損だなって。だから、有意義だと思う方に気持ちを向けて生きた方が、楽しい時間を過ごせると思ってるんだよね」

「なるほど」

「だから、立木君もご飯食べたくなったらうちにおいでよ。外食ばっかりじゃ身体壊すし、私も立木君とこうして食事するの楽しいから、気軽に来てね。祖父母も喜ぶと思うし」

彼の境遇に同情したとか、そんな失礼な思いから出た言葉じゃない。

立木君と一緒に過ごす時間がもっとあったらなと、自分がそう思ったから、自然と口から出たのだ。

「家庭料理に飢《う》えたら、先輩に頼みます」

「やった」

「子供ですか」

左手でぐっと握り拳《こぶし》を握ってガッツポーズをしたら、立木君に笑われた。

お酒も入って、いい気分でそんな会話をしているうちに食事も終わり、二人でシンク前に立つ。私が食器を洗い、立木君が食器をすすぐ分担作業だ。その最中、ふと立木君が呟《つぶや》く。

「こうしていると、新婚夫婦みたいですよね」

「おぉ、言われてみればそうかも。こうやって一緒に作業するの、いいよね。結婚したらこうして一緒にやりたいな」

「そうですね」

立木君の家に来てから、立木君は食事の後、いつもこうして食器洗いを手伝ってくれる。

ごく自然に、当たり前のように隣に並んで作業するこの時間も好きだなっ、て思う。

「同志がここにいた！　……まあ私の場合、結婚の前に恋人を作るのが先だけどね」

「……先輩は今、誰か気になる男性はいるんですか？」

「そうだなぁ……」

気になる男の人と言われ、すぐに頭に浮かんだのは立木君だった。

仕事もできるし、気遣いもできる優しい人だから、普通に考えても立木君は男性として優良物件的な立ち位置だ。おまけに、作ったご飯を美味《おい》しいと言ってくれる。好きなことも似ているから、楽しいって思えることがすごく多いし、一緒にいても自然体で過ごせる。

会社でも女性に話しかけられる姿をよく見るから、他の女性の目から見ても立木君は魅力のある人なんだろう。

立木君なら彼女を大切にするだろうし、恋人として一緒にいたら、きっと楽しくて幸せだろうな。

「立木君かな。うん。私の推しメンだね」

隣にいる立木君を見上げて、ほろ酔い気分のまま口にする。

その瞬間、立木君が音がしそうな勢いで硬直して、面食らった顔で私を見下ろした。

「どうしたの？」

「……それは俺への告白ですか？」

「告白？」

「自覚ないんですか？　……二人っきりのこの状況で、気になる男の話題で俺の名前を出すだなんて、どんな爆弾発言ですか。警戒心ゼロですか？」

立木君がお説教モードにシフトした。ちょっと目が据わっている。立木君は皿洗いを中断して、私に身体を向けた。

「俺だって男ですよ？　不用心なことを言わないでください」

そうか。今の話の流れだと、遠まわしに立木君が好きですって告白していることになるんだ。

酔っているせいか、思考力が鈍《にぶ》ったみたいだ。失言を自覚したら、ものすごく恥ずかしい。

立木君も、私が会社の先輩だから親切にしているだけで、恋愛感情で好きという気持ちがあるわけじゃないというのに。ちゃんと否定しないと、立木君も困るよね？

そもそも私も、恋愛感情で立木君を好きというより、本当にまだ気になる程度の気持ちだ。でもそれをそのまま正直に言ったら、発言には気をつけてくださいって、立木君にまた叱られそうな気がする。

「ご、ごめんね。立木君を困らせたいわけじゃないんだよ」

慌ててそう否定したら、更に立木君の視線が鋭くなる。

「わ、私だって、立木君が親切なのは、会社の人として私のことを心配してくれているからだってわかってるよ？　私も立木君は大事な後輩だもの」

「……わかってませんよ……貴女は本当にわかっていない」

肩を掴まれ、何だろうと思った時には、立木君の顔が私のすぐ目の前にあった。柔らかく温かいものが、唇に掠《かす》めるように触れて離れる。

「た、たち、立木、くん、今……」

キスした？

最後の言葉は言えなかった。

立木君に強く身体を引き寄せられたからだ。

いつもとは違う、男性を強く意識させる表情と行動に、心臓がドクドクと音を立てる。

思わず強張《こわば》った私の身体が、苦しいと感じる強さでぎゅっと抱きしめられた。

服越しに伝わる立木君の心臓の鼓動は、私の胸の音に負けないくらい激しい。余計に緊張して、身体に力が入る。

「キスしたことも、抱きしめたことも、俺は謝りません……だから許さなくていいです」

「なんで……」

「俺は、貴女が女性として好きです。好きだから、貴女のためにいろいろしたいと思うし、助けになりたい」

私が……好き？

想像もしていなかった告白に、咄嗟《とっさ》に言葉が出なかった。

その言葉をすごく嬉しいと思った。嫌だなんて、塵《ちり》ほども感じない。

でも、今の自分のこの気持ちが、恋愛だという確信がもてない。これまで恋をした時に感じた思いに似てはいるけど、今までの経験にあるほど、強烈に高揚して焦がれるものじゃない。かといって、友達とか同僚に抱くものとも違っていることもわかる。

「貴女が大変な時期に、こんな告白するつもりなんてなかったんです……でも、男として見られてないってわかったら、もう諦めるしかないじゃないですか」

そっと腕の力を抜いて私を解放した立木君が、辛そうな顔で力なく笑う。

酷《ひど》く傷付いて、後悔している表情だ。

その顔に、胸が抉《えぐ》られる。

「いっそ嫌われる真似でもして、手酷《ひど》く振られたら諦めもつくと思って。だから謝りませんし、許しも要りません……」

「立木君、あの」

「心配しないでください。振られたからって、貴女をこのまま放り出すなんてしません。おじい様との約束も果たしますから」

「そうじゃなくて」

「頭を冷やしてきます。貴女も、俺に襲われたくないでしょう？　ちゃんと、部屋に鍵をかけて休んでください」

私が言いたいのはそういうことじゃないのに、立木君は私の言葉を遮《さえぎ》るように言葉をかぶせてくる。

まるで聞きたくないって拒絶されているみたいで、胸が詰まった。

立木君は、私から顔を逸らし足早にキッチンから離れた。私は、立木君の後ろ姿を見送ることしかできなかった。

翌日、祖母が退院し、私も家に戻った。

そしてその日から、立木君との間に少し距離ができた。

以前のように彼から私への態度が悪くなったわけじゃない。表面的には、何も変わったようには見えない。挨拶《あいさつ》も、会話も普通にしている。

でも、気安さがなくなり、大きくて厚い壁ができた気がする。

仕事の話は特に問題なくできるし、冗談だって言う。けれど、一歩引いているというかなんというか、告白される前とはやっぱり違うのだ。

峰さんたちと一緒にしていたランチの席にも、あまり姿を見せなくなった。

元々、立木君や孝正さんは外回りも多いから、そんなにしょっちゅう社内で食事をしていたわけじゃない。それでも、何となく避けられている気がする。

立木君の態度が変わったことは、私にとって相当ショックだった。

それからずっと、立木君のことが気になって仕方ない。

立木君に声をかけようと思うのだけど、何故かその度に井坂さんに話しかけられる。

それで、立木君とうまく話ができずにいて……

気付いたらどんどん日が経ち、月が変わっていた。

「東雲、立木と喧嘩でもしたのか？」

「なっ……」

部署内にあるバリスタマシンの前でコーヒーの抽出を待っていると、突然後ろから声をかけられた。飛び跳ねるくらいびっくりして、振り返る。

考えごとをしていたせいか、人が近付いているのに全く気付かなかった。

「あー。驚かせたか？」

「いえ、私が考えごとしていたせいなので」

複雑そうな顔をした相手は、孝正さんだった。彼は私の隣にあるもう一つのバリスタマシンの前に立って、ポーションを探る。

「考えごとって、立木のこと？　それとも井坂のこと？」

「両方ですかね」

「立木がお前の傍にあまり近寄らなくなったら、井坂がよく絡むようになったもんな」

その通りなのよね。

河崎さんの一件があった後、井坂さんは私に謝りに来た。

井坂さんが私に冷たく当たったのは、河崎さんから私の悪口をいろいろ吹き込まれ、それを信じてしまったからだという。それに対して、申し訳なかったという謝罪だった。

謝罪は受け取って、もう気にしていませんと返事をしてその場は終わったのだけど……

それ以降、何故かよく話しかけられるようになった。更に、私が立木君とぎくしゃくし出してからは、井坂さんの態度が付き合っていた当時のような気やすい感じにすらなっていて、正直引いている。

攻撃的な言葉がなくなったのは職場の空気的にもいいのだけど、井坂さんの豹変《ひょうへん》した態度を見てしまった今となっては、モヤモヤするばかりだ。

私はもう、井坂さんと以前のように接することはできない。だから線を引いて、ただの同僚として接している。それなのに、節度ある態度をとってくださいと伝えても、彼に改まる感じは全くないのだ。

付き合っている時も、私の意見はさらっと流されていた。だから、もとからの性格なのかもしれない。

「井坂とよりを戻したのか？」

「まさか！」

思わず強めの口調でそう答えたら、孝正さんは驚いた顔をした。けれど、すぐに真顔になって頷く。

「東雲がそんなに強く否定するのを初めて聞いた」

「あ、すみません」

「いや。東雲にその気がないのはわかった。立木の態度がおかしいから、ちょっと気になっただけだ」

「井坂さんとよりを戻す気は、全くないですよ」

「それでいいと思うぞ。あいつ、お前と別れてから、どんどん成績落としているんだよ。妙に苛々《いらいら》してるし。前みたいな暴言くらわないように、あまり近付かないでおけ」

「……気をつけます」

井坂さんが最近妙に苛立っているのはわかる。落ちてきた成績に加えて、つい先月、何年も維持してきたトップの座を立木君にとられてしまったのだ。

「それがいい……で、立木、先月営業のトップになっただろ？　前に言ってたお祝いという名の飲み会をやろうかと思うんだ。東雲は不参加の方がいいか？」

一瞬、断ろうかと思った。私と立木君の気まずい空気に挟まれたら、峰さん夫妻も気を使うだろう。でも、こういうきっかけがないと、立木君と外で話をするのは難しい気もする。

最近は、私が声をかけても、予定があると断られてしまうばかりだし。

けれど何より、一生懸命仕事に取り組んだ立木君の努力が実を結んだのだ。お祝いをしたい。

「いえ。立木君が嫌じゃなければ、参加したいです」

「わかった。立木からはＯＫをもらっているから、皆の予定を詰めて決めよう。東雲は、家の方は大丈夫か？」

「祖父の外泊に重ならなければ大丈夫です」

祖父は順調に回復している。体力もついてきたので、試しに外泊をしてみようという話になっているのだ。

家が大好きな祖父は、短期間とはいえ戻れることを、とても楽しみにしている。もちろん、祖母も嬉しそうだった。

「奥さんに、駄目な日を伝えてくれるか?」

「わかりました」

「それと……最近、うちの部署で転勤の話が出ているのは知ってるか?」

「あ、はい。噂は」

名前までは出ていないけど、誰か一人、転勤の辞令が出ると囁《ささや》かれている。

時期外れだし、上司が何か話しているわけでもないから、ただの噂かなって思っているのだけど。

「……どうも、立木がその候補みたいなんだ」

突然の発言に、手にしていたコーヒーの紙コップを落としそうになった。

「えっ……」

立木君が?　転勤?

うちは本社だ。となると、行くとしたら主要都市にある支社だろうか。新幹線や飛行機での移動が必要な地域になってしまう。

そうなったら、今みたいに毎日顔を合わせることもなくなる。

そんなの……嫌だ。

胸の中でグルグル、そんな気持ちが渦を巻く。

「まあ、俺も噂程度でしか聞いてないが、立木の様子がおかしくなったのは、その噂が流れた時期とほぼ同じなんだよ。だから、お前絡みでないなら、そっちが原因かもしれないな、と思って……。まあ、今度の飲み会の席で聞いてみるか。じゃあ、また奥さん経由で連絡入れるから」

孝正さんは、コーヒーが入った紙コップを手に取り去って行った。

もやもやした気持ちのまま、自分の席へ向かう。

途中、少し離れたところで、立木君が別の課の女性社員と会話をしているのが見えた。離れているので微かにしか声は聞こえないけど、どうやら女性の方から、立木君を食事に誘っているようだ。

これまでも、立木君が合コンとか、個別のお誘いを受けているところは何度も見たことがある。その時は、もてるなぁくらいしか思っていなかった。

なのに今は、心臓が引き絞られるような痛みを感じている。

まるで嫉妬《しっと》でもしているみたいに、ギリギリした痛みだ。

……嫉妬《しっと》？　どうして？

自分の考えに疑問が浮かんで、ふと脚を止める。

その時、立木君がこちらを向いた。彼と目が合う。

本当に、ほんの一瞬だけなのに、心臓が今度はバクバクとうるさい音を立てた。

顔もなんだか熱い気がする。恥ずかしくて立木君を見ていられなくて、思わず視線を逸らして足早に席に戻った。

「どうしたの、ひかりちゃん？　顔が赤いわよ。熱？」

「い、いえ……」

なるべく自然な形で自分のデスクに腰をかけたつもりだけど、峰さんに心配そうに顔を覗き込まれた。慌てて首を横に振る。

「熱いコーヒーを飲んだからですかね。すぐ引くと思います」

「そう？」

「はい。残りの仕事もばっちり頑張りますね」

「あんまり頑張り過ぎないようにね」

峰さんがまた仕事に戻る。何とか誤魔化せて、ほっとした。

今の一件で、私は完全に自覚したのだ。異性として、立木君を好きだと。

甘いコーヒーを飲みながら、私は今更ながらに自覚したこの思いをどうしたらいいのか考える。

異性として立木君を好きだってわかったものの、この間立木君に辛い顔で告白させたことを思い返すと、どうすればいいのかわからない。あの時、何となく誤魔化すようなことをしでかしておいて、今更自分から告白してもいいのだろうか。

立木君は、私が彼を振ったと解釈していたように思う。私の方もそれをきちんと否定したわけではない。だから今、こんなに中途半端な状況になっているのだ。

だけど、立木君と気まずいまま彼が転勤なんてしてしまったら、ものすごく後悔するはず。

立木君に迷惑がられるかもしれないし、自己中だって呆れられるかもしれないけど、やっぱり一度、立木君と話をしてみよう。

立木君は私が大変な時、辛い時に、いつも私を支えて助けてくれたのだ。お返しなんてしてもしきれないほどの優しさをくれた彼に、きちんと自分の想いを告げたいと思った。


それから二週間が過ぎ、立木君のお祝いをする日になった。

峰さん夫婦のお子さんも一緒なのでお座敷のあるお店を選び、翌日ゆっくり休めるようにと、金曜の夜の設定だ。

仕事が終わる少し前に、久しぶりに立木君から私に声をかけてきた。

「東雲先輩、今夜ですが、孝正さんと峰さんは子供さんを迎えに行ってから合流するらしいので、先輩は俺の車で一緒に店まで行きませんか?」

「いいの?」

「ええ。電車だとちょっと不便な場所だし、同じところに行くなら一人も二人も一緒ですから」

「車だと飲めないよ?」

「大丈夫ですよ。今日は運転代行を頼んであるので」

「そっか。じゃあ、お言葉に甘えて」

「それじゃあ、仕事が終わったら社員用駐車場の入り口で」

「わかった。よろしくお願いします」

「はい」

「あ、立木君」

「何ですか?」

「その、食事が終わった後に、少しだけ時間をもらえないかな。話したいことがあって」

「……いいですよ」

「ありがとう」

「いえ、それじゃあ夕方に」

そう言って立ち去った立木君の表情は、あまり明るいものではなかったけれど、それでも、ぎこちない感じはなくなってきた気がする。あの立木君の告白の日から、もう一月ほど経っているのだから、当然かもしれない。

立木君はだんだんと平静に戻っているのに、私は普通を装《よそお》いながら、ずっと激しい心臓の音と格闘している。

それでも、こうして話ができたことが嬉しくてたまらないとか、末期的な状態だ。

「ひかり、ちょっといいか？」

そんな時、後ろから井坂さんに声をかけられた。

「井坂さん、名前呼びは止《や》めてくださいと何度もお願いしてますよね？」

振り返ってきっぱりと言う。

「俺とお前の仲だろ」

「あなたと私はただの同僚です。止《や》めてください」

未だに名前で呼び続ける彼と、毎日のようにこのやりとりをしている。けれど、井坂さんは一向に止《や》める気配がない。

「お前、いい加減にしろよ」

それどころか、まるで私が悪いかのように言うのだ。

そう言いたいのはこちらなのに。

「いつまで拗《す》ねてるんだ。ちょっと来い」

強引に私の腕を掴んで、井坂さんは廊下を出て少し離れた会議室に進んでいく。振り払おうにも、腕の骨が軋《きし》むくらい強く握られて放せない。

「ちょ、ちょっと、止《や》めてください。放して」

会議室に連れ込まれ、乱暴に突き放された。身体がふらつく。

その間に、かちっと扉の鍵がかかる音がする。

その音にギョッとして振り返ると、井坂さんがゆっくりと近付いてくるところだった。

井坂さんは笑顔なのに、いい知れない怖さがあって、彼と距離を取るように後ずさる。

まだ掴まれた感触が残る腕の痛みも合わさって、背筋が粟立ち身体が震えた。

「何で鍵をかけるんですか」

「大事な話をするのに、他の奴らに邪魔されたくないだろ」

「何の話ですか」

「俺はお前に謝っただろ。いい加減に機嫌を直して素直になれ」

「……素直？」

「お前を悪く言ったのは、河崎がお前の悪口を俺に吹き込んだからだ。それがなかったら、お前を悪く言わなかったし、別れるなんてしなかった。だから謝っただろ。俺が謝ったんだから、素直に許して復縁するのが筋だろ」

「はぁ……」

そんな言葉しか出なかった。

何故謝ったから復縁ということになるのか、意味がわからない。

「謝罪は受けましたけど、復縁するつもりはありません」

井坂さんの言うことが本当だとしても、付き合っている私よりも河崎さんを信用したのだ。そして、私には一切確認しないで一方的に詰《なじ》ってきたのだから、それは井坂さんが私を信じていないのと同義だ。

そんな人への思いなんか、なくなってしまうよ。

だけど、それをはっきりと言うと、井坂さんの態度が豹変しそうで怖かったので、言わなかった。

「あいつか？　立木に何か吹き込まれたのか？」

「え？　いいえ、そんなことはないです」

立木君は何も言っていない。

「あいつは入社した時からそうだ。素直に俺の指導に従っていればいいのに、いちいち逆らって、俺の評価を散々下げやがって……あいつは狡猾《こうかつ》なんだよ」

「狡猾《こうかつ》？」

「人の評価を下げておきながら、他人を利用して自分の評価を上げて。その上、のうのうと職場に居座りやがって。今だってお前を唆《そそのか》して、ずいぶんと営業成績を上げて、俺を首位から引きずり下ろした。せっかくお前をあいつから引き離してやったのに、俺と別れた途端、お前に近付いてまた利用する汚い奴だ。お前は騙《だま》されてるんだよ」

彼の中で、かなり曲解されている。そんなことを言われても、私には違和感しかない。

そもそも、ただの営業事務職の私に、彼の業績を上げる力なんて全然ないし。

「私なんて騙《だま》しても、何の意味もないのに？」

「立木は、お前に対しては最初から媚《こ》びていたよな。傍《はた》から見ていて、お前に気があるのがバレバレ。俺がお前と付き合い始めてから、あいつがすごく悔しそうな顔で俺を見るのは爽快だった」

愉悦《ゆえつ》に満ちた顔でそう語る井坂さんが、まるで別の生き物みたいで怖い。

井坂さんの言っていることに整合性はないけれど、立木君を快く思っていないということだけははっきりとわかった。

それに、彼の言葉にはとても気になることがある。

「立木君を苦しめたくて、私と付き合ったの？」

「そうだ。でも、お前のことはそれなりに好きだったよ。お前と一緒にいるとツキが舞い込んで、俺は仕事で不調知らずだった。けど、あの河崎がすり寄ってきて、お前と別れてからは最悪だ。どんどん俺の社内評価は下がるわ、新規契約は取れないわ、契約更新はできないわ……。あの女は、とんだ疫病神《やくびょうがみ》だった。でも、お前とよりを戻せば元通りだ」

嬉しそうに笑う井坂さんに、背筋がぞっとする。

もう、言っていることが滅茶苦茶で、全然理解できない。

付き合っていた頃の井坂さんとは、明らかに違う人間だ。

どうにかして、この場から逃げたい。

「お前もそう思うだろ、ひかり」

そう言って一歩近付く井坂さんから後ずさる。

彼の手の届く場所に入ることを、本能的に身体が拒《こば》んでいた。

「井坂さんは、私と付き合う前から業績もよかったし、すごく努力していたじゃない。私がいなくても十分やっていける人でしょう？」

「無理だ……俺が一位を取り戻すには、評価を取り戻すには、お前が傍にいないと駄目なんだ。お前だって、俺と別れてから散々だっただろう？　俺たちは一緒にいるべきなんだよ、な？」

超理論過ぎてわからない。私の言葉はちゃんと彼に通じているんだろうか？

「逃げるなよ……お前だって会社では河崎に嫌がらせをされて、家にはゴミをぶちまけられたり、落書きされたりして、辛い思いをしただろ？　俺が傍にいれば、守ってやれる。お前に必要なのは、立木じゃない。俺だ」

その言葉に、私は井坂さんをきつく睨んだ。

私の家の件は、上司に伏せてもらっているから、会社ではほとんど知られていない。

だから家への嫌がらせのことを知っているのは、私と、立木君、峰さん夫妻と、直属の上司、そして人事部の部長の六人だけだ。同僚たちが知るわけがない。

当然、井坂さんも。

それなのに、井坂さんが知っているということは……

「どうした、そんな怖い顔をして。向ける相手が違うだろ」

「嫌っ！　来ないでっ！」

「俺を困らせるのもいい加減にしろよ、ひかり」

「私の家に嫌がらせしたのは、貴方だったのね！」

「酷《ひど》いな、俺を疑うのか？」

「それならどうして、家に嫌がらせされたと知っているの？　しかも、内容まで。会社にも詳しいことは言ってないもの。貴方が知っているのはおかしいのよ！」

私の指摘に、井坂さんの顔から表情が消えた。そして突然、彼が横にあった長机を蹴り飛ばす。

大きな音を立てて机が倒れ、思わず身が竦《すく》んだ。悲鳴を上げる余裕もない。

「あぁ、もう、ガタガタうるせえよ。下手《したて》に出てやってたのに反抗しやがって。お前は黙って俺に従ってればいいんだよ！　立木みたいにいちいち反抗するんじゃねえっ！」

「いやっ！」

近付いてきた井坂さんは、私の両腕をきつく掴む。そして、怯《おび》える私を覗き込んで笑った。

「お前の家に嫌がらせしたからどうだっていうんだ。大袈裟《おおげさ》に警察沙汰にしやがって！　ババアが倒れたのは、俺のせいじゃない。ババアがくたばり損ないだったからだろ。せっかく困ってるお前に手を差し伸べて恩着せて、お前から復縁してくれって言いやすくしてやろうとしたのに、立木になんて頼りやがって！　お前が悪いんだろっ！　ジジイのことだって、変な時に倒れたせいで、俺が悪役みたいになって迷惑を被《こうむ》ったんだぞ。こっちが被害者だ！」

大事な家族を詰《なじ》られた瞬間、許せなくて、力いっぱい井坂さんの脛《すね》を蹴《け》った。

「放してっ！」

「ってぇ」

井坂さんの拘束が緩《ゆる》んだ隙に、扉に向かって走る。

扉を開けようとした瞬間、ふらつきながら追いかけてきた井坂さんに髪を掴んで引っ張られた。

そのまま後ろに引き倒された時、会議室の扉が開いた。同時に「東雲先輩！」という立木君の声が聞こえ、続いて何人もの男の人たちの怒号と足音が聞こえる。

「放せっ、この野郎！　邪魔するなぁぁぁぁっ！」

井坂さんの絶叫にまじって、「そのまま放すな」とか、「縛るもの持ってこい」とか、色んな声が聞こえる。

倒れた時に強く打った肩を庇いながら身体を起こすと、井坂さんを押さえ込んだ立木君の姿が見えた。彼と視線が合う。

憤怒《ふんぬ》の表情だった立木君の表情が、途端に心配そうなものになる。

「先輩、大丈夫ですか？」

「うん」

騒がしい中だったけど、立木君の声はちゃんと聞こえた。彼の姿を見て、声を聞いて、身体の力が抜けるくらいほっとした。全身が震え小さな声でしか返事ができなかったけど、立木君は少しだけ安心したような表情を浮かべる。

何とか体勢を整えた時に、顔見知りの女性たちが近くに来て、井坂さんから私を隠すように壁を作ってくれた。

「大丈夫？　怪我はない？」

「大丈夫です。ただ、ちょっと左肩を強く打ったみたいです……」

立とうとしたんだけど、初めて人に暴力をふるわれたせいか、脚が震えてうまく動けない。助けを借りて、ようやく立ち上がる。

人のすき間から、立木君と孝正さんが、暴れる井坂さんを押さえ込んでいるのが見えた。

それでもなお「お前のせいだ！」と、叫んでいる井坂さんの声に、怖いと思うと同時に、腹の底から煮えたぎるような怒りが込み上げる。

「もう、いい加減にしてください！」

こんなに大声を上げたの、人生で初めてかもしれない。

一瞬にして、喧騒に包まれていた室内が静まりかえる。

「私とよりを戻したって、貴方の営業成績は戻りません」

私の言葉に井坂さんは束の間絶句し、信じられないものを見るような目で私を凝視した。

「何でだ！　だったらどうして、お前と別れた俺は落ちる一方で、お前と親密になった立木が成績を上げるんだ！」

「そんなに成績を上げたいのなら、私の家に嫌がらせなんかせずに、真面目に仕事に打ち込めばよかったんです。貴方は人のせいにして、自分の努力を怠《おこた》ってるだけです」

「うるさい！　あんな、まともに仕事も覚えられないような奴に俺が負けるなんて、あってたまるかっ！　お前が手を貸したからだろうがっ！」

「私にそんな能力があるなら、事務ではなく外回りの営業をしています。貴方はいつまで、立木君を新人だった頃のまま扱うんですか？　ちゃんと現実を見てください」

「はぁっ⁉」

「営業成績一位を獲るのがどれだけ大変か、ずっと努力してきた貴方が一番わかっていることじゃないですか。私を利用した程度では、どうにもならないって。立木君が成績を上げたのは、彼のこれまでの地道な努力の結果で、彼自身の実力です。立木君だけではなく、他の皆さんだって毎日頑張っているんです。だから、貴方が仕事に身が入らなくなれば、すぐに追い抜かれます」

研鑽《けんさん》を積んで仕事に打ち込んだから、井坂さんは長く営業部のエースとして活躍できていたはず。なのに、そんなことも忘れてしまったのだろうか。

井坂さんは、ぽかんとして私を見ている。

少なくとも私が入社した頃の井坂さんは、人の意見をあまり聞かないところはあったけど、それでも、仕事に対してはとても真摯《しんし》だったし、同僚を助けたりもできる、優しくて頼りになる人だった。だから好きだったし尊敬もしていたのだ。

今はもう、そんな気持ちはどこにもなくなってしまったけれど。

「ふざけるなっ！　偉そうに俺に意見するなっ！」

喚《わめ》き立てる井坂さんを、私はじっと見下ろした。

もう、話をすればするほど心の中が凍《い》てついていく。それはきっと、顔にも出ていた
だろう。

「それから、家のことは被害届を出してあるので、警察にお任せします」

「止《や》めろっ！　そんなことをしたら俺の経歴が！　頼む、止《や》めてくれ」

警察という言葉を聞いて、井坂さんの真っ赤だった顔は一転、蒼白になる。悲愴な表情で私に嘆願《たんがん》するけれど、私の心は何一つ動かなかった。

「言い訳は警察でしてください。私はもう聞きません。今後二度と、私に関わらないでください」

ここまできても、謝罪の一つもせずに保身をはかるなんて。がっかりとしか言いようがない。

なんだかもう、酷《ひど》く疲れた。

井坂さんはそのまま人事部の偉い人のところに連れていかれ、私は医務室で手当てを受けた。幸い、私の肩は軽い打ち身で、腫《は》れたりもしていなかった。井坂さんに掴まれた腕も、特に何ともない。

その後、警察が来たり、我が家の件で井坂さんが警察に連れていかれたりと、かなり

バタバタした時間が続いた。

私はいろいろ説明する必要があって、今こうして人事の人と話している。

井坂さんが私を連れ込んだ会議室は、空気を入れ替えるために天井近くの窓が全て開いていて、廊下に会話が筒抜けだったそうだ。私たちのおかしな雰囲気と、鍵をかけられた扉に気付いた同僚が、何か事件があってはいけないと、スマホで音声を録音していたという。それで、井坂さんの、家への嫌がらせの自供も、ばっちり収められた。それを受けて警察の人が来たので、会社は一時、大事件でもあったかのような様相になっていた。

ちなみに、井坂さんは、話を聞きたいと当初おだやかに接していた警察官に、私にしたような理論展開をしたそうだ。そして自分の意見が通じないとわかると、激昂して警察官を殴ったという。それでそのまま捕まったらしい……

その現場を見ていた人事の人も、私に話しながら呆れていた。

いつからこんなに井坂さんが変わってしまったのかは、わからない。元々そういう人だったのを上手に隠していたのかもしれないけれど……。私は見る目がなかったんだなと、改めて思う。

できればもう、彼とは関わりたくない。

人事部の人との話を終えて、支度をして帰ろうとした時、薄暗い廊下を私に向かって走って来る人がいた。

「先輩！　よかった。まだいた」

彼の姿に、言葉に、これまで張り詰めていた緊張が一気に解けていくのがわかる。

本当にすごく、ほっとした。

「立木君、どうしてここに？　峰さんたちとのお食事は？」

私は事件の当事者になるので、立木君のお祝いには不参加となった。皆は今日の会を中止しようとも言ってくれたけど、せっかくのお祝いを先延ばしにするのはよくないからと、行ってもらったのだ。私の分まで楽しんで、料理の感想を聞かせてほしいと伝えていたはずなのに……

「実は俺もあの後に警察の人に呼ばれて……井坂さんが、俺のことをいろいろ言ったみたいなんです。それで、事実確認のためにと話を聞かれました」

「立木君も災難だったね」

私も彼も井坂さんに振りまわされて散々だわ……。私の中に、井坂さんへの優しい気持ちなんて当然湧かない。立木君に同情はしても、井坂さんには何も思えなかった。

「あの人の嫌がらせには慣れていますよ。せっかくなので、警察には井坂さんとのこれまでのことを包み隠さず伝えておきました。先輩、怪我は大丈夫ですか？」

「うん。念のために湿布《しっぷ》は貼ってもらったけど、もう全然痛くないよ」

「大きな怪我がなくてよかったです」

立木君が安堵したような顔をする。

「戸が開いてすぐ、立木君たちが井坂さんを取り押さえてくれたから……。お礼を伝えるのが遅くなったけど、助けてくれてありがとう」

あの時はバタバタして、立木君ともちゃんと顔を合わせずじまいだった。こうして、直接お礼が言えてよかった。

「どういたしまして。もう帰れますか？　送っていきますよ」

「ありがとう。でも立木君も疲れたでしょう？　私は一人で帰れるから大丈夫」

「先輩言っていたでしょう？　俺に話したいことがあるから、今日時間をくれって。送るついでに聞こうかと」

こんな時だから、そんな小さな約束は後回しにしてくれたって全然よかったのに。やっぱり立木君は律義だ。そういうところが好きだなと思うけど、気持ち的に弱っている今、そんな優しさを見せられると彼に甘えたくなってしまう。それじゃあ駄目だと、何とか踏みとどまった。

このまま甘えてしまわないよう、送るついでとかではなく、今言おう。

「そんなに長い話じゃないから……この間、立木君を傷付けるようなことを言ったでしょう？　だからそれを謝りたかったの……。本当にごめんなさい」

「謝らないでください」

深々と頭を下げれば、困惑したような立木君の声が聞こえる。けれど私はそのまま続けた。

「それに、今回のことでわかったの。私と関わると、立木君がまた、井坂さんに何かされるかもしれない。これ以上、立木君に迷惑をかけたくないから、これからは距離をおくようにするよ。せめて立木君が転勤するまでは何もないように、私もできる限りのことはするから」

「ちょ、ちょっと待ってください。何ですかその転勤って」

「え？」

思わず顔を上げたら、立木君も不思議そうな顔をしている。

本当に、何も知らない様子だ。

「転勤する人は立木君じゃないかって噂が……」

「転勤の話があるっていう噂は知っています。でも、俺は打診されていませんよ」

「本当に？」

「こんなことで嘘を言っても仕方ありません」

「そっか……」

立木君が転勤しないことを知って、ほっとする。

だけど、立木君の表情は険しくなった。

「それで、俺に迷惑をかけないように距離をおくって何ですか。だいたい、井坂さんに迷惑をかけられ続けているのは貴女でしょう。井坂さんの思い込みが激し過ぎるせいで、俺たちはとばっちりを食っただけです」

「だとしても、また、井坂さんが何かするかもしれないし」

「それは、貴女が離れたところでどうにもなりませんよ。知ってるでしょう？　貴女のことがある前から、俺と井坂さんは拗《こじ》れているんです。……それとも、それを理由にして、貴女は俺から離れたいんですか？　俺が傍にいるのは迷惑ですか？」

「違うよ！　立木君だってこれまで散々、私に迷惑かけられて嫌だったでしょう？」

「誰が嫌だなんて言いましたか」

強い口調の立木君に、思わずびくりと身が竦《すく》む。

「……私が嫌だよ。立木君を傷付けておいて、今更好きだって気付いたから、余計に。もう立木君の好意に甘えられないよ。ほら、私すぐ調子にのっちゃうから、しっかり区切りを付けないとずるずる甘えちゃうもの。だから、仕事以外では関わらないようにするから。立木君も、これからはこんな風に気を使わないで」

「ちょ、ちょっと待ってください。今、なんて……。それに何で自己完結するんですか。いつものポジティブさはどこに行ったんです？　どうして俺についてのことだけ後ろ向きなんですか」

立木君に、手を握られた。

「今の……聞き間違いじゃないですよね。俺のことを好きだって、そう言ってくれましたよね？　それなら、俺をちゃんと見て、俺の言葉を聞いてください」

恐る恐る立木君を見上げれば、立木君は真っ直ぐに私を見つめていた。

「東雲ひかりさん、貴女が好きです。俺の指導担当になってくれた時からずっと、好きです。俺の恋人になってください」

はっきりとした口調で二度目の告白をくれた彼は、薄暗がりでもわかるくらい真っ赤な顔をしていた。

私もきっと、同じだろう。顔は熱いし、胸は息が詰まるほど苦しい。心臓が早鐘を打ってる。

「私、立木君のこの間の告白、うやむやにしたんだよ？　なんだか振った、みたいになってたのに、虫がよ過ぎるよ……」

「俺は諦めが悪いみたいで、貴女を好きなままなんです」

「鈍《にぶ》くて、手のかかる女だよ？」

「今更ですよ。嫌というほど知っています。それでも好きなんだから、たぶん末期的に貴女が好きなんです。俺こそ、二度目だっていうのに格好よく告白もできない男です。

こんな男でもよかったら、俺のこと、好きになってもらえませんか？」

彼らしい真っ直ぐな告白は、格好悪くなんてない。

「もう好きだもの……立木君が好きです」

立木君が優しく笑う。それがたまらなく愛しいなって思った。

彼がこうして笑っている姿を、ずっと見ていたい。

「立木君の恋人にしてください」

「すごく嬉しいです……大切にします。貴女も、貴女が大切にするものも全部」

「私も」

立木君が私の身体を優しく抱きしめてくれる。私もそっと、彼を抱きしめた。


あの後、私を家に送ってくれた立木君は、祖母に私と交際する旨の挨拶《あいさつ》をした。

祖母は、祖父にも明日報告しましょうと喜んでくれた。

そして、家に嫌がらせをした犯人が見つかったことを、私から伝えた。

これから警察が証拠固めをするらしいので経過待ちではあるものの、それでも犯人が見つかったことに、祖母はほっとしたようだった。

翌日、祖父にも犯人が見つかったことと、私と立木君との交際を報告した。祖父は、祖母以上に喜んでくれた。

祖父は立木君と話をした時に、彼の私への気持ちにちゃんと気付いていたそうだ。そして、私も何となく彼を好いているということにも、気付いていたらしい。だから、立木君に私のことをお願いしたのだと、してやったりという笑顔で言われた。

「そもそも、あの時に立木君はちゃんと意思表示していただろう？　なのに、ひかりは全然気付かなくて。わしはひかりのにぶちんぶりに、びっくりしたよ」

「あの時はそれだけ、先輩の気が張っていたんだと思います。今、こうして俺のことを考えてくれるくらい余裕が出て、本当によかったです」

からかうように祖父が言えば、立木君がそんなフォローをする。

「うん。立木君のお蔭だよ」

「貴女が頑張ったからですよ」

「ジジイの前でおのろけか？」

「そ、そんなんじゃないよ……もう、おじいちゃん」

祖父は、私が慌ててもニコニコと楽しそうなままだ。またからかわれたのだとわかる。

「さて。若いもんが休みの日にこんなジジイの病室に長居するものじゃない。昨日は大変だったんだろう？　気分転換に、二人で遊びにでも行っておいで」

「もう、お見舞いに来たばかりなのに」

「でないと、わしがばあさんと仲よくできんだろう？　なあ、ばあさん」

「あらあら、おじいさんは相変わらず照れ屋ですね」

優しく笑う祖母に、祖父も笑みを絶やさない。

内心はきっと、家に嫌がらせをした犯人が私の元カレだとわかって、複雑な思いがあるはず。気を使わせているのが心苦しかった。

「先輩、お二人の邪魔をしないように、お言葉に甘えて少し出掛けませんか？」

そこに、立木君が助けるように提案してくれた。

「そうだね」

これ以上二人に心配かけないよう、立木君の提案を受ける。

祖父母に笑顔で見送られながら病室を出た後、病院に隣接する大きな公園を少し歩くことにした。

青々と生い茂る樹が、強く照り始めた太陽の光を遮《さえぎ》っている。木漏れ日と緩《ゆる》やかな風が、とても心地良い。

「こういうところを歩くの、すごく久しぶりです」

「私も。病院の近くにこんなに素敵な公園があるのも知らなかったよ」

立木君と手を繋ぎながら周囲を見渡せば、木々の立ち並ぶ先に芝生の広場があった。

親子連れが遊んでいる姿が見える。

木漏れ日の差す梢《こずえ》の先には、祖父が入院している病院が見えた。

目と鼻の先にあったこの公園にすら気付かなかったなんて、ずっと心に余裕がなかったんだなとしみじみ思う。

「先輩のご家族は、仲がよくて憧《あこが》れます」

「そう？」

「ええ。うちの両親は、俺が家にいた頃は家庭内別居状態だったんで。別にお互いに他に相手がいるわけじゃないんですけどね。母親がお嬢様育ちで、自分のわがままを押し通す女王様って感じなんです。だから、入り婿《むこ》の父親が遠慮して、肩身が狭いっていうか。父親も先輩みたいに争いごとは好かない性質なので、ずっと我慢しているんですよ。それが見ていてわかるから、なんか辛くて、余計居心地が悪かったです」

「それで、家に帰らなかったんだね」

「それもありますけど、母親が俺の進路も何もかも決めて自分の理想を押しつけてくるのが嫌で。それで喧嘩して飛び出したんです。俺には子供の頃からやりたいことがあったから」

「おじい様のお仕事に関わる仕事がしたかったのよね？」

「な、なんでそれを？」

慌てたように私に視線を向けた立木君は、過去に私に話したことを、やっぱり覚えていなかったみたいだ。

「新人の頃、立木君が話してくれた記念ってご飯をしたことがあったでしょう？　その時に教えてくれたんだよ。いかにおじい様の技術が素晴らしくて、どれだけ素敵で尊敬しているかって」

「お、記憶にないんですが」

「結構酔っていたからね」

「すみません、迷惑をかけてしまって」

申し訳なさそうに謝罪するけれど、私は首を横に振る。

「全然。素敵な話だったよ。それに、ずっと紳士的に飲んでいたし、お会計もしっかり払って、タクシーを拾ってちゃんと家まで帰っていったから、何の迷惑もなかった」

少し饒舌《じょうぜつ》になっていたくらいで、酔ってもいつもの真面目なところはそのままだった。だから、私は楽しく話を聞いて彼のことを知れた、いいお酒の席だった。

「……俺、友達との酒の席で祖父の話をするとうざいって言われるんで……申し訳ないです」

それでも謝罪する立木君の手を、ぎゅっと握る。

「むしろ話を聞けてよかったよ。一層、立木君の新人研修を成功させよう、一緒に仕事したいなって、思えたもの。あれから立木君はものすごく努力して、あっという間に独り立ちしちゃったし。たった数年で営業部のエースだよ？　着実に夢を叶えているんだもん。本当にすごいよ」

「そう先輩に言ってもらえるのが、一番嬉しいです。先輩にも認めてもらいたかったから」

嬉しさと照れが入りまじった表情ではにかむ立木君に、私も嬉しくなる。

だから今回、営業成績トップになったことを、お祝いしたかったんだけどな。あんな形で潰れるとは思わなかった。

「そうだ！　昨日、お祝いし損ねちゃったから、改めてお祝いしよう。ごちそうするよ！」

「お祝い、ですか？」

「そう。峰さんたちもまた誘って」

「先輩、それ、食事じゃなくてもいいですか？」

「え？　いいよ。もしかしてどこか行きたいとか？」

立木君へのお祝いだから、立木君に希望があるならそれを叶えたい。

「名前で呼んでもいいですか？」

え、それが希望？

「いいよ」

確認なんてしなくてもいいのに。でもそういうところが立木君らしくて、好きだなって思う。

「俺のことも名前で呼んでくれますか？」

「未紀君って？」

何の気なしに呼んでみたら、私の手を握る彼の手の力が強くなった。何だろうって思って彼の顔を覗き込んだら、立木君の顔は硬い表情のまま、少し赤く染まっていた。

「な、なんか照れますね」

恥ずかしそうに呟《つぶや》いた立木君につられて、私もなんだか恥ずかしくなる。

「そ、そう？」

「ひかりさんにそう呼ばれたかったのに、いざ呼ばれると嬉しくて、心臓に悪いです」

未紀君に名前を呼ばれた瞬間に、鼓動が跳ね上がった。

心臓に悪いのは私の方だよ。名前一つでこんなに嬉しくて恥ずかしいなんて。

「ひかりさん？」

「な、なんでだろ、立木君に名前呼ばれたら、ドキドキし過ぎて心臓止まっちゃうかと思った」

気付けばすぐに立木君呼びに戻っていた。

固まっていた私に不思議そうに声をかけてきた彼は、私の言葉にくすりと笑う。

「すごく顔が赤いですよ」

「ほ、ほんと⁉」

慌てて空いている手で自分の頬に触れると、火照《ほて》っているのがわかった。

「照れた顔、すごく可愛いです」

立木君の甘さを含んだ声と蕩《とろ》けそうな微笑みに、一層顔が熱くなる。

私、彼に好かれているんだなって、すごく実感した。

「た、立木君っ、な、なんだかいつもと違うよ」

「恋人に、同僚みたいな態度はとらないでしょう？」

恋人って立木君から改めて言われると、また心臓がドキドキする。

井坂さんの時は、態度が変わるとかお互いに全然なくて、仕事の時の延長って感じだった。今思えば、甘い雰囲気ってあまりなかった気がする。

それでも自分が彼を好きだったから、傍にいられれば嬉しかったけど……今みたいに言葉一つで心を掻き乱されるような感じはなかった。

立木君には、ちょっとしたことで翻弄《ほんろう》されてしまう。

頬に当てたままだった私の手の上に、立木君の大きな手が重なる。

「実感、湧きませんか？」

「ううん。実感し過ぎてドキドキしてる」

「俺もです。心臓はちきれそうです」

「嘘、すごく余裕ありそうだよ」

「そんなことありませんよ」

触れていた私の手を、立木君はそのまま掴んで、自分の左胸に押し当てる。

シャツ越しに、彼の心臓が早鐘を打っているのがわかった。

「本当、私と同じくらい心臓が暴れてる」

「でしょう？　余裕なんて全然ないですよ。ずっと片想いしていた人が彼女になってくれて、こうして触れあえる距離にいるんですから」

「こんな感じで、心臓もつかな」

「一緒に、慣れていけばいいですよ」

「ふふっ、そうだね。それで、お祝いは何がよかったの？」

「名前で呼びあえたらそれで」

「んー。それじゃあ、頑張った特別感がないよ？　欲しいものとか、ない？」

恋人になれば自然に名前呼びに変わっていくものだと思うし、お祝いにはならない気がする。だから立木君に尋ねてみたら、彼は思案するようにしばらく黙った。

「……ひかりさんがほしいです」

「はい？」

突然のことで、私は思わず間抜けな返事をしてしまった。

だけどすぐ、立木君の言っている意味がわかって、恥ずかしくて思わず俯《うつむ》く。

そんな私を、立木君は引き寄せてぎゅっと抱きしめた。

「ひかりさんが可愛い表情ばかりするから……今すぐ貴女を抱きたい」

立木君の言葉に、軽くパニックになる。

可愛い顔って、どんな顔⁉　私そんな、ムラムラしちゃういやらしい顔をしていたの？　というか、それよりも……

「うっ、え、い、今すぐ？」

「ええ」

「ま、まだ、お昼だよ？」

「それは、嫌じゃないってことでいいですか？　夜ならいいってことですか？」

自分の返事が自《おの》ずとイエスになっていたことに、更に恥ずかしさがこみ上げる。

立木君とそうなるのは嫌じゃない。むしろ、嬉しいかもしれない……。だけど、突然過ぎて頭がパンクしそう。

「夜、じゃなくても……いいよ」

そう答えるのが精いっぱいだった。

そのまますぐ立木君に手を引かれ、車で彼の家に向かう。

家に着いて玄関に足を踏み入れた瞬間から、熱に浮かされたみたいにどちらからともなくキスをした。口づけをしながら縺《もつ》れあうように廊下を抜け、寝室に入る。お互いに服を脱がせあっていたから、幾つかの衣類は廊下に置き去りだ。

「んんっ、立木君、お風呂っ」

「そんなの後です」

ベッドに押し倒された時には、私の上に馬乗りになる立木君も私も、下着以外の衣類はもう身につけていなかった。

「でも私、きっと汗臭いよ」

「そんなことありません。いい匂いですよ」

暑い外気で少し汗ばんでいた肌を気にするけど、立木君は一蹴して、首筋に唇を落としてきた。

彼が舐《な》めるように、首から鎖骨へと唇を這わせる。

舌の滑《すべ》る感覚と熱い吐息が肌を刺激して、ビクビクと震えがきた。

「あっ、立木君っ。汚いよ」

「汚くないです」

チュッとリップ音を立てながら、丁寧に肌に触れる立木君。その熱がジンジンと浸透《しんとう》していくみたいだった。緩《ゆる》やかな快感が湧いて、自分の吐息に熱が籠《こも》るのがわかる。気持ちよくて、でももどかしくて。彼の頭に手を伸ばし、髪の毛に指を絡ませる。そのまま彼が与えてくれる刺激に身を捩《よじ》れば、立木君が小さく笑った。

「気持ちいい？」

「うん」

胸元から顔を上げた立木君に頷くと、彼は身体を起こして私の唇に口づけを落とす。

「先輩、舌出して」

「んっ」

啄《つい》ばむように繰り返されるキスの合間にそう言われ、口を開いて小さく舌を出した。

その途端、深く口づけられる。

甘噛みされて思わず引っ込めた舌を、立木君の舌が追いかけてくる。

「ん、くっ、たちき、く……」

息を吸うタイミングを忘れてしまうくらい、彼は丹念に口の中を愛撫していく。私は、それに応えるのに精いっぱいだ。

優しいキスなのに、私の知っているどれよりも情熱的で、頭の中がショートしそうだった。

「はっ……っ、あ……」

「ひかりさんの蕩《とろ》けた顔、すごく可愛い」

「っ、今名前で呼ぶの……反則だよ。キスだけでいっぱいいっぱいなのに」

ただでさえキスで翻弄《ほんろう》されて胸が苦しいのに、名前で呼ばれたら、本当に悶《もだ》えて死んじゃいそう。

「これから、もっと名前を呼んで、いやらしいことをするのに？」

濡れた唇を舌で拭《ぬぐ》いながら、立木君が眼を細めて笑う。それが酷《ひど》く淫靡《いんび》に感じられて、胸がぎゅっとなった。

「未紀君、いじわるだ」

立木君も私みたいに翻弄《ほんろう》されればいいのに。そう思って彼の名前を呼んだら、立木君から笑顔が消えた。

「馬鹿ですね。ここで名前なんて呼んだら、煽《あお》るだけですよ」

怯《ひる》んでくれるかと思ったのに、予想に反して、彼は獰猛《どうもう》な表情になった。そのまま咬《か》みつくようにキスをされる。

「んんっ、あふっ」

立木君に口の中を嬲《なぶ》られながら、私の背に回った彼の手で、ブラのホックを外される。

「っ！　見ちゃ駄目」

思わずキスから逃《のが》れ、剥《は》がされそうなブラを腕で押さえつけた。

けれど眉間に皺《しわ》を寄せた立木君は、私の腕をよけてあっという間にブラを剥《は》ぎとってしまう。そのままそれを、床に投げる。

コンプレックスの胸を晒《さら》した羞恥心《しゅうちしん》から、私は必死で胸を隠しながら、身を捩《よじ》って横を向いた。

「何で隠すんですか？」

「あっ」

しかし、身体はすぐに仰向けに戻されてしまう。立木君は胸を隠している私の両腕を掴んで、そのまま頭の上に持ち上げベッドに手一つで押さえつけた。そして空いた手で、私の胸の先を軽くはじく。

「駄目だよ……小さいから、見ないで」

「綺麗な胸ですよ。だから、隠さないで」

小ぶりな膨らみを掌《てのひら》で包むように優しく撫でられ、ぞわぞわとしたくすぐったい感覚になる。唇から、小さく吐息が漏れた。

「だって、ささやか過ぎて……。子供みたいで萎《な》えちゃうでしょ？」

かつて、そういったことを言われた経験があって、それ以来私は、谷間をつくるブラを着用していた。そしてそれを外さないままエッチをしないと、不安だったのだ。

「……別に、このくらいあれば十分でしょう？　全然萎《な》えませんよ」

そう言って、立木君は私の手を取って自分の下半身へ導く。

ボクサーパンツ越しに硬く隆起した彼のものが触れて、彼の言葉が真実だと教えてくれた。

「わかるでしょう？　貴女がこうしたんです」

その立木君の表情が煽情的《せんじょうてき》で、ゾクッとする。

欲情した目で私を見下ろす立木君は、私を抱き起こしてベッドに座った。それから、自分の脚の間に、私をもたれかからせるように座らせる。

「見られるのが恥ずかしいなら、これならどうですか？」

そう言って、立木君は私を背後から抱きしめた。

これなら、立木君が後ろにいて見えないから少し安心できる。でもその分、彼が密着しているから彼の声どころか吐息まで耳元近くに感じて、別の意味で緊張する。

腰にまわされた腕が緩《ゆる》み、彼の掌《てのひら》がお腹からゆっくりと上ってきた。そのままそっと、胸を包む。

「んんっ、胸、触られるの、初めてで……怖い」

コンプレックスだった胸を初めて触られて、ものすごく緊張する。

ずっと隠して、誰にも触れさせていなかったのだ。そこを暴《あば》かれるのはすごく怖い。

「俺好みのサイズですよ。また一つ、貴女の好きなところができて嬉しいです」

その優しい言葉が嬉しくて、泣きそうになる。

「力抜いて、俺に任せて」

やわやわと胸を揉まれ、人差し指で胸の尖《とが》りを捏《こ》ねられた。くすぐったいようなピリピリするような、妙な感じがする。だけど、時間をかけて触れられていくうちに、ジンジンとしてじんわりと温かくなってきた。胸の先の刺激が腰まで響くみたいで、身体の奥が疼《うず》く。無意識に、内またをすり合わせるように脚が動いていた。

「変、だよ……胸、なんだかじんじんする」

「気持ちよくなってきたんですよ。その証拠に胸の先、ほら、こんなに硬く尖《とが》ってきた」

「あ、はっ……引っ張っちゃ、やだ」

いつの間にか人差し指と親指で摘《つ》ままれていた。そしてそれを指の腹で擦《こす》られ、時々引っ張るように扱《しご》かれる。

その度に胸の先と腰が繋がったように疼《うず》いて、じっとしていられない。

「あっ、やだっ、胸ばっかりしちゃ……あぁっ」

初めて感じる胸の快感に、あっという間にいってしまう。

ビクビクと脚が震え、息を乱す私の耳を立木君が食《は》んだ。

「気持ちよかった？」

「んっ……」

頷けば、立木君は首筋に舌を這わせた。そして右手の指を、私の胸からお腹へと滑《すべ》らせる。

「んんっ……あっ」

達して力を失った脚の間に彼の指が落ちて、そのままショーツの中に潜り込む。

「あ、あっ」

「すごく濡れてる」

彼の指が恥丘から秘裂の谷間を辿《たど》っただけで、くちゅりと淫《みだ》らな音がした。私の腰が軽く跳ねる。

ぬるぬると動く立木君の指に、自分があり得ないくらい濡れているのがわかって恥ずかしい。

「下着がたくさん汚れる前に、脱いじゃいましょう?」

そう言って、立木君は後ろから器用に私のショーツを取り去った。

「もう、向かい合っても平気ですか?」

「ま、まだ、恥ずかしいよ」

「なら、このまま……ひかりさん、手を後ろに回して、俺のを触って?」

頷いて、後ろ手に手を伸ばす。布越しに彼のものに触れ、形をなぞるようにそっと撫でる。

さっきよりも大きく、硬くなって脈動するそれは、下着の中で酷《ひど》く窮屈《きゅうくつ》そうにしている気がした。

「っ……」

一瞬息を詰めた立木君の吐息が、首筋にかかる。

「やばっ……貴女の手ってだけで、ゾクゾクする」

艶《つや》めいた吐息まじりに立木君がそう呟《つぶや》き、何度も首に口づけを落とす。

「っ……腕、辛くないですか?」

「平気。立木君……これ脱いで?」

「駄目。脱いだら、すぐ貴女の中に入りたくなる」

ぎゅっと抱きしめられたと思ったら、耳元で甘い声で囁《ささや》かれた。愛撫されたみたいにゾクゾクする。

「もっと、こうしていたいです……だからそのまま触ってください」

首にキスをしながら、立木君の片手は私の胸に、もう片方は私の濡れそぼった場所に触れる。

「あぁっ、一緒に触っちゃ、駄目っ」

敏感になっていた胸の先と、秘裂の中にある突起を一緒に捏《こ》ねられ、身体が跳ねる。

二つが繋がっているみたいに、快感を拾っていく。さっきいったばかりなのに、また身体の奥が熱く疼《うず》いてたまらない。

奥を暴《あば》かれているわけじゃないのに、立木君の指が動く度に、いやらしい水音が下から響いて止《や》まない。それがまた恥ずかしくて、腰が揺れる。

「ううっ、そこばっかり、やぁ」

「辛い？」

首を横に振って否定する。

そうじゃない。そこだけじゃなくて、もっと奥に、蜜を溢れさせる奥に触れてほしい。彼の指に自分から擦《こす》りつけているみたいで恥ずかしいのに、腰の動きが止まらないのだ。

「立木君っ」

後ろにいる彼に顔を向けて縋《すが》るように呼べば、唇を塞《ふさ》がれた。

ねっとりと絡む口づけに意識が逸れた瞬間、秘芽を弄《いじ》っていた指が下がって、ひくついている窪《くぼ》みの縁を撫でる。

その奥にほしいのに、焦《じ》らすように軽く入り口に触れては離れていく指。それが、切なくて苦しい。

「ふっ、んんっ、た、ちきくん」

「未紀って呼んで」

「あんっ、み、未紀くっ……いじわる、しないで」

「これじゃあ足りないですか？　どうしてほしい？　教えて」

「中も……あふっ、も、中も、触ってほしっ」

「ここ？」

「あぁっ」

音を立てて、立木君の指が泥濘《でいねい》に沈んでいく。望んだものの訪れに身体が素直に喜びを示して、彼の指をキュッと絡め取った。

それを感じたのか、立木君が薄く笑う。

「ひかりさんの身体は、どこも素直ですね」

耳朶《じだ》を食《は》みながら囁《ささや》く彼の声に、余計に中がキュンと震える。

「もっと、気持ちよくなってください」

私の中に埋《うず》められた彼の指が、円を描くように内壁を撫でていく。そのまま、いい場所を探すように抽送をはじめた。彼の指が動く度に奥が熱くなって、粘りを帯びた水音が響いて耳を犯す。

それだけでも気持ちいいのに、立木君の指がある一点に触れた瞬間、私の中に突き抜けるような快楽が走った。脚に力が籠《こも》り腰が激しく跳ねる。

「あ……んっ、あぁっ！」

「ひかりさんのいいところ、見つけました」

「あんっ！　やっ、駄目っ、うっくっ！」

そこを強弱をつけて擦《こす》られる度に、腰の奥にとけるような快感が走る。ビクビクとはしたなく身体が揺れ、嬌声《きょうせい》が零れた。

感じたことのないその強い刺激が怖くて、夢中で彼の腕を掴み、何度も首を横に振る。

私の身体、すごく変だ。立木君が触れるところが全部、気持ちいい。

こんなに乱れたことなんてないのに、一人で何度も快感の頂《いただき》に上り詰めている。

「やぁっ！　いくっ、もう、いっちゃうから……」

「いいよ、いって」

労《いた》わるような優しい声とは裏腹に、立木君の指の動きは私を追いたてるために激しくなる。快感が、身体を突き抜けていった。

声にならない嬌声《きょうせい》とともに、身体から一気に力が抜ける。そのまま後ろの立木君に倒れ込んだ。

「大丈夫ですか？」

ぼうっとした頭で彼に視線を向け、頷けば、立木君が額《ひたい》にキスをくれる。

立木君に身体を預けて乱れた息を整えていたら、立木君の指が私から抜けていくのを感じた。

「あぁっ……」

達した余韻が残る身体が戦慄《わなな》いて、知らず胸元にあった立木君の腕にしがみつく。

「シーツも俺の指もドロドロですよ」

さっきまで私の中にあった指を持ち上げ、立木君は愛液にまみれた中指を私に見せた。

その後、その指を自分の口にもっていき、指についたものを丁寧に舐《な》めしゃぶる。

淫靡《いんび》な光景から目が離せなくて、ただ食い入るように彼の行動を見つめた。

「ん？　どうしました？　……あぁ」

不思議そうに私を見ていた立木君が、突然、何か思い当たったように薄く笑った。そして目を細めて、咥《くわ》えていた指を口から離す。

「もしかして、ここも同じように舐《な》めてほしかった？」

立木君の手が、さっきまで触れていた場所に向かって伸びる。思わず脚を閉じて、慌てて首を横に振った。舐《な》めていいところじゃないのに。

それに、繋がる前にこんなに気持ちよくしてもらったのだって初めてだ。これ以上触られたら、どうにかなっちゃうよ。

「ち、ちがうよ。さ、されたことないし……これ以上されたら、おかしくなっちゃうよ」

「……それなら、今度にしましょうか。俺も、そろそろ限界だから……」

立木君は私から離れ、ベッドサイドにあるミニテーブルの引き出しから避妊具を取り出す。

それを素早く装着した立木君に、ベッドに押し倒された。

私の脚を割り開いて間に身体を滑《すべ》り込ませた立木君は、腰を近付け、さっきまで指で弄《いじ》っていた私のそこに自分のものを宛《あて》がう。

熱い塊《かたまり》が入り口に触れて、私の唇から熱を孕《はら》んだ吐息が零れた。

「もう、挿《い》れますよ」

「うん」

ゆっくりと、先端が私の中に沈んでいく。

少しずつ抽送を繰り返しながら隘路《あいろ》を奥へと入ってくる立木君。深く入る度に、緩《ゆる》やかな快感が走って切なくなる。声が漏れて止まらない。

慎重なのか、焦《じ》らしているのかわからない緩慢《かんまん》な動きで、立木君は私の中を満たしていく。早く奥まで来てほしくて、身体が震えた。

「ひかりさんの中、すごくうねってきついくらいです」

腰を揺らす立木君の声も表情も、快楽に染まって熱っぽい。

「っ、あっ……未紀くん、私も気持ちいいよ。こんなの初めて。だからもっと、きて」

「っ……人が優しくしているのに、何で煽《あお》るんですか」

言葉が終わるよりも先に、立木君の腰が更に深く奥を穿《うが》った。

「あぁっ！」

「ぁ、くっ……」

一気に割って入ってきた熱の塊《かたまり》に、目の前を小さく明滅する光が走る。貫《つらぬ》かれた快感に、思わず背が弓なりになった。

お腹いっぱいに彼が入っているのが苦しくて、でも一つになれたことは嬉しくて。私を覗き込む彼に腕を伸ばして、キスをする。

「貴女の中にある、あの人の痕跡を全部消したい」

「うん」

「全部俺で上書きしたい」

口づけを繰り返しながら、立木君は辛そうに言う。

このまま、乱暴に抱いてしまうこともできるのに、彼は踏みとどまってくれているのだ。

そんな立木君が愛しい。

「いいよ。未紀君に変えて」

「本当に？」

「未紀君だから、そうしてほしいの」

この先一緒にいたいのは立木君で、井坂さんじゃない。

立木君があの人の記憶を残したくないなら、そんなの消し去ってくれていい。立木君に笑っていてほしいから。

「ひかりさん。そんなこと言われたら、俺……もう抑えきかないから、優しくできない」

小さく困ったように笑う立木君の唇を、私は優しく食《は》んでキスする。

「いいよ」

「後悔しても、止められませんからね」

そう言って、立木君は身体を繋げたまま、私の身体をひっくり返す。

「ひぅっ！」

驚く間もなく、四つん這いになった私の腰を掴み、激しく中を暴《あば》きたてた。

さっきまでの優しい動きなんてどこにもない。身体を貪《むさぼ》られるみたいに、奥まで立木君に穿《うが》たれる。貫《つらぬ》かれる度に身体が激しく揺れた。互いの肌がぶつかる音と、繋がったところから淫猥《いんわい》な水音が響いて、更にそこに私の嬌声《きょうせい》がまじる。

「あっ、あっ、激しいよっ」

「言ったでしょ、止められないって」

「んんっ！　言った、けど……」

こんなに激しいなんて思わなかったんだもの。

「んっくっ、も、もっと、ゆっくり」

「ゆっくり？　いいですよ。ここ、好きでしたよね？」

　突如立木君は、浅い位置でゆったりとした抽送をはじめた。指で私を攻めた場所を、抉《えぐ》るようにゆっくりと擦《こす》る。

「ひぁっ！　あぁっ、あっ、やだっ」

　指とは比べものにならない快感が襲って、堪《こら》え切れずに突っ伏してしまう。お尻を突き出すような体勢になった。

「そんなにお尻を上げて、もっとしてほしいんですか？」

「ちがっ」

「それとも、奥を突いてほしい？」

　艶《つや》めいた声で、意地悪なことを言いながら、立木君はそのまま一番奥まで貫《つらぬ》いた。

「あぁぁっ！」

　何が起こったのか、一瞬、わからなかった。

　さっきよりも更に深く入り込んだ立木君の先が私の最奥を突き上げた瞬間、強烈な甘い痺《しび》れが背骨に沿って走った。ガクガクと身体が震える。

　身体が震えたまま止まらなくて、気持ちいいを飛び越えた感覚が未知過ぎて、受け止めきれない。

「っ、すごい……ひかりさんの中すごく震えて、気持ちよくておかしくなりそう」

熱の籠《こも》った声でそう言った立木君が、私に覆いかぶさってきた。私の震える手に、彼の手が重なる。指の間に指を絡めて、ぎゅっと握られた。

「大好きです、ひかりさん」

耳元で囁《ささや》かれた彼の言葉が嬉しくて、直に触れる体温にほっとして。応えるように、彼の指を握り返す。

「だからもっと、俺で気持ちよくなって。俺がどれだけ貴女を好きか、身体でも知って？」

「ぁ……みき、くん」

首筋を愛撫しながら、立木君が私の奥をゆるゆるとした動きで軽く何度も突いてくる。穿《うが》たれる度に、思考を蕩《とろ》けさせる甘い快楽が身体を走った。腰も脚も震えて、身体中が強張《こわば》る。嬌声《きょうせい》は零れるけど、おかしくなってしまいそうな強過ぎる快楽に、もう言葉が出てこない。

立木君から与えられるこの感覚が、全部彼の想いだと思えば全部、受け止められる。

「っ、もういきそう」

速く大きくなっていく抽送と、切羽《せっぱ》詰まった立木君の声に、さっきよりも更に大きな快感に襲われた。目の前が真っ白になる。

私は悲鳴のような嬌声《きょうせい》を上げて達し、少し遅れて立木君も食いしばるような声を上げて達した。

全身から力が抜けたみたいになって、動けない。

「ひかりさん、大丈夫？」

「んっ、気持ちよくて腰抜けちゃったかも」

立木君が身体から抜け、横に寝そべった。私の身体を引き寄せて、抱きしめる。

その腕が心地良くて、彼の胸に顔をすり寄せる。

「俺のわがままを聞いて、受け止めてくれてありがとう」

「ううん。私、自分が思ってるよりずっと未紀君のことが好きみたい。嬉しかったよ」

「駄目ですよ、そんな俺を喜ばせるようなことを言っては……また抱きたくなった」

低く囁《ささや》かれ、お腹に当たる屹立《きつりつ》が復活の兆《きざ》しを見せる。立木君の熱に、身体の奥が疼《うず》く。

「責任、取ってくれますよね？」

そしてそのまま二回戦に突入して、その日私は、未紀君に余すことなく身体を頂かれてしまった。

◆◆◆

その後、会社の方でもいろいろあった。

結論から言うと、井坂さんはあの後、会社をクビになった。

勤務時間中に、私の家に嫌がらせをしていたことがわかったのと、聴取中にまた刑事さんを殴って、公務執行妨害で現行犯逮捕されたことがとどめだったみたい。

井坂さんには二度と、私や家族に接触したり嫌がらせをしたりしないよう、弁護士さんを介して交渉してもらった。井坂さんは実は、ご両親が社会的地位のある人だったようで、これ以上の醜聞《スキャンダル》を避けるためにもしっかり管理すると約束したことを、弁護士さん伝手《づて》に聞いた。

その間、立木君は陰ながら私を支え続けてくれた。

祖父はその一月後に、無事に退院できた。家での暮らしが始まり、ようやく落ち着いた日常が戻ってきた。

立木君とは、一緒に出掛けたり、お互いの家を行き来したりと仲良くやっている。仕事外で過ごす時間も、以前より格段に増えた。

今日も、立木君の家へお昼過ぎから遊びに来ている。

「……ひかりさん」

「ん？　どうしたの立木君」

「また呼び方、間違えていますよ」

ソファに二人並んで洋画のＤＶＤを見ていたのだけど、立木君からの言葉にはっとなる。

仕事以外で彼を呼ぶのは「未紀君」に変えたはずなのに、咄嗟《とっさ》のことだとつい名字になってしまう。

恋人になって二月以上経つのに、まだまだ抜けない。

「ほんとだ……なかなか直らないなぁ」

「それじゃあ今日一日、呼び方を間違えたらその都度、俺の望みを一回ずつ叶えるって、どうですか？」

「罰ゲーム的な感じ？」

「ええ。その方が意識して直せそうでしょう？」

「難しい罰ゲームじゃなかったらいいよ？」

「難しくないと意味がないでしょう？」

立木君はとてもいい笑顔でそう言う。

立木君は優しいんだけど、時々、Ｓっぽいことをするんだよね。

特に今のような、いいことを思いついた、みたいな笑顔の時は。

「今日一日で、しっかり俺の名前、呼べるようにしましょう？」

「頑張るね」

まあ、私がちゃんと「未紀君」って呼べればいいんだものね。

……なんて思っていたら甘かった。

立木君の方が何枚も上手で、私に名前を呼ばせるように巧みに仕掛けてくるのだ。

私、立木君に勧められて、テレビゲームをしたのがまず駄目だったと思う。

私、ゲームって全然したことがなくて、立木君に教えてもらいながらアクションゲームとかいうのをプレイしたんだけど……

「きゃーっ！　助けてっ、助けて、立木君！」

操作に慣れなくて、つい腕を動かしたり身体を振ったりしてしまう。それでも画面の中の私はちっとも思うように動かなくて、あっという間に敵に囲まれた。思わず彼に助けを求めたら、口から出たのは「立木君」だった。

「はい、まず一回ね」

「二つの意味でやられたっ！」

ゲームでもやられ、立木君呼びでもやられ……

ちょっと悔しい。

そんな私の耳元に、立木君が顔を寄せて囁《ささや》いた。

「それじゃあお願いその一、俺の脚の間に座って？」

脚を開いて座るスペースを作ると、私をそこに座らせる。

立木君の脚に左右をロックされた状態だ。私を包むようにしてコントローラーを持ち直した立木君は、楽しそうだった。

私は、密着していてドキドキするのに。

「じゃあ、続きはこの格好で」

「えぇっ！　このまま？」

「もちろん。すぐ止《や》めたら意味ないでしょう？」

「うぅ……未紀君が意地悪だ」

「そう。その調子で名前呼んでください」

で、またゲームを再開するんだけど、操作が下手くそな上に密着したこの状態に緊張して、またすぐにピンチになる。

「ムリムリ！　来ないでーっ！　ヘルプ！　ヘルプだよ、立木君！　早くーっ！　やだーっ！　あ、落ちた……ちょっと、立木君、笑ってないで助けてくれてもいいのにっ」

「今ので二回」

「っ!?　み、未紀君、ずるいよ」

「ずるくていいんですよ。こうして貴女に触れるのも、目的の一つだったので」

立木君はそう言って私の手からコントローラーを奪って、目の前のテーブルの上に置いた。

「ひかりさん、すぐ逃げるから。こうでもしないと捕まってくれないでしょう?」

普通にただ、こうして抱きしめられるだけなら逃げたりしない。けど、ほぼ毎回、過剰なスキンシップがついてくるんだもの。

彼はすごく真面目だから、性的なことは淡白なのかなって勝手に思っていたけど、全然そうじゃなかった。

平日は二人でのんびりする時間がないから、休日に爆発しちゃうのかもしれない。

特に先週から今週にかけては、立木君の出張だったり業務が忙しかったりで、同じ課なのにほとんど話もできなかった。

だから私も淋しかったし、こうして触れあえるのはすごく嬉しい。

「これくらい、許してください」

「うん。いつもお仕事お疲れ様」

毎日頑張る立木君に、私は軽く唇を寄せた。

「それ、すごく癒《いや》されるから、もっとしてください」

「いいよ」

何度も、小さなリップ音を立ててバードキスを繰り返しているうちに、私のお腹周りに置かれた立木君の手がもぞもぞと動き始める。

「後二つ、俺の願いごとを叶えてもらえるはずですけど、何にしましょうか」

後ろからぎゅっと抱きしめられて、首筋に軽く口づけされた。

「んっ」

立木君が首を食《は》むようにして、舌で嬲《なぶ》る。その度に、腰のあたりがむずむずする。

彼の手が、シャツの裾《すそ》から中に入り込んで、直に肌に触れた。

お腹を撫でながら上へと伸びてきた両手は、ブラの下に入り込んで、ブラを上へずらす。そして私の小さめな胸を、包みながらやわやわと揉んだ。胸の先を指が掠《かす》めて、ゾクッとする。思わず小さな声が漏れた。

「可愛い声。このまま、悪戯《いたずら》したくなります」

「あっ」

楽しそうに囁《ささや》きながら、立木君が私の耳朶《じだ》を噛む。

「ぁ……未紀君、まだ、お昼だよ」

「嫌、ですか?」

「明るいのに……」

「だからいいんじゃないですか。貴女がよく見える」

「耻ずかしいよ」

胸の尖《とが》りを摘《つ》まれて、指で捏《こ》ね扱《しご》くように擦《こす》られる。ジンジンとして、腰が上がり、声が上ずった。

「ここ感じやすいですよね、こうして触れると特に」

「んんっ、そんな風に触っちゃ、やだ」

「気持ちよくない？」

「そうじゃなくて……」

気持ちいいから、自分だけがいやらしい気分になっちゃうのが困る。

首を捩《ねじ》り、後ろにいる立木君に視線を向ければ、立木君は色気を含んだ笑みを浮かべた。そして私に口づける。唇を割って忍び込んだ彼の舌が、ねっとりと私の口の中を愛撫した。

「ちゃんと平日は我慢していたんですから、御褒美《ごほうび》ください」

口づけを繰り返しながら、立木君が呟《つぶや》く。

「嫌ですか？」

「や……じゃ、ない」

「なら、こっち向いて俺に跨《また》がって。膝立ちで」

言われるまま、一度立ち上がって身体の向きを変えると、立木君に跨《また》がるように膝立ちでソファに上る。

そうすると立木君を見下ろす姿勢になって、いつもと違う感じに見えた。

立木君は私のシャツの中に背後から手を入れ、ブラのホックをはずす。そして、シャツを胸の上まで捲《まく》りあげた。

「シャツ、自分で持って」

捲《まく》られたシャツを両手で持てば、自分でシャツをあげたみたいになった。

さっきまで弄《いじ》られていた胸が、直に空気に触れる。胸のすぐ前に立木君の顔があって、少し恥ずかしい。

「いい眺め」

「あまり見ないで」

「どうして？」

「胸、小さいし……」

「言ったでしょう？　俺は好きですよ」

そう言って、立木君は左の胸に手を伸ばし、右の胸に顔を近付けた。胸の尖《とが》りに、彼の唇が軽く吸いつく。

「んぁっ……」

音を立てて吸われたかと思えば、舌先で転がされ、軽く歯を立てられる。

左の胸も指で乳首をはじかれ、爪を軽く立てられて捏《こ》ね潰された。胸がジンジンと痺《しび》れて、疼《うず》いてくる。

「あっ、んんっ……」

「敏感で、すぐ硬くなるし……触れると、こうして貴女が可愛い声で啼《な》いてくれるから」

立木君の言葉は、耳を犯してくるみたいでゾクゾクする。

「もっと、貴女を気持ちよくしたい」

立木君は、言葉も、愛撫もたくさんくれる。

私はこれまで、セックスは女性が男性に奉仕するのが普通だと思っていた。でも、立木君は私を気持ちよくする方が好きだと言って、私の知らなかったことをたくさんしてくれる。

彼にされることはほぼ全てが新鮮で、自分の身体が立木君に与えられる快感でどんどんいやらしくなっていくのがわかるほどだ。

快楽で後ろに反《そ》りかけた背中に立木君の左手が伸び、私の身体を引き寄せる。

その手が、背の肌を滑《すべ》る度、ビクビクと感じてしまう。

腰まで下りた彼の手が、私の脇腹を撫でる。時折擽《くすぐ》るように指が肌を掠《かす》めて、身体が震えた。

「ぁ、未紀、くん……」

「こっちも、舐《な》めてあげますよ」

右胸からちゅっと音を立てて離れた立木君は、左胸にも同じように愛撫を落とす。

空いた立木君の手は、私の左脚の太腿に下りて這う。

ゆっくりと、脚を掌《てのひら》で包むように撫でながら、太腿からスカートの中へと上り、お尻へ伸びていく。

ショーツ越しにお尻を軽く円を描くように撫でられた。時折、彼の指先がクロッチの部分を掠《かす》める。

するっと秘裂をなぞるような弱い刺激に、もどかしさが募った。つい自分から身を寄せるように、腰が揺れる。

立木君は胸を愛撫したまま私を見上げ、私の反応を楽しむように目を細める。

「腰、揺れていますよ。もどかしい？」

彼の問いに、小さく頷いて答える。

もっと触れてほしい。そんなおざなりじゃ嫌なのに……

「ここも、ほしくなりました？」

私の身体の異変を悟ったように、クロッチの上から刺激のほしかった場所に、さっきよりも強めに触れる。

「は……ぁ」

「気持ちいいですか？」

頷いて答えれば、「言葉で教えて」と、求められる。

「あんっ……気持ち、いい」

「なら、もっと気持ちよくなるように、直に触ってあげます」

ショーツの横から立木君の指が滑《すべ》り込み、指の腹が秘裂を擦《こす》り撫でた。クチュッと淫《みだ》らな音が聞こえる。

「すごい……もう、ぬるぬる」

「言わないで……あぁっ」

秘芽を指先で引っ掻くように捏《こ》ねられ、ビリっと痺《しび》れる強い快楽が走った。背が反《そ》り、彼の指から逃げてしまう。

「逃げたら駄目ですよ」

すぐに身体を引き寄せられて、執拗《しつよう》に攻められる。

「駄目っ、あっ、ふっ」

「ここは気に入らない？　なら、ここ？」

蜜にまみれた指が秘芽から離れ、私の中に潜り込んでくる。

「あ、あぁっ」

「すごい、二本なのにすんなり入りましたよ？」

圧迫感はあるけど、辛くない。それどころか入っただけで気持ちよくて、彼の指をキュッと締めつけてしまう。

「ひかりさん、どんどん、俺にエロい身体にされちゃいますね？」

本当に、その通りだと思う。

ゆっくりと抽送する指に併せて、グチュグチュと艶《なま》めかしい音が響く。

「んんっ！　あぁっ、立木、君」

「……違うでしょう？」

「未紀君っ」

媚《こ》びるような甘い声で彼の名を呼べば、立木君は私の胸の尖《とが》りをきつく吸った。同時に、指をばらばらに動かし始める。

「あ、くぅっ！」

「そうやって、もっと俺のこと呼んで」

中も胸も、いいところを一緒に攻められて、気持ちよくてたまらない。身体が奥から熱くなっていく。

彼の指や舌が私の身体に触れる度に、いやらしい水音は大きくなる。膨れ上がっていく快感に震える身体が、彼の指を締めつけた。

「もういきそう？　俺の指、喰いちぎられそうですよ」

「も、もう、指、いやっ」

気持ちいいけど、指じゃほしいところに届かない。

「止《や》めたいんですか？」

そうじゃない。

慌てて首を横に振って立木君を見下ろせば、彼の目が期待するように私を見ている。

彼は私に言わせたいんだって、わかった。

「じゃあ、どうしてほしいか教えて」

「未紀君が、あんっ、いいっ……お願い、もう、ちょうだい」

「俺のでいきたい？」

何度も頷いて答えれば、身体から立木君の指が抜けていく。

その喪失感に身体が疼《うず》いた。けれどもの淋しさを感じる間もなく、立木君にシャツもブラも剥《は》ぎ取られ、そのままソファに押し倒される。すぐに、スカートもショーツも一気に脱がされた。

その早業に驚いていていたら、立木君もシャツを脱ぎすて、テーブルボードの下にある引き出しを開けた。そこから避妊具を取り出す。

「そんなところに置いてるの？」

「取りに行く時間がもったいないでしょう？　そんなことで、貴女を待たせたくないし」

そう言いながらソファから立ち上がって、彼は下も全て脱ぎ去った。お腹につくくらいに勃《た》ち上がったものに、避妊具をかぶせていく。

支度を終えた立木君は、ソファに乗り上げ、私の脚を広げた。そして間に割り入って、私の腰を浮かせ、自分の腿の上に跨《また》がらせるようにする。

「俺も、早く貴女と一つになりたいから」

立木君はそう言いながら自分のものを掴んで、蜜を絡ませるように秘裂を下から上になぞった。

その熱く硬い感触に、これから与えられるであろう快感を期待して、腰が揺れる。

「慌てないで、今あげますから」

蜜壺に押し当てられた立木君のものが、ゆっくりと私の中に沈んでいく。

指とは比べものにならない大きな質量が肉壁をぎちぎちと掻きわけて入りこんでくる感覚に、快楽が背中を走り抜けた。

「んっ、ぁ……お、きい」

「っ、貴女のせいですよ」

途中まで沈み込んだものはすぐに引き抜かれ、けれど全部抜けてしまうかと思った途端、一気に奥まで入り込んできた。

「あぁっ！」

ほしかったところに彼の先が触れて、グリグリと擦《こす》られる。その度に最奥が甘く疼《うず》いて痺《しび》れ、私の口から喘《あえ》ぎが零れた。身体はその刺激を逃したくないとばかりに、立木君のものを奥で絡め取る。

「くっ」

同時に上から、艶《つや》を含んだ吐息が聞こえた。視線を彷徨《さまよ》わせると、立木君が欲情した雄の表情で私を見下ろしているのが見えた。

「すごいうねってる……そんなに気持ちいい？」

「うんっ、気持ち、いいよ……」

「俺もです。ゆっくり、突いてあげますね」

「はぁ、んっ」

抽送をはじめた立木君の動きに合わせて、私の身体が小さく揺れる。繋がった部分が擦《こす》れて、甘い疼《うず》きと熱が身体中を侵食していく。

焦《じ》らすように私を浅く突き上げる立木君の動きに、緩《ゆる》やかな快楽を与えられる。

それも気持ちいいけど、さざ波のように広がって大きな波にはならないことがもどかしい。

「あっ、もっと奥っ……ひぅっ！」

突如角度を変えてお腹の方を内側から抉《えぐ》られ、息が詰まるほどの強い快楽が突き抜けた。腰が大きく跳ねる。

「ここも好きだったでしょう？」

「んぁっ！　あっ、あぁっ」

優しく突かれているのに、酷《ひど》く感じてしまう。身体の奥が震えて、絡み合う蜜音が大きくなった。その音が私の耳を犯して、羞恥心《しゅうちしん》で余計に感じる。

「ひかりさん、もっともっと感じてください」

私の両脚を膝裏から掴んだ立木君が、そのまま私に覆いかぶさる。

「あぁぁぁっ！」

深く、さっき奥だと思ったところよりも更に奥まで、立木君に穿《うが》たれる。

ほしかったところに再び熱い塊《かたまり》が訪れた途端、目の前がチカチカして軽くいってしまった。

全身を支配する甘い刺激に身体が震え、繋がった場所がビクビクと震えている。

その余韻に浸《ひた》る間もなく、立木君に口づけられた。

深く口づけをかわしながら、立木君が律動を再開する。

今度は激しく、深く。

「あぁっ！　んんっ、ふっ、は、げしっ」

キスしている口の隙間から漏れる声は、ほとんど言葉になっていない。

奥まで貫《つらぬ》かれる度に、淫《みだ》らな水音とお互いの身体がぶつかる音が部屋に響いた。お互いの呼吸も、口づけのリップ音も、軋《きし》むソファの音も、全部ごちゃまぜで耳に届いておかしくなる。

立木君の背に腕を回して彼に縋《すが》りついて、膨れ上がっていく淫《みだ》らな感覚を必死に受け止めた。

「あふっ、いっ、んんっ、みきく、ん、またっ、いっちゃう」

「ひかりさんっ、いって。俺も、もう限界」

余裕のない立木君の囁《ささや》きに頷きながら、自分から彼の唇を求めて舌を絡めた。上り詰めていく感覚に身を捩《よじ》る。

「んんっ！　んんーーーっ！」

あっという間に絶頂に達して、目の前が真っ白になった。身体の熱が弾けていく。

痙攣《けいれん》する身体を立木君にきつく抱きしめられ、激しかった動きが止まる。代わりに、立木君が低く唸りながら身を震わせた。

キスを止めて、立木君は私の肩口に顔を埋《うず》める。お互いに達した余韻が収まるまで、荒い息のまま抱きしめあった。

「ひかりさん、ごめん。一度じゃ収まらない。もう一回、いい？」

「うん……いいよ」

身体を起こした立木君が、私からゆっくりと抜けていく。

「ぁ……」

自分の身体から失われていく熱とその摩擦に、奥が疼《うず》いた。

立木君は身につけていた避妊具を処理すると、テーブルボードの引き出しから新しい正方形のフィルムを取り出して破り、まだ猛《たけ》りの収まらないそれにかぶせる。

「うつ伏せになって、腰上げて？」

言われるまま、熱が鎮まらない身体をうつ伏せにした。膝を立てて、腰を突き上げる姿勢になる。

持ち上がったお尻を未紀君が指の先でそっと撫でた。肌に触れられた刺激が甘い痺《しび》れを誘って、腰が揺れてしまう。

「いい眺め」

そう言いながら、さっきまで繋がっていた場所に、また硬いものが触れる。

だけどそれは、触れるだけですぐに離れていった。

「どうしたの？」

後ろにいる立木君に顔を向ければ、彼はちょっと悪い顔をした。それは、なにか意地悪なことを企《たくら》んだ時にする顔だ。

「罰ゲームの二つ目のお願い、聞いてくれますか？」

「いいよ」

「挿《い》れてほしいって、もう一度おねだりして？　あれ、嬉しかったから」

「うん……」

立木君は普段から私が頼みごとをすると嬉しそうにするから、身体を重ねる時もそうなのかもしれない。

私は後ろに手を伸ばし、私に触れるか触れないかの位置にある、硬さを十分に取り戻した立木君のものに触れた。ビクッと、指を通じて立木君の猛《たけ》りが震えるのがわかった。

彼から熱の籠《こも》った吐息が漏れる。

「未紀君のこれ……私の奥にちょうだい？　いっぱい、気持ちよくして？」

恥ずかしくて、声が少し震えた。

こんな時のおねだりなんてどう言えばいいのか、よくわからない。

立木君の顔に、笑みが浮かぶのが見えた。

「やばい……想像以上です」

凄艶な笑みを浮かべた立木君は、一気に奥深くまで入ってきた。

さっきまでドロドロにとかされていたそこは、容易に彼を受け入れる。性急な抽送に激しく身体が揺さぶられ、穿《うが》たれる度に子宮が突き上げられた。目の前がチカチカする。

「ちゃんと、お願い通り奥までいっぱい突いてあげますよ」

彼の腰がお尻に当たる度に、肉を打つ音が部屋に響いた。繋がった場所からは、淫《みだ》らな音が絶え間なく続く。

「あぁぁっ！　あんっ！　あっ、奥っ、深いよぉ」

さっきよりも深く、奥を打ちつける感覚に、気持ちよ過ぎてどうにかなってしまいそう。

「っ、そんなに締めないで。うねって絡みついて、気持ちよ過ぎです」

「あうっ、むりぃ、だ、って……気持ちいい、の」

快楽に蕩《とろ》けて、中が彼を放したくないって勝手にきゅうきゅうと締めつけてしまう。

「でもっ、これ、やぁ」

けれど、立木君の顔が見えないし、彼に縋《すが》りつくこともできない。

「こんなにいやらしく俺を咥《くわ》えてるのに？」

「あぁっ、だって、抱き、つけない」

そう伝えたら、立木君の動きが止まった。繋がったまま、私の身体がくるりと向きを変える。

何が起きたのかと思った時には、もう立木君が私を見下ろしていた。

揺れている身体の隙間からじゃなくて、ちゃんと目の前に彼がいることにほっとする。

彼の首に腕を絡めて、自分からキスをする。

「甘える貴女も可愛い」

口づけをかわしながら、立木君の動きが再開される。

「もう、お預けはなしですよ？」

「んっ」

激しく突き上げられ、何度も高みに上り詰めていく。

「またいったの？　そんなに気持ちいい？」

「いいっ、も、もう、おかしくなっちゃう」

二度目のせいか、気持ちよ過ぎてたまらない。

「いいよ、おかしくなって。どんなひかりさんも好きだよ」

「あぁっ！　も、また、いっちゃう」

弾けるような快楽に頭の中がチカチカして、身体が激しく仰《の》け反《ぞ》った。

「くっ、締め過ぎっ、いくっ」

立木君の艶《つや》っぽい喘《あえ》ぎとともに、私の中で彼が大きく戦慄《わなな》くのがわかった。

私を抱きしめながら達した立木君の身体を、私も抱きしめる。

すごく身体がだるいけど、満たされて幸せな心地だ。

いつもならもう身体を起こすはずの立木君は、まだ私を抱きしめたまま、乱れた呼吸でじっとしている。

私は立木君の後頭部に手を伸ばして、大きく息をしている彼を撫でた。彼がいつも私にしてくれるように。

彼の柔らかい髪が少し汗ばんでいるのを感じる。

「重い、ですか？」

「ううん。平気だよ……いつも未紀君が撫でてくれるから、してみたくて。嫌だった？」

「いえ、心地良いです」

立木君が小さく笑って、私の首筋にキスをくれる。

「ひかりさん」

「なあに？」

「好きです……身も心も貴女の全て、俺で満たしたいくらい好きです」

耳元で低く囁《ささや》くその声に、身体に燻《くすぶ》っている熱が再燃してゾクッとした。同時に、立木君が愛しくてたまらなくなる。

もうとっくに、私の中は立木君で満たされている。

私は立木君をぎゅっと抱きしめた。

「もう、未紀君でいっぱいだよ」

好きな人とするのがこんなに気持ちいいって教えてくれたのも、身体を繋げると嬉しくて幸せなんだって思わせてくれたのも、立木君だ。

隣にいて、歩調を合わせて進む恋愛を教えてくれたのも、立木君で……

一緒にいることが幸せで、こうしてぬくもりを感じられることが嬉しい。

「大好きだよ。……未紀君と一緒だから、すごく幸せ」

だから、立木君にもっと知ってもらいたい。

私が彼を、以前よりももっと好きなことを。

立木君が私にくれるたくさんの幸せと同じくらい、立木君が幸せを感じてくれたら嬉しい。

「俺も幸せです」

私を見下ろしていた立木君と笑いあい、どちらからともなく唇を重ねた。

貴女と甘いコーヒーを

「改めて自己紹介させてね。今日から立木君の指導担当になった東雲ひかりです。よろしくね」

そう笑顔で俺に挨拶《あいさつ》をした人が、最初とても苦手だった。

入社当初の俺は、指導担当の井坂さんとうまくいかず、ことあるごとに衝突を繰り返していた。井坂さんとは考え方が真逆で、互いに折れないってところだけが似過ぎていた。

だから配属先の部署の人からも、先輩の言うことを聞かない生意気な新人だと白い目で見られるようになっていたのだ。

確かに、井坂さんは営業成績トップのやり手で、優秀だと言われる人だった。けれど、性格はよくない。新人指導が自身にとって面倒事だっていうのを、俺に露骨に示したし、俺からの質問には一切答えてくれなかった。面倒くさい奴だと面と向かって言われたこともある。

もちろん、自分が全部正しいなんて思ってもいないけど、先輩の言うことだけを黙って聞いておけ的な態度の井坂さんに素直にもなれなくて。そうして、井坂さんが吹聴する俺の誇張された態度を信じた周囲からは、どんどん敬遠されるようになっていた。

こんな会社辞めてやると思った反面、意地を通して、母親の反対を押し切って入ったこの会社を、まだ何もしていないのに辞めるのも悔しくてたまらない。

そんな中で、いつも俺に声をかけ続けてくれたのが東雲先輩だった。

他の人も指導が進まないことを見かねてか声をかけてくれたこともあったけれど、井坂さんが「自分の指導に横やりを入れるな」と相手を牽制《けんせい》するものだから、どんどん皆、何もできなくなっていったのだ。井坂さんは挨拶《あいさつ》程度の話でさえ、「無駄話する暇があるなら仕事を覚えろ」と意味のわからないことを言って遮《さえぎ》るようにさえなっていた。

そんな事情もあって、俺に話しかける人間はほとんどいない状態だ。

東雲先輩は井坂さんに注意される度、苦笑いしてごめんねとすぐ去っていくけど、それでも何が楽しいのか、挨拶《あいさつ》が絶えたことはなかった。

いつも笑っているし、何を考えているのか読めなくて、彼女にどういう態度をとればいいのかわからない。感情を読ませないところが苦手な兄に似ていて、それもあって彼女のことが苦手だった。

俺の指導担当になったと言われた時も、内心では面倒くさいことを任されて迷惑しているのだろうと、勝手にそう思っていた。適当に指導して匙《さじ》を投げるんじゃないかとか、マイナス思考しかなかった。

しかも、俺よりも一つ年上なだけだと知って、俺とそう違わない年の人に何ができるんだと捻《ひね》くれたことも考えた。だからつい『貴女と馴れ合うつもりはありませんから』なんて生意気なことを言ったのだ。

それでも東雲先輩は笑顔を絶やさなかったから、俺は馬鹿にされていると歪《ゆが》んだ考えに陥《おちい》っていた。

だけど、俺はその考えを改めることになる。

それは、最初に彼女につっかかった時のことだ。

「何で俺なんかの指導を引き受けたんですか。俺の噂、聞いていますよね?」

「うん、知ってるよ?　それが何?」

「何って……」

この人、頭が弱いのか?　と、失礼にも思ってしまった。

「私、立木君のこと全然知らないし、実際に話をして仕事を一緒にして関わってみないと、その噂が本当かわからないよね?」

「貴女、近くで俺と井坂さんのやりとり見ていたでしょう?　上の言うことに噛みついて、言うことも聞かない碌《ろく》でもない新人だって、貴女だって思っているでしょう」

「というか、二人とも会話のキャッチボールをしてなかったよね。お互い一方通行だったから、覚えるのも教えるのも難しいなと思ってた」

ぐさりと刺さる言葉だった。俺も意地になって、井坂さんの言葉に逆らっていた気がする。

「波風立てないようにするなら、井坂さんの指導に黙ってついていくのが一番かもしれないね。私は井坂さんと話しているのを聞いていて、どちらの主張も間違ってないと思ったよ。井坂さんは効率重視で、よく使うことを優先的に教えて早く即戦力として独り立ちできるように指導したかったんだと思う。でも立木君は、何もかもが初めてのことだから、一から順に覚えた方が後から人に聞き直したりする手間も少ないし、いいんじゃないかって思っていたんだよね」

「はい」

「それなら、このチャンスでやり直せばいいよ」

「この状況でチャンスなんて、どこにあるっていうんですか。仕事もできない、会社のことも全然覚えられない、口だけ達者な駄目新人だって陰で言われているのに」

「入社して一月《ひとつき》も経たない新人が何でもこなせるなら、新人研修もベテランも要らないよね？」

「それは……そうですけど」

「立木君は指導も満足に受けてなかったでしょう？　覚える以前の問題だよ。それに、弁が立たないと営業先でのまれちゃうしね。この先、それは必要な才能だと思うよ」

東雲先輩は黒髪で物静かな外見をしていたので、こんな風にどんどん話をするタイプとは思わなかった。話すうち、彼女のもっともな言葉に気圧《けお》されていくのを感じる。

俺と一つしか年が違わないのに、どうしてこんなに差があるのかと、気持ちが萎《しぼ》んでいく。

「会社としては、井坂さんの考え方のような、即戦力になる人材もほしいと思う。でも、長い目で見て、立木君のように基礎からしっかり頭に入れてくれる人材も大事なの。どちらも会社には必要だから、立木君にも立木君のよさを伸ばして一緒に働いてほしいよ」

そんな風に言われるとは思わなかった。

東雲先輩の言葉が、すごく嬉しい。

もっともらしく俺に迎合することを言って、その口で続けて会社のやり方に倣《なら》えってて言われるかと思っていた。

「失敗も遅れも取り戻せばいいもの。躓《つまず》いたって、やり直せばいいよ。新しいことを覚える時はどんどん悩んだり迷ったりして、考えて色んなことを試せばいいんだよ。そのための指導期間だし、わからないことを一緒に考えて教えるのが私の役目だから。遠慮なく聞いて。勤続年数は六年目だから、それなりに詳しいよ？」

「え？　俺の一つ上でしたよね？」

「あぁ、私は高卒入社組だから。あ、学歴気にするタイプ？」

「いえ、全然」

社会経験を俺よりも多く積んでいるから、先輩はこれだけしっかりしたことが言えるんだと、逆に納得できた。先輩と自分を比べようなんておこがましかったんだ。

「こんな、先輩に口答えして反抗する生意気な人間でも仕事ができるようになりますか？」

「んー。それは、物怖じせずに誰にでもはっきり意見が言えるってことだよね？　それって、羨《うらや》ましいことだよ」

「どこがです。俺、思いっきりそれで失敗しましたよ」

「使い方次第だよ。短所と長所って、実は根っこが同じなんだよ。ただ、それがプラスに働くかマイナスに働くかの違いで。短所がわかっているなら、それは長所にも変えられるよ。活《い》かす工夫の仕方を見つけるだけ。相手が耳を傾けてくれるような言葉を選べるようになったら、仕事で強い武器になると思うな」

それができなくて躓《つまず》いたのに、この人はずいぶん簡単に言ってくれる。

それでも、東雲先輩の話は面白いと思った。考え方がものすごくポジティブで、俺でもどうにかできるんじゃないかという気にしてくれる。

「少しでも仕事を続けたいって思ってくれるなら、めいっぱい教えるから、一緒に頑張ろう」

失敗は取り戻せる。やり直せる。

こんな風にウジウジするのは、俺の性分ではない。仕事ができるようになって、絶対に井坂さんを見返したい。そう心に決めた。

そして、先輩は言葉通り、めいっぱい俺に仕事を教えてくれた。

先輩の指導はわかりやすかった。一から順を追って関連付けて教えてくれるその方法は、俺の覚え方に合っていたし、先輩は難しい専門的なことも噛み砕いて説明してくれたから、理解に困ることもない。わからないところを聞いても、笑顔で丁寧に説明してくれる。

俺が仕事関係の質問をするとすぐに答えを返してくれることにも感動した。仕事に関してすごく博識で、自分でわからなければ、詳しい人に声をかけて尋ねてくれたりもした。

元々、覚えるのが早い性質の俺は、今までのことが嘘のように、急速に仕事を覚えていった。

しかも、覚えたことを活用すると、東雲先輩はめちゃくちゃ褒《ほ》める。褒《ほ》められて悪い気はしないので、どんどん乗せられるように仕事ができるようになった。

「すごいよ、立木君！　もうこの資料覚えたの？　天才!?」

「……違いますよ」

「またまたぁ。では、そんな貴方に新しい資料をプレゼントするよ！」

「……鬼ですか」

そう言って、分厚い資料を手渡してくる相手に、遠い目になる。

恥ずかしいような褒《ほ》め言葉もくれるけど、同時に指導は容赦《ようしゃ》なかった。褒《ほ》められても指導が厳しいばかりなら、俺も逃げ出していたかもしれない。けれど、東雲先輩は指導そのものがすこぶる上手だった。そうして気付いたら、東雲先輩のペースに嵌《は》められて、俺はどんどん成長していった。

いい加減な指導なんかじゃ、全然なかった。というか、恐ろしいほどの手腕だった。

それに、いつも変わらずニコニコとして、俺のことをいろいろ気にかけてくれる。

最初の頃、俺はほとんど返事をしなかったけど、それでも気にせず自分のことや社内のことを話す先輩には、一切の毒気がなかった。ただただ、お人好しでお喋《しゃべ》りな人だったのだ。

やがて先輩として尊敬できるかなと思うくらいにはなったけど、だからといって親しくなろうなんて思わなかった。

東雲先輩を見ているうちに、東雲先輩が井坂さんに恋愛感情を持っているのがわかったからだ。彼女の井坂さんを見る視線に時々熱が籠《こも》っているのに気付き、どうしても完全に心を許すことはできなかった。

だから俺は必要以上のことは話さなかったし、今思えば酷《ひど》く失礼な態度を取り続けたと思う。でも、東雲先輩はずっと態度を変えずに教えてくれた。

東雲先輩が指導担当になって二週間が過ぎ、自分のそんな態度を改めた方がいいのかと悩み始めた頃、カフェスペースでコーヒーを飲んでいたら、同じ営業部の先輩に声をかけられた。

「調子よさそうだな」

「えっと……」

「峰孝正。今産休中の営業事務の峰は俺の奥さんだから、俺のことは孝正と呼んでくれ」

俺の六つ年上だという孝正さんは、俺の隣で同じようにブラックコーヒーを飲み始めた。

入社以来一度も会話したことはなかったけど、彼が時々東雲先輩と話をしているのは見ていたから、存在は知っている。きっと先輩絡みで、俺に接触してきたのだろうとその時は思った。

「何か用事ですか？」

「いや。噂の問題児に個人的興味で声かけただけ」

喧嘩を売りに来たのか、この人。

「そうですか」

「東雲に担当が変わってどうだ？」

「先輩にはよくして頂いています」

「なんだ？　浮かない顔だな。うまくいってないのか？」

「そういうわけでは……」

「ふーん」

孝正さんが何を考えているのかわからず、俺は警戒していた。

「東雲が、お前は勤勉で真面目だって褒《ほ》めてたぞ。わからないところはすぐ確認するし、しっかり聞いて物覚えもいいって」

「……そうですか」

東雲先輩にそう思ってもらえているなら、とても光栄だと思う。自分の頑張りをちゃんと認められるのは、やっぱり嬉しい。

「東雲のことは入社した時から知ってるけどさ、あいつは裏表なくてかなりのお人好しだから、井坂みたいに警戒しなくても大丈夫だぞ」

「はあ」

「何その興味なさそうな返事。この先、営業回るならもうちょっと愛想と、回る口を身につけねえと大変だぞ」

「……気をつけます」

確かにその通りだとは思うので、ここは先輩の忠告として素直に受け取っておく。

だけど、どうしてこの人は俺に話しかけるんだ？

「何で話しかけてくるんだこいつ、って思ってるだろ？」

なんだこの人。心でも読めるのか？

「普通、あんまり付き合いのない人間が話しかけてきたらそう思うだろ？　俺の目的は、お前と話して確かめておきたくてなぁ」

「なにをですか？」

「課長から、お前に営業業務を教えてくれって打診があってな。東雲は営業事務だから、事務関係や会社内のことはかなり詳しいが、外回り関係は弱い。で、俺に話がな」

「それで、井坂さんの二の舞にならないか心配で来たんですか？　それとも、黙って従えって釘をさしに？」

「なんでそんなことを俺がするんだよ。お前、愛想はよくないが、東雲の下についてからは頑張っていると思うぞ。やる気のない奴に教える気はないけど、今のお前ならいいかなと思って引き受けたんだ」

「はぁ……」

「井坂といる時はマジでヤバい新人だと思ったけど、東雲の言ってた通りだ。最初の俺の煽《あお》りにものらないし、こうして話してみると普通だな」

「誰かれ咬《か》みつく狂犬とでも思われていたんですか、俺」

「遠目から見ればそんな感じに見えた。ま、そう仕向けるのが井坂の手口だしな。もう同じ手に引っ掛かるなよ」

「手口？」

「井坂は俺と同期なんだが、あいつ、女と上司にはいい顔するけど、男受けはすこぶる悪くてな。なまじ顔がよくて頭が切れるのと、営業成績がいいのもあって、人を見下すんだよ。あと、自分より有能そうな奴の芽は、出る前に上手に潰すんだ。災難だったな」

「新人潰しですか」

それをわかっていて、周りも見て見ぬふりってわけか。

「これまでにも、それで何人か会社辞めてな。だからお前のことも、気になってたんだ。東雲に代わってよかったよ」

楽しそうに笑いながら話をする孝正さんが、ふと腕時計に目を向ける。

「あー。そろそろ出掛けないと。……立木、今度一緒に外回り行こうな」

「あ、はい……よろしくお願いします」

「それからお前、もうちょっと東雲に素直になった方がいいぞ」

「はぁ?」

ほとんど話をしたこともない相手にそう言われ、少しだけイラッとする。

「だってお前、甘いもん嫌いだろ?　東雲の渡す激甘ココア、すっげえ渋い顔しながら全部飲んでるし。今飲んでるの、ブラックコーヒーだろ?」

「……」

あの人は、俺の大嫌いな甘いものを笑顔でくれるのだ。

最初は嫌がらせかと思ったけど、本当に無害な笑顔で渡してくるから、純粋な善意だとわかった。けれど善意だけに断り辛いし、そこは困っている。

「東雲くらいじゃないか、気付いてないの。たぶん、疲れて機嫌が悪いくらいにしか思ってないぞ。あいつ、甘いもの好きだから、はっきり言わねえとこの先ずっとエネルギーチャージとか言いながら、甘いもの渡してくるぞ」

「げっ……」

毎日毎日、仕事の合間に甘いものを差し出してくる東雲先輩を思い出して、取り繕《つくろ》うことも忘れて思わず声がせり上がった。

「だからちゃんと自分のことは伝えとけ。たぶん、東雲はすごく喜ぶ」

なんで俺が甘いものを嫌いだと言うと、東雲先輩が喜ぶのか、意味がよくわからない。

けれど、それだけ言って立ち去ってしまった孝正さんに聞くこともできなかった。

——結果としては、孝正さんのアドバイスは適切だった。

「……先輩、すみません……俺……甘いもの全般が駄目で」

「え……いつから？」

「子供の頃から」

社員食堂で昼食をとった後、チョコレート菓子を差し出された時に思いきって東雲先輩にそう伝えたのだ。その瞬間、この世の終わりのような顔をされた。

「ひぃぃぃぃっ！　ご、ごめんねぇぇぇっ！　無理に食べさせて、申し訳ございませんっ！」

その場に土下座しようとする東雲先輩を必死で止める。

「い、いえ……言わなかった俺が悪いんで。それに、気持ちはありがたかったので」

「おぉ……立木君がデレた！」

落ち込んでいたかと思ったら、途端に笑顔になった。

立ち直りが早すぎて、唖然とする。

「しかも、立木君から話してくれたよっ！」

「ちょ、先輩、周りに迷惑ですよ」

椅子から立ち上がってガッツポーズをする東雲先輩に、周囲の視線が一気に集まる。

こっちが恥ずかしい。

「おー、よかったなぁ、東雲。大きな進歩だな」

「よかったねぇ、ひかりちゃん。おばちゃんがお祝いにあめちゃんあげるね」

けど、周囲は先輩のノリは軽くスルーして、なんだか祝福ムードだ。

「ありがとう。よし、今日は立木君が初めて話してくれた記念だよ！　立木君、晩ご飯に行こう！」

「はぁぁぁっ!?」

突飛過ぎて意味がわからなかった。

そしてそれ以降、俺はこの明るくて憎めない東雲先輩に、事あるごとに翻弄《ほんろう》されるようになる。


無事に先輩からの指導が終わって独り立ちする頃には、東雲先輩とはかなり打ち解けたと思う。

同じ部署の人たちとも話をするようになったし、失いかけていた自信も取り戻すことができた。仕事も、がむしゃらに頑張った。

「すごいねぇ、立木君。もう初契約取れたんだって？　おめでとう」

小さなものだったけど、それでも初めて自分の力でとることができた契約だ。

「よし、お祝いしよう！」

東雲先輩はアニバーサリー好きらしく、なにか俺にいいことがあると、そんな風に言ってご飯に誘ってくれる。

俺は先輩とそうして食事に出掛けるのが、気付いたら楽しみになっていた。

笑顔が可愛いなとか、人の話を親身に聞いてくれるところが素敵だなとか。はたまた、人の悪意に無頓着《むとんちゃく》で危なっかしいとか、いろんな東雲先輩を見ているうちに、気付いたら俺は先輩に恋をしていた。

劇的なきっかけなんてない。些細《ささい》な長所を見つけるうちに気になって、彼女を目で追うようになって、好きになっていた。

かといって、俺は東雲先輩に告白はしなかった。

東雲先輩は、今でも井坂さんを目で追っている。

井坂さんと楽しそうに話をする東雲先輩の姿に胸が痛み、先輩に近付き過ぎる井坂さんに苛立つ。俺と話している時には絶対にしない、女性的なはにかむ笑顔。それを俺にも向けてほしくて、苛々《いらいら》していた。

「立木、東雲のこと好きだろ」

俺の想いは、孝正さんにすぐばれた。

「……わかりますか？」

「そんな嫉妬《しっと》にかられた男の顔で東雲たちを見てたら、バレバレ」

「俺、そんな顔してます？」

「あぁ。井坂を目で射殺せるくらいには。そんなに嫌なら邪魔しに行けばいいのに」

「……先輩が楽しそうなのを邪魔するなんてできませんよ」

「意外に健気《けなげ》だな、立木」

俺は井坂さんが嫌いだけれど、だからといって先輩に、井坂さんに近付くななんて言えない。そもそも、俺と東雲先輩は付き合ってもいないのに、邪魔なんてできない。

ムカつくけど、見ているだけだ。

「井坂が東雲と付き合うことはないと思うぞ。あいつ、巨乳好きだから。歴代の彼女皆、メロンみたいな胸の奴ばっかり」

「……お尻だか胸だかわからないものの何がいいんですかね」

正直、俺は胸のサイズなんてどうでもいい。

むしろ細身に巨乳はアンバランスな気がして、好きではない。

東雲先輩はたぶん普通じゃないだろうか……と考えて、慌てて不埒《ふらち》な思考を頭から排除する。

「さあ？　俺は奥さんなら太ろうが痩《や》せようが、どんな状態でも愛せるし」

「本当に、奥さんが大好きですね、孝正さんは」

「でなかったら結婚しねえよ」

孝正さんは、口を開けば育休中の奥さんと、まだ乳児の娘さんへの惚気《のろけ》話ばかりだ。

「立木も思いきって告白すればいいのに」

「俺は年下で、初めから脈なしなのにですか？」

それに、まだ新人に毛が生えた程度の俺では、先輩にはつり合わない気がして、もっと仕事ができるようになってから告白したいなとは考えていた。

「好きになったら、年なんて関係ないだろ。どう頑張っても埋められるもんじゃねえし。俺なんて入社したその日に奥さんに一目惚《ぼ》れして、年下過ぎるって半年間振られ続けて、それでもめげずに毎日口説いてやっとOKもらったんだぞ」

「いや……新入社員なら、真面目に仕事しましょうよ」

もしかしてそんなことをしていたから、仕事ができるのに孝正さんは井坂さんに格下に見られていたとか？　前に、井坂さんが孝正さんを下に見ていたから、嫌がらせをされたり潰されたりといったターゲットからは外れていた、と聞いたことがある。その原因はここだったのか。

「お前は真面目だからな。けど、そんなお行儀のいいことを言ってると、他の男にかっさらわれるぞ。本当に好きなら、ちゃんと気持ち伝えてアピールしないとな。絶対、後悔する」

不安を煽《あお》るような孝正さんの言葉は、少なからず俺の胸に刺さり、俺は少しずつ先輩に話しかけるようになった。

とはいえ、特に大きな進展はなく、仲のいい同僚としての付き合いが続き、新年度に変わる頃——東雲先輩は、井坂さんの彼女になっていた。

何でも、井坂さんが東雲先輩に告白したんだとか。

それを聞いた時、俺は孝正さんの言葉を思い出して激しく落ち込んだ。まさにその通りだった。

後悔どころか、絶望だ。

よりによって、井坂さんだなんて。

「先輩は、あの人の何がよくて付き合ったんですか?」

お祝いの言葉なんて言えなかった。言えるわけがない。全然おめでたくないし、似合っていない。

井坂さんに先輩はもったいなさ過ぎる。

「そうだね、人の意見に振り回されず自分を持ってるところとか、仕事に対して貪欲《どんよく》で妥協しない強いところかな」

そんなの、人の意見を聞かずに自分の意思をごり押ししているだけだし、仕事を成功させるために他人を容赦《ようしゃ》なく蹴落としているだけの話だ。

「先輩、見る目ないですよ」

東雲先輩が少し悲しそうな顔をしているのに、俺は謝ることもできなかった。

それでも東雲先輩とは仕事でいろいろ話す機会はあって、これまでの先輩後輩の関係が変わることはないと思っていた。けれど、それも井坂さんに潰された。

俺が先輩と話をすると、そのあとで必ず井坂さんが先輩にきつく当たるのだ。

傍目には井坂さんが嫉妬《しっと》して、先輩に意地悪を言っていると思われているようだ。それまで女性関係が派手だったのがぴたりと止《や》んだことから、そう考えられていたらしい。

だけど、絶対違う。あの人は、先輩を俺から引き離したいだけだ。俺が話しかけるのをためらっていると、井坂さんは俺を見て、優越感に満ちた表情で笑うから。

「お前、必要以上にひかりに近付くな。あいつは上司命令で仕方なくお前を相手にしていただけなんだから、勘違いするなよ」

勝ち誇ったように言われた時は殴りたくなったけど、手を出したら新人の頃の二の舞になりそうでぐっと堪《こら》える。けど、大人しくなんてするつもりはない。

「仕事に私情を挟むなんて、ずいぶん幼稚なんですね」

「黙れ。俺の警告を無視するなら、俺はいくらでもひかりを傷付けられることを忘れるな」

卑怯《ひきょう》な脅《おど》しだ。

どうして東雲先輩は、このゲスな部分に気付かないのだろう。

何がそんなにいいのか、俺には本当にわからない。先輩だからこそ、俺にはわからない井坂さんのいいところをたくさん見つけているとでもいうのだろうか。

それでも、俺さえ絡まなければ、東雲先輩は井坂さんとうまくやっているようだった。だから俺は、波風を立てるより、彼女が笑顔でいられる方がいいと自分から距離を置くことを決めたのだ。

流石《さすが》に仕事については話す必要があるけど、私語はしなくなった。時々、先輩の方から話しかけてくれるけれど、突き放すような失礼な態度をあえてとって、彼女が近付いてこないようにするしかなかった。

「お前、本当に馬鹿だな」

「いいんです。放っておいてください。東雲先輩が幸せならそれでいいんですから」

孝正さんが呆れたように俺を見ていた。自分が馬鹿な選択をしているのは重々承知だ。

「大事な後輩につれなくされて凹《へこ》んでるのに、幸せそうか?」

「後輩より、恋人とうまくやれるならそれでいいでしょう」

「……本当にそんなこと思ってるのか?」

「思いますよ」

「そんな悔しそうな顔して言われてもなぁ……」

一緒に酒を飲んで自分のことを話すくらい親しくなった孝正さんは、最初の頃と変わらず、酒の席でもズケズケと俺に直球で言葉を投げてくる。

「井坂は、これまでも女との交際スパンは短いから、一月《ひとつき》二月《ふたつき》したらすぐ別れるだろ」

「それならいいですけど、それはそれで、そんなあっさり先輩を振ったらムカつきますけどね」

まるで弄《もてあそ》ぶためだけに付き合ったみたいで。

俺への態度を見る限り、井坂さんが本当に東雲先輩を好きなのかも怪しかったから、早く別れてほしいような、でも先輩が傷付けられるのは嫌だから、別れてほしくないような、複雑な気持ちだった。

けれど、予定外は続くもので、二人の交際期間は一月《ひとつき》、二月《ふたつき》と過ぎ、半年が過ぎ、一年近く続いた。

「……思いの外、続きますね」

「そうだな」

東雲先輩の恋人となった井坂さんは、驚くほど仕事がうまく進み、これまでも営業成績はよかったけれど、この一年は更に契約件数や金額が群を抜いていた。

井坂さんは私生活も仕事も順調で、東雲先輩ともうまくやっているように見えなくもない。

井坂さんのわがままを、年下の東雲先輩がうまく緩和して機嫌をとっているから、うまくいっているのかもしれない。仕事中、傍《はた》から見ていればそれがよくわかる。

「しかしなぁ……」

うまく付き合っているならそれでもいいと思うけれど、孝正さんは複雑な表情だった。

「例の噂ですか？」

「お前も聞いたか？」

「ええ。というか俺、直に見てしまって」

噂と言うのは、井坂さんが東雲先輩以外の女性と付き合っているのではないかというものだ。

うちの会社の経理部にいる、コネ入社の女性社員と付き合っているという噂があるのだ。他にも、他の会社の女性に枕営業しているのではという話もあった。

本当かどうかは俺も半信半疑だったけれど、実はこの前の休日に、経理部の河崎という女性の腰を抱いて親密そうに街を歩いている井坂さんを見てしまったのだ。その態度は、決して同僚の女性にするものではなかった。なので、噂の一つは事実だと確信している。

「どっちを？」

「河崎さんの方です」

「……まじかぁ」

　孝正さんが頭を抱えた。

「知ってしまった以上、先輩に話すべきか、正直迷っています」

「俺は、大学時代の友達から聞かされてるんだわ。他の会社の奴なんだけどな」

「違う会社の人がどうして？」

「井坂が契約結んだ会社の奴なんだ。井坂が仕事中に、そいつの会社の担当の女性社員とラブホに入っていったのを、向こうの社員に目撃されたんだと。それで向こうの会社で問題になってな。その女性社員には婚約者がいたらしくて、かなり泥沼ってことだ。二股どころか三股なんて、東雲に聞かせたらショックどころの話じゃねえわ」

「井坂さん……一生使えないように、腐りおちればいいのに」

　思わずそう呟《つぶや》いていた。

「ほんとにな……。嫁さんも、東雲が井坂にかなり惚《ほ》れこんでて尽くしているのを見ているから、伝えるべきか二人で迷ってたんだよ。はぁ……どうすっかな」

「俺から言いましょうか？　俺が見た情報だけ。俺のは街でデート風に歩いてるのを見たってものだから、孝正さんの情報よりはショックが少ないと思います。それに、親しい人から言われるより、俺みたいに距離を置いた人間が言った方がいいように思います。

そうすれば、孝正さんや奥さんに相談しやすいでしょう？」

「そんなことしたら、お前の心証、ますます悪くなるんじゃないか？」

「今更だと思いますよ。これまでも十分酷《ひど》い態度なので、嫌われていると思いますから」

「……お前、つくづく、東雲に対して陰で尽くすよな。尽くし方間違ってるけど」

「俺が受けた恩の分だけでも、先輩には幸せであってほしいんですけどね」

「そういう時は、俺が幸せにするって頑張るものだろ」

　今更もう、自分の気持ちを先輩にぶつけるつもりはない。それに正直、恋愛は少し不安だ。自分の両親が仮面夫婦状態なのを長年見ているし、自分が母親のような理不尽な偏愛で人を傷つけたりしないとも言えない。だから一歩を踏み出せないのだ。

　でももし、踏み出せていたら……東雲先輩を井坂さんから引き離せただろうか。けれど今更そう思っても、仕方がない。

　近いうちに、先輩と話をしよう。

　そう決めていたけれど、結局それを先輩に告げる前に、彼女は井坂さんと別れてしまった。

　別れた直後の東雲先輩は明るく振る舞ってはいたけど、やはり元気がなくて。井坂さんのことが本当に好きだったんだとわかって、複雑ではあった。

その数日後、東雲先輩のおじいさんが倒れた。

井坂さんと別れた時などとは比較にならないほど、先輩は顔色を失って動揺していた。先輩の向かう病院が父の働いている病院だったので、先輩を送っていくことに決めた。

幸い、おじいさんは危険な状態からはすぐに脱したみたいだけれど、東雲先輩はその後、変則の時間での就業に変わった。

仕事と見舞いで大変な中、先輩は仕事もきちんとこなしていた。

その傍《かたわ》らで、井坂さんと河崎さんとの二股が明るみになる。それで、井坂さんへの風当たりがきつくなった。

東雲先輩は、会社の皆にかなり好かれているのだ。けれど何を思ったのか、井坂さんたちは東雲先輩を攻撃し始めた。

正直、井坂さんを殴ってやりたいと思うくらいには腹が立つことだ。

「お前がそんな顔したって仕方ないだろ？　誰が注意したって改めないんだ。腹立てるだけ無駄だ」

「だからといって、そう簡単に許せませんよ」

先輩はそのうち、井坂さんからの無茶な依頼に応えるため、昼休憩を潰して業務を回すようになっていた。

明らかにオーバーワークだ。

でも俺ではその業務を手伝えないので、峰さんがいろいろと助けていた。俺は先輩に、何かしら理由をつけて差し入れすることにする。

「先輩、これ仕事先で頂いたんですけど、俺食べられないんでどうぞ」

「わぁ、紫陽花《あじさい》堂の和菓子だ。いいの？」

先輩はパソコンのディスプレイを険しい顔で見ながら作業していたけれど、俺が差し出した小さな菓子折を見て嬉しそうに笑う。

この笑顔を見るために、自《みずか》ら進んで甘いものを買うようになるなんて、以前なら想像できなかった。

「ええ。数があるみたいなので、他の人にも差し上げてください」

「そうするね。いつもありがとう。甘いものほしかったんだ」

「本当に甘いもの好きですね」

こうして差し入れでもしない限り、先輩は休憩すら取ろうとしない。甘いものが嫌いな俺が、どんどん菓子系の店に詳しくなっていく……。

そんな折、井坂さんの枕営業に関する写真付きのメールが、社内メールで流れてきた。

同じ日、先輩が珍しく仕事でミスをして、井坂さんから叱責を受けていた。

あまりに理不尽な怒り方に我慢ができなくて、社長が見ていることを知りながら、俺は井坂さんを煽《あお》ってしまった。

「就業時間中に口論は頂けないな」

「大変、申し訳ありませんでした」

「あれでは言いたくなる気持ちもわかるが……次から気をつけなさい」

後で、俺は部長に注意を受けたけれど、思っていたほど厳しいものではなく、それで終わりだった。

それよりも、井坂さんの方が問題だった。

枕営業について、相手方の会社からも連絡があったらしく、井坂さんはかなり厳しく処分されることになる。

ちなみにメールを送った犯人は、井坂さんと過去に付き合っていて、拗《こじ》れて別れた女性社員だった。恨《うら》みによる犯行だったらしい。

そして井坂さんは、転落するように社内での評価を下げ、営業の成績もどんどん下がっていった。

東雲先輩は、井坂さんの嫌がらせも、浮気の話もわりとあっけらかんと聞いて受け流しているようだ。

呆れて、一度くらい井坂さんを殴ってもいいのではと言ったら、

「言いたいことは立木君が言ってくれたから、それで満足だもの。それに自分のミスは

ミスだから、今度から気をつけるよ」

なんて言うのだからたまらない。

さっさと井坂さんに見切りをつけて、先輩は前を向いて進んでいく。

慰める隙すらなくて、この人には敵《かな》わないなと思った。

先輩はやっぱり笑っている方が似合うと思う。可愛いし。


それから新年度になり、俺は新人指導を任された。

が、指導がうまくいかない。

過去に自分が担当者と揉めたこともあるので、その時の教訓を生かして指導をしてみるものの、東雲先輩のようにはうまくいかなかった。

孝正さんや他の人にも助言をもらったけど、駄目で。

「おぉ、珍しく腐ってんな、立木。その様子だと、今日もうまくいかなかったのか」

会社に残っていろいろ悩んでいたら、外回りから帰って来た孝正さんが、俺を見て渋い顔をする。

「そういう時は、東雲に聞いてみな？　あいつ、教え上手だから」

「聞けませんよ。ずっと失礼な態度だったのに」

「だったら謝ればいいだろ？　東雲は心広いし、ちゃんと教えてくれるって」

どの面を下げて、そんな図々しい真似ができる？　そう思っていたけれど、俺がこのまま行き詰まれば、指導している市村にも会社にも迷惑をかける。

先輩に頭を下げて教えを請《こ》うべきか、俺はもんもんと迷っていた。

「あ、立木君、今日仕事終わってから時間ある？　もしよかったらご飯いかない？　遅くなったけど、祖父の病院へ送ってくれたお礼にごちそうさせてほしいんだ」

そんな時に、先輩に誘われた。

あの程度のこと律義にお礼なんてしなくてもいいのに、と思いつつ、いいタイミングだし、それに何より好きな人からの誘いだから、二つ返事で応じた。

先輩の好きそうな料理を出す店で、話もしやすいように個室のあるところを選び、予約する。

先輩は、一年ほどのぎくしゃくした俺たちの関係がなかったかのように、自然に話を振ってくれた。

それに、俺が新人指導で悩んでいるのでは？　と気遣ってさえくれた。

勢いで話してしまおうかとも思ったけれど、これまでの自分を省《かえり》みて、助力を願うのは筋が通らないなと言い出せない。けれど、このままでいるわけにはいかないのだ。いつもなら即断即決できるのに、優柔不断になって憎まれ口を叩いて失礼の上塗りをして、内心で自分を罵倒《ばとう》した。

「今まで失礼な態度をとって申し訳ありませんでした」

そうして俺は、やっと言葉を捻《ひね》り出した。

そんな俺を、先輩は簡単に許した。

拍子抜けしてしまうくらい、あっさり。

そしてその後、先輩のアドバイスを参考に市村に指導したところ、俺の悩みはすぐに解消された。

「本当に助かりました。指導、無事に終われそうです。ありがとうございました、先輩」

「うまくいってよかった。立木君が頑張ったからだよ」

「いえ。先輩のアドバイスがなかったら、市村を駄目にしてしまうところでした」

「市村君も立木君のことを信頼してついてきているみたいだし、全部、立木君自身が熱心に指導した努力の結果だよ」

「俺は、先輩のアドバイスに従っただけですから。お礼させてください」

「そんなに気を使わなくていいよ。私も新人の頃は指導担当だった峰さんにいろいろとよくしてもらったし、自分が指導担当になってからもアドバイスもらったりしてたの。だから、私は峰さんにしてもらったことを、立木君たちに返しているだけだよ？」

先輩は自分の功績とかそういうのに無頓着《むとんちゃく》で、全部人の手柄として褒《ほ》める人だ。先輩は、もっと驕《おご》ってもいいと思う。サポートだけしてリターンがないなんて、割にあわないじゃないか。

「それじゃあ俺の気がすみません」

「真面目だなぁ。私には立木君がこうして新人指導もできるくらい成長したことが、一番嬉しいことだから、お礼は要らないんだよ？　でもどうしてもって言うなら、これから先も新人の子たちに同じようにしてくれたらいいな、って思う。どうかな？」

「もちろん。そのつもりです」

「後は、またこうして普通に話をしてもらえたら嬉しいかな。お礼とかじゃなくて、普通にご飯しに行ったりするのが嬉しいよ。立木君は嫌？」

「そんなことでいいんですか？　こう、もっと美味《おい》しいご飯ごちそうしろとか言ってもらっても」

そう言ったら、東雲先輩が楽しそうに笑う。

「そうだね。美味《おい》しいご飯のお店とか、お勧めの映画とかもまた教えてほしいかな」

「はい、わかりました」

恋愛には程遠いけれど、俺は先輩とまた以前のように親しくなれた。

とはいえ、先輩の態度は最初から変わらない。俺の態度が変わっただけだ。でもそれで、なんだか性格が丸くなったとか、社内の人からいろいろ言われたり妙に構われたりするようになったけれど。

思い返せば東雲先輩と仲よくしている時は、周囲もこんな感じだった。

「だってお前、東雲とセットになってないと近寄りがたい空気で、話しかけ辛いぞ?」

元々、気難しそうで近寄り辛いとは言われていたから、あまり気にしていなかった。でも先輩といると、彼女がいつも笑顔でおかしなことを言っているから、つられて笑っていることが多い。自然とリラックスしているのかもしれない。

「孝正さんは普通じゃないですか」

「まあ、お前がヘタレのいい奴だって、もう知ってるからな」

孝正さんがニヤッと笑う。

「東雲も家のことで元気なかったけど、お前と話すようになってかなり笑顔が増えたしな。お前も性格が丸くなって、いい傾向だと思うぞ」

「先輩が元気になってくれれば、俺はそれでいいですよ」

「今度はちゃんと素直になっておけよ?」

「はい」

「井坂も今のところ大人しくしているみたいだが、あいつ、わりとねちっこい性格しているからな。気をつけろよ? 後、河崎が井坂とうまくいってないらしくて、東雲を逆《さか》恨《うら》みしているみたいだと経理の人が言ってた。気をつけてやれ。あいつ、そういう悪意に鈍《にぶ》いから」

「ええ」

営業部内で驚くほど存在感が薄くなっている井坂さんだが、俺や東雲先輩を見る目はギラギラしている。何かよからぬことを企《たくら》んでいるような気がしてならない。河崎さんとは顔を合わせることはないが、社内で井坂さんと口論をしていたという噂話を聞いた。

東雲先輩は、孝正さんの言うように他人の悪意に鈍感過ぎる人だ。うっかり騙《だま》されそうで心配なので、変なことが起きないか注意しておこうと思う。

そう思ったのに……東雲先輩はその後、河崎さんから地味な嫌がらせをされたり、更には実家が嫌がらせを受けたりして、精神的にボロボロになってしまった。

そんな彼女を支えたいと思ったし、一人にはしたくなかった。

「立木君、ごめんね。お世話になります」

「先輩、さっきから謝ってばっかりですよ。どうせなら、ありがとうの方がいいです」

「そうだね。ありがとう」

そして俺は、しばらく先輩と暮らすことにした。先輩は俺の家に滞在することに恐縮しているものの、異性の家だから緊張しているという様子は見えなかった。

というか、わりと普通だった。

家や入院中の祖父母のことでせわしなく動いているから、実質、俺の家では食事して寝るだけ……というのもあるのだろうけれど、それ以前のこととして、俺が全く男と認識されていないからだろう。……切ない。

「ただ今帰りました」

「おかえり。ちょうどご飯できたところだよー」

それでも、家に帰って誰かにおかえりと言ってもらえるのも、家の明かりがついているのも、料理の匂いがするのもすごく久しぶりで。先輩が笑顔で迎えてくれるのもあるけれど、たまらなく嬉しくて、それでいてなんだかほっとする。

「おじい様たちの調子はどうでしたか？」

「うん、だいぶ落ち着いているみたい。立木君のお家からだと病院が近いから、いつもより長くいられたよ。警察にも話を聞いてきて、見回り強化しているけど、今のところ不審な人はいないって」

「そうですか。まずは一安心ですね」

「うん。あ、今日は立木君リクエストのオムライスにしたよ。ふわとろ玉子のやつね」

先輩は少し疲れた顔をしつつも、笑顔で言う。

「え、早速作ってくれたんですか？　嬉しいですけど……先輩だって忙しいのに」

確かに、俺の家に滞在中に一度は作ってほしいと、先輩にお願いした。けれど、昨日の今日で作っているとは思わなかった。

「そんなに手間もかからないし、大丈夫だよ」

「お家のことが最優先で、食事は本当に余裕がある時だけでいいですからね」

気を使ってわざわざ作ってくれるのは嬉しいけれど、先輩が大変な時に無理強《じ》いするつもりは全然ない。

「うん。ありがとう。でもつい、今までの癖で動いちゃって。それに、料理とか家事をしていた方が気も紛れるし、気分的に楽なの」

確かに、慣れない家でじっとしているより、やり慣れたことをしていた方が余計なことを考えなくてすむかもしれない。先輩のいいようにしてもらった方が、きっといい。

「わかりました。でも、俺の仕事も残しておいてくださいね」

「え？　洗濯とかもやるよ？」

「それは俺が恥ずかしいんで、絶対に別々で。先輩だって、下着とか見られるのは恥ずかしいでしょう？」

「あぁ……そうだね。流石《さすが》に下着は」

思い至ってくれたのか、先輩がすこし恥ずかしそうにしつつ納得した。

変に意識されて避けられるよりはいいけれど、ここまで意識されな過ぎるのも悲しい。

そんなやりとりを経て、一応、食事をつくるのは東雲先輩で洗いものは俺と、いろいろ分担を決めた。けれど、結局、食後の洗いものは二人で一緒にするのが何となくの流れになっている。

先輩が家事をやり慣れていることは、傍《はた》で見ているとよくわかった。

仕事もそうだけれど、先輩は家事も段取りがよく、手際がすごくいい。作業が早くて、丁寧だ。

料理も美味《おい》しいいし、なんだか俺ばかりが楽をしているような気がして申し訳ない。

「あ、先輩。その食器もらいますよ」

食器を片付けようとしていた後ろから声をかけたら、何故か先輩がビクッと身体を震わせた。

小さな「あっ」と言う声が上がり、先輩の手に積み重ねられていた食器のバランスが崩れる音がする。

「危ない！」

思わず腕を伸ばし、先輩の手ごと、皿が落ちないように掴んだ。

食器は俺たちの手の中にしっかり収まって落ちることはなく、二人で顔を見あわせてほっとする。

「大丈夫でしたか？」

「うん。ごめんね。ちょっと考えごとしてたから、声にびっくりしちゃって」

「俺こそすみません」

「う、ううん。食器が割れなくてよかったよ。それでね、助かったんだけど……」

「はい」

「あの、手が……握られてるんだけど……ど、どうしてかな」

心なしか、先輩の頬が赤い。伏し目がちに、俺に困ったようにそう尋ねてくる。

言われて、はっとした。

俺の手の中に、女性らしい小さく柔らかい手がある。

しかも、思いっきり握っていた。

照れているようにも見える先輩に、俺も思わず照れてしまう。

「危ないと思って、咄嗟《とっさ》に……すみません」

「そ、そっか。ありがとう」

明らかに動揺している様子だったけど、それでもはにかむように先輩は笑った。

その笑顔が、いつか見た、井坂さんへ向けていたそれのようで、胸が掻き乱される。

いつか自分にその笑顔を向けてくれたら、とずっと思っていたけれど、二人っきりのこの状況ではまずい。

ついぽろっと、自分の気持ちを打ち明けてしまいそうになる。こんな時に告白なんて、気持ちが弱ってる先輩につけこむみたいだから、やってはいけない。俺は何とか、言葉を呑み込む。

「……いえ。うちの棚が高すぎるのがいけないので」

努めて平静に、落とさないように気をつけながら先輩の手から食器を受け取る。

俺の家のキッチンは、本来の所有者である姉に合わせた仕様になっている。姉はかなり長身なので、小柄な東雲先輩には少し使い辛い……というか、踏み台がなければ手が届かない状態だ。

「でも、素敵なキッチンだよ。高さ以外はとっても使いやすいし。拘《こだわ》って選んだんだなってわかるな」

「母が料理をつくらなかった反動か、姉は絶対に料理上手になってやるって、子供の頃から言っていました。このマンションを購入した時も、キッチンのリフォームにかなり力を入れていたみたいです。だから、転勤の時にこの家を売らずに、俺に管理を任せたんですけどね」

「じゃあ、いつかは日本に戻って来られるんだね」

「ええ。予定では後一年くらいで帰国します。戻ったら姉は仕事を辞めて、子育てに専念するって言ってました」

「立木君、既に甥《おい》っ子か姪《めい》っ子がいるの？」

「ええ、甥《おい》が。海外に渡ってからできた子供なので、俺はまだ会ったことはないんです。

写真はよく送ってくれますけど。見ます？」

「うん、幾つくらいなの？」

「今年で確か二歳だったかな」

スマホで甥《おい》の写真を見せたら、先輩は可愛いと大興奮した。気付いたら、身体が密着した状態で同じ画面を見つめていて……。お互いに我に返った瞬間に、磁石が反発するみたいな勢いで距離をとって謝るという、どこの少女漫画だと言いたくなるような展開になってしまった。

そんな感じで、一緒に生活していくうちに、何となく先輩との距離が近くなっていった。

瞬間的に熱く燃え上がるような愛情では全然ない。けれど、一緒にいて安らげたり、些細《ささい》なことでも一緒にするのが嬉しかったり、突飛な行動とか慣れない接触にドキドキしたり。この人がずっと自分の傍にいて笑ってくれたらなと、緩《ゆる》やかな愛情が俺の中で膨らんでいくのがわかった。

◆◆◆

「立木君、どうしたの？　何か考えごと？」

「あ、いえ。ちょっと付き合う前のことを思い出していただけです」

「そうなの？　はい、コーヒー」

「ありがとうございます」

俺にブラックコーヒーの入ったマグカップを渡してくれた東雲先輩……じゃなかった、ひかりさんは、なんのためらいもなく俺の隣に腰を下ろす。ひかりさんが持っているのは、砂糖入りのカフェオレだ。

それを見て、ふと、新人の頃にひかりさんが砂糖とミルクたっぷりのコーヒーを淹《い》れてくれたのを思い出した。つい、顔がゆるむ。

「どうしたの？」

「先輩……じゃなかった。ひかりさんと付き合えるようになってよかったなとか、俺が新人の頃に、貴女が淹《い》れてくれたコーヒーは激甘だったなとか、ココアも激甘だったなとか、いろいろと」

「なんか激甘ばっかりじゃない。甘いものを振る舞ったのは、もう忘れてよー」

「あれは、生意気だった頃の俺を思い出す戒《いまし》めの味ですから、無理です」

「ええ……もっといい記憶で残りたかったなぁ」

困ったように呟《つぶや》いたひかりさんに、俺は密着するように距離を詰める。

「いい思い出ですよ。あの頃の俺があって、今の俺がいるんです。先輩が俺の指導をしてくれたからこそ、こうしていられるんですよ」

「立木君は、どんどん口がうまくなっていくね。もう私じゃ全然敵《かな》わないよ」

「それは、貴女の指導の賜物《たまもの》ですね」

「……未紀君の意地悪」

俺としては素直な賞賛のつもりなのだけれど、ひかりさんの解釈は違うようでちょっと解《げ》せない。

それにしても、拗《す》ねた顔の彼女も可愛い。

「ひかりさんに名前で呼ばれるの、すごく嬉しいです」

付き合いたてで、お互いにまだ名前で呼ぶのは慣れないけれど、自分の名前が彼女の口から零れ出るのは嬉しい。

「ほら、すぐまた私をドキドキさせることを言うんだから」

俺も、だいぶ素直に自分の気持ちを言えるようになったと思う。

表情が優しくなったとか、角が取れたとか、会社ではそうやってからかわれたりもする。けれどそのお蔭で、社内の人間関係もうまくいくようになった。何より、ひかりさんが優しく笑ってくれる機会が増えるので、自分のこの変化もなかなかいいと思う。

「何言ってるんですか。こんなのでドキドキしてたら、俺が好きだとか愛してるとか言ったら、心臓止まっちゃいますよ？」

途端に、カフェオレに口をつけていたひかりさんが顔を真っ赤にして、プルプルと震えた。

「ふ、不意打ちは駄目だよ、本当に心臓止まっちゃうでしょ」

「予告して言う人なんていませんよ」

そう言って彼女に軽く口づければ、ひかりさんは更に耳まで真っ赤にして、完全に固まった。

わりと大胆で思いきりがいいのに、軽いキス一つで石像化してしまうとは。

「大好きですよ、ひかりさん」

「……うん。私もだよ」

はにかみながら答える彼女に、またキスを落とす。

彼女の柔らかな唇を食《は》めば、恥ずかしげに結ばれていた口唇が緩《ゆる》んだ。薄く口が開かれたので、そっと舌を忍ばせる。ゆっくりと彼女の口の中を撫でれば、甘いカフェオレの味がした。

こうしてひかりさんを介すると、大嫌いなはずの甘い味も、不思議と嫌じゃない。

もっと味わってみたくて、舐《な》めとるように舌を這わせる。

「んっ」

それに応えて、ひかりさんの舌が俺の舌に控えめに絡む。カフェオレに負けないくらい甘い吐息が、彼女の口から零れた。

キスをしながら、俺は持っていたマグカップを机に置き、ひかりさんの手からもマグカップを取りあげる。

少しトロンとした目で俺を見るひかりさんに、囁《ささや》いた。

「ベッド行きましょう」

「……うん」


「あっ、駄目」

うつ伏せで腰を持ち上げるような体勢のひかりさんの胸を、指で嬲《なぶ》る。同時に彼女の背に舌を這わせると、白くて華奢《きゃしゃ》な背中が跳ねた。

「駄目じゃないでしょ？」

「んんっ、だって」

感じやすい彼女は、すぐにいってしまうのを気にして、俺の愛撫を止めようとするのだ。

「ひかりさんは、気持ちいいのに弱いですよね」

胸の尖《とが》りを摘《つ》まんで指の腹で捏《こ》ねれば、彼女は可愛い声で啼《な》いて俺を見た。

快楽に浸《ひた》ってとろりとしたその表情は、溌剌《はつらつ》とした普段の彼女が浮かべるものとは違っていて、腹の底からゾクゾクとした感覚が湧いてくる。

「いじわるっ」

「感じ過ぎる貴女が悪いんです」

「だって未紀君に触られると、変になっちゃうんだもん」

本当にこの人は、どうして俺の心を掻き乱すようなことを簡単に言ってしまうんだろうか。

「そんな可愛いことを言って煽《あお》るからですよ」

だからつい、苛《いじ》めたくなる。

「あぁっ！」

火照《ほて》ってほんのり赤く色づいた肌にきつく吸いつけば、びくりと身体が震えた。

唇を離すと、小さく鬱血《うっけつ》した痕《あと》が残っているのが見える。そこに、舌を這わせた。

太腿へ手を伸ばし、内側を優しく撫で擦《さす》ると、もどかしそうに彼女の腰が揺れる。

脚の根元に指を近付けると、彼女の内から零れる蜜で指が濡れた。

「太腿まで濡れてますよ？」

「っ、うそっ」

「それどころかシーツにも零れてます」

ひかりさんの秘された場所に指を伸ばせば、誤魔化しきれないほど溢れた蜜が、俺の指に絡みついた。ゆっくり動かすと、いやらしい音が響く。

「あっ」

「ほら……ここも尖《とが》って、触ってほしそうです」

小さく尖《とが》る秘芽に、蜜が絡みついた指を擦《こす》りつける。ひかりさんの口から、甘い喘《あえ》ぎが聞こえた。

「あんっ、そんなに強く擦《こす》っちゃ……んんっ、すぐ、いっちゃうから」

「駄目ですよ？　ちゃんと我慢して？」

「ひぅっ！」

中指と薬指で秘芽を擦《こす》りながら、親指で、ものほしそうにひくつく蜜壺の入り口に触れる。

「ここも、俺の指がほしいって吸いついてきますよ？」

泥濘《でいねい》に少し指を沈めれば、奥へと誘うように中がきつくうねった。

「んんっ！　やうっ、そんな、一緒にしちゃ、やっ」

親指で柔らかな肉襞を擦《こす》りながら、秘芽も一緒に可愛がる。ひかりさんの腰が揺れた。

それは俺の指から逃げるようでもあり、与えられる刺激を自分から求めるようでもあって、酷《ひど》く卑猥《ひわい》で煽情的《せんじょうてき》だ。

そのあいだも、背中と胸の愛撫は忘れない。

「気持ちいい?」

ひかりさんは喘《あえ》ぎながら、何度もコクコクと頷く。

「言葉で、どうされるといいのか教えて」

意地悪な質問をすると、ひかりさんの情慾《じょうよく》にまみれた淫《みだ》らな表情が、少しだけ泣きそうなものになる。その表情に、もっと乱れてほしいという気持ちになった。

「言えたら、御褒美《ごほうび》あげますよ」

「っ、あっ、あぁっ、わかんないよぉ、いっぱいされて、全部、気持ちいいっ」

頭を振りながら、喘《あえ》ぎまじりに応えて身悶《みもだ》えるひかりさんのその姿に、ゾクゾクが止まらない。

可愛くて愛しくて、もっと気持ちよくしてあげたくなる。

「全部いいんだ?」

「未紀君が、好きだからっ……も、未紀君も気持ちよくしたいのにっ。私だけなんて、やだよ」

本当に、ひかりさんは可愛いことを言ってくれる。

「じゃあ、俺のことも気持ちよくして? ここで」

親指でひかりさんの中の弱い場所をグリッと刺激すれば、彼女は小さく震えて呆気なく達した。

ゆっくりと指を抜いて、あらかじめ準備しておいた避妊具の袋をとり、張り詰めた自分のものにかぶせる。

まだ余韻で動けないひかりさんの後ろから、腰を掴む。そしてゆっくりと、ひくついた蜜壺に自分の鞘《さや》を沈めた。

「あっ、あっ！」

挿《い》れただけでいってしまったのか、ひかりさんの身体が弓なりにしなる。

俺のものを絡め取るひかりさんの中が、きつくうねり、搾り取られそうになった。

「挿《い》れただけでいっちゃ駄目ですよ」

「んんぅっ！　あんっ、あっ！」

ゆっくりと抽送を始めれば、ひかりさんはシーツにしがみつき、与えられる快楽に身体をくねらせた。

しっとりと汗ばんで、桜色に変わった肌が艶《なま》めかしくて、くらくらする。

「可愛いですよ、ひかりさん」

「あっ、あふっ、奥、グリグリしない、あぁっ！」

彼女の最奥まで貫《つらぬ》いて中をくるりと掻きまぜれば、ひかりさんは一層甲高く啼《な》く。

「もっと突いた方がいい？」

何度も頷くひかりさんに応えて、また少し激しく抽送する。

「あっ、んんっ」

「もっと感じて」

被膜越しなんかじゃなく、本当は直接ひかりさんを感じたい。けれど、それはまだ早いだろう。

いつかはひかりさんと家族になりたいと思っている。だから、ひかりさんが俺との未来を考えてくれるように、もっと仕事のできる男になりたい。

そんなことを思いながら、彼女の身体に快楽を与え続ける。

ひかりさん以上に好きになった人はいない。

だから、大切に守りたいし、俺が好きだということを心でも身体でも知ってほしい。

「あんっ！　いくっ、いっちゃう」

俺もそろそろ限界だ。快楽に追いたてられるように腰の動きを速めると、ひかりさんが全身を震わせて達した。その強烈に心地良く甘い締めつけに、俺も達する。

「あ……壊れちゃうかと思った」

震えが収まり、乱れた吐息が少し落ち着いたひかりさんが、そんなことを呟《つぶや》く。

なんだかおかしくて、まだ身体を繋げたまま彼女を抱きしめて、並んでベッドへ横になる。

ひかりさんはお腹にまわった俺の手に自分の手を重ねて、こちらへ顔を向けた。

「そんなに激しかったですか？」

「うん……気持ちよ過ぎて」

「そういう可愛いことを言うと、また苛《いじ》めますよ？」

「意地悪」

ひかりさんは小さく笑って、俺の手を撫でた。

その些細《ささい》な仕草さえ愛しいと思う自分は、完全にひかりさんにはまってる。手放せないくらい……まあ、手放す気なんて毛頭ないけれど。

「コーヒー冷めちゃったね」

「今度は俺が淹《い》れますよ」

「その前に、お風呂入ってご飯だね」

「今日は、サバの味噌煮《みそに》でしたっけ」

「うん」

ひかりさんと出会ってから、味気なかった毎日が、とても楽しい。

ひかりさん、俺を好きになってくれてありがとう。

家族のかたち

未紀君とお付き合いをはじめて四ヶ月が過ぎ、彼を『未紀君』と違和感なく呼べるようになった。未紀君は我が家にもよく訪れるようになっていて、祖父母とも和気藹藹《わきあいあい》とした時間を過ごしている。

ちなみに未紀君は今料理にはまっていて、ほぼ毎週、土日のどちらかは我が家へ料理を習いに来ている。そして、そのままお泊まりしていくことも増えた。

「ひかりさんのご飯を食べるようになってから、身体の調子がいいんです。疲れにくいっていうんですかね。すごく身体が軽いです」

「外食だと、栄養が偏《かたよ》っちゃうからね。今は栄養がいき渡っているんじゃないかな?」

「あぁ、そういえば、前は肉料理ばかりでした。食事って結構大事なんですね」

彼と付き合うようになってから、外食ばかりの彼に我が家の野菜多めな常備菜のおすそわけをはじめたのだ。それを食べるようになってから、未紀君は身体の調子が少しずつよくなったらしい。

私の食事の効果ってわけでもないと思うけど、確かに未紀君の肌艶はよくなった気がするし、仕事にも力が入っている。

井坂さんが抜けた後を埋める勢いで、未紀君の営業成績はぐんぐん上がっている。

「俺、食生活を改めたいんで、料理教えてもらえませんか？」

作ってと頼むのではなくて、自分で覚えるっていうところが未紀君らしくて、流れで私が料理の先生みたいなことをするようになった。

最初はお米を洗剤で洗おうとするくらいの初心者だったけど、そこは頭のいい未紀君のこと、二月《ふたつき》ちょっとで、何種類かのおかずを完璧に作れるようになった。

とはいえ、実は未紀君は、手先がちょっと不器用だったりする。だから包丁の扱いはまだ危なっかしい。けれど、皮むきとか千切りはそれ用のピーラーやスライサーを利用したりして、包丁での細かい作業を減らせばほぼ問題なかった。

それ以外は、持ち前の勉強熱心で努力家な彼の本領発揮だ。自分で料理の基礎が載っている本を買って勉強したり、家でも復習がてら何度も作ったりして、その結果、すごい勢いで料理をマスターしてしまった。

未紀君のすごさを改めて実感したし、見えないところでもたくさん努力する未紀君が、もっと好きになった。

「未紀君は、ずいぶん料理を覚えたね。この肉じゃがも、いい具合に味が染みて美味《おい》しいよ」

我が家で、未紀君を交えた四人で一緒に晩ご飯を食べていた時のこと。彼が作った肉じゃがを食べた祖父が、彼を褒《ほ》めた。未紀君がありがとうございますと嬉しそうに笑う。

最初はお客様って感じだったけど、最近は四人で食事をするのも普通というか、未紀君も我が家の一員としているのが当たり前になっている。

「でしょう？　未紀君すごく上達が早いし、私のより美味《おい》しいから食べるのが楽しみで」

「そんなことありませんよ。俺はひかりさんのご飯が一番美味《おい》しいです。毎日食べたいくらい」

お世辞でも何でもなく、未紀君の料理は私のよりも美味《おい》しいのだけど、好きな人に褒《ほ》めてもらえるとやっぱり嬉しい。

それを見ていた祖父母が、二人で楽しそうに笑った。

「それに、家で皆と食事ができるのもとても嬉しいです」

「遠慮せず、平日もよかったら遊びにいらっしゃいな」

「わしらは孫が一人増えたみたいで楽しいから、いつでも大歓迎だよ。ひかりも君が来ると、笑顔がいつもの三割増しだからね」

「お、おじいちゃん、それは言わなくていいのっ。恥ずかしいでしょ。未紀君も、これ以上仕事を頑張り過ぎたら駄目だからね」

　未紀君が土日に仕事が入らないように、平日に仕事や接待を回しているのを知っている。だから、これ以上頑張って身体を壊してしまわないか心配なのだ。

「俺は毎日こうして過ごせたら幸せだって思うんですけど、それでも頑張ったら駄目ですか？」

　けれど追い打ちをかけるように、未紀君がそう言う。そしたらもう、駄目なんて言えないよ。

　私だって未紀君と二人で過ごす時間も、こうして四人で過ごす時間もすごく幸せだもの。

「っ……私だってそう思うけど、でも無理は駄目だよ。未紀君の身体も心配だから」

「じゃあ俺が無理しそうな時は、止めてくださいね」

　未紀君には敵《かな》わないなぁ……

　笑顔の彼に、私は頷いた。

「ひかりさん、少しいいですか？」

　お風呂からあがって二階の自室に入ろうとした時、客間から未紀君が顔を出して、私を呼びとめた。

「ん？　何か足りないものあった？」

　今日は未紀君は、我が家にお泊まり予定だ。彼の傍に近付いたら、そのまま腕を掴まれて部屋の中に引き入れられる。

　扉が閉まった音と同時に、ぎゅっと彼に抱きしめられた。

「未紀君？」

「ごめん。ちょっとだけ、ひかりさんを充電させて」

「今週は、大口の契約をとって大活躍だったもんね。お疲れ様」

　そのために、未紀君は残業も多かった。どうしてそんなに頑張るんだろうっていうくらい、この一月《ひとつき》、未紀君は仕事に打ち込んでいた。

　いつも仕事に対しては真面目で勤勉だけど、今月は特に頑張り過ぎているくらいだったのだ。昨日なんて朝から、その疲れが顔に濃く出ていた。見ていて心配だったんだよね。

　未紀君の背に腕を回して、ポンポンと叩く。

「最近、全然時間がとれなくてすみませんでした。来週からは落ち着くと思うので、穴埋めさせてください」

「うん。でもその前にしっかり休養もとってね。昨日は顔色も悪かったし、すごく心配だよ」

会えないことは淋しかったけど、それ以上に、身体を壊さないかとハラハラしていたのだ。

「すみません。どうしても今週中に二件の契約をまとめたくて」

「二件？」

「昨日の夕方にもう一件、大口で契約が取れたんです」

「そうだったの!?　おめでとう！」

「ありがとうございます。今回の契約で、井坂さんが作った月間の契約記録を二つとも超えられました」

井坂さんの契約記録というのは、件数と金額、それぞれのものだ。ともに営業部でこの数年、誰も超えられなかった記録だったりする。

それを同時に更新するなんて、すご過ぎて未紀君をまじまじと見つめた。

「お、おめでとう？」

「どうして疑問形？」

「びっくりしてる」

「確かに、目が零れ落ちそうな顔になっていますよ……ひかりさん」

「ん？」

「俺、八年ぶりに母親に会ってみようと思うんです」

「っていうと、高校生くらいから会ってないの?」

「ええ……俺、高校から寮生活だったので、それ以来、ですね。実家に用がある時は、母親が留守のタイミングを狙って帰ってました。ただ、試験や大学進学、就職の度に、母が俺の電話に文句を残していたので、一方的に向こうが話す声は聞いていますが」

遠い目をした未紀君は、何かを思い出したのか次第に表情が険しくなっていく。

「……俺の家族の話を、少し聞いてもらえますか?」

「うん。座ろうか?」

「そうですね」

とはいっても、この部屋に椅子はない。ラグを敷いてある床か、ベッドの端くらいしかないんだけど。

未紀君は少し考えた後、私の手を引いてベッドに深く腰掛ける。私が隣に座ろうとしたら、彼は自分の膝の上に私を横抱きに乗せた。

「重くない?」

「全然」

私を抱きしめたまま、未紀君はポツリポツリと話し始める。

「母親の家は旧家で、そこそこ大きな家なんです。母は一人娘で、父は婿《むこ》養子という形で立木家に入りました。母が父に一目惚《ぼ》れして、かなりわがままを通して父と結婚したそうです。母に甘かった祖父が、渋々結婚を許した経緯があるようで。でも、父が普通の家の人間であるのが気に入らなくて、祖父は孫の俺たちの前でも、父に嫌味《いやみ》ばかり言っていました。だから俺は、祖父が大っ嫌いでした。母も、おおよそのわがままを受け入れる父に増長して、まるで女帝みたいに振る舞っていました。父は諍《いさか》いを好まない性格で、上手に受け流していましたが、子供の目にも夫婦生活が破たんしているのがわかるような状態だったんです」

「……でも、離婚はされてなかったよね？」

「ええ。父が切り出しても、母が一切受け入れなくて。父は俺の高校入学と同時に、俺と同じように家を出て、別居状態です。まあ、連絡はとっているようですが。父はのらりくらりと、家に戻ってきてほしいという母からの要求をかわしていますよ」

未紀君は苦笑いしながら説明をする。

「家柄を気にするってことは、もしかして未紀君って、いいところのお坊ちゃん？」

未紀君、口が悪くても汚い言葉ってほとんど使わないし、箸の持ち方一つにしてもきちんと教育を受けている感じがするから、しっかりしたお家なのかなとは思っていたけど。

「どうでしょう。母が家事を一切しないので、お手伝いさんはいましたね。俺や姉は母に放置されてたから、代わりに乳母《うば》みたいな人もいました」

それはお金持ちなお家の感じがものすごくする。我が家のような、ごく普通の一般家庭では考えられないことだ。

「俺自身は、父方の祖父母に可愛がってもらってたので、立木の家の考え方には全然馴《な》染《じ》めませんでしたけど……。ひかりさんは、家の格式とか気にしますか？」

「うーん、気にしたことないなぁ。というか、気にしなきゃいけない人に出会ったことがないのかも。いいお家の人は大変そうだなって思うけど、未紀君と一緒にいても、そういうのを意識したことは一度もないよ」

「よかった」

「でも、ご両親は気にするのかな？」

「父は全然。ひかりさんとのことを報告した時は、喜んでいました。母親は……どんな相手でも駄目でしょうね。自分が一番ですから、自分より劣《おと》っていても優れていても駄目です」

「そっか……難しいね」

「だからですかね、母親は、夫も子供も、自分を飾る装飾品みたいな感覚で扱います。溺愛している兄にさえ、自分の見栄《みえ》のために高成績を要求して、偏差値の高い学校しか認めないみたいなことを言っていましたから。興味のない俺や姉にも、成績や進路に関してだけは口うるさく干渉していました。子育てもしない癖に。そういうのが嫌というのもあって、二度と会わないつもりで家を出たんです」

親といっても、人によって全然違うんだなって、未紀君の話を聞いていて思う。

私の両親は早くに亡《な》くなってしまったけど、生前の両親は、夫婦仲もよかったし、どちらかっていうと親馬鹿な人たちだった。子供《わたし》たちをよく褒《ほ》めて、抱きしめたり撫でたりするのも大好きで。スキンシップもすごく多かった。

友人の家族を見ることや、年齢を経たことで、うちの家族が仲よ過ぎだったとわかったけど、きっと未紀君の家は真逆な感じなんだろう。

「まあ、あの人が何を言おうが、俺の人生は俺が決めていいと、父が盾《たて》になって好きな道を進ませてくれたんですけどね」

「頼りになるお父様だよね。未紀君の頼りになって優しいところは、お父様に似たんだね」

「俺なんて、まだまだ父には及びません」

「そんなことないよ。私がピンチの時にかっこよく助けてくれた、私の自慢の大好きな人だもん。私にとって未紀君が誰より一番だよ」

「ありがとう」

柔らかく微笑んだ未紀君は、私の額《ひたい》に軽く口づけた。そしてぎゅっと身体を抱きしめてくる。

私も、未紀君を抱きしめ返した。

「けど、俺の兄はずっと母親の言いなりでした。祖父は自分に娘しかいなかった反動なのか、長男をやたらと偏愛する人で。母も祖父の影響を受けてか、兄に対してかなり盲目的な愛情を示していました」

「お兄さんと話したりしなかったの？」

「会話らしい会話をした記憶はありません。だからといって、不仲かというとそういうわけでもなくって……。兄から嫌がらせやいじめを受けたことは一度もなかったし、母親の敵意が俺に向かないようにタイミングよく母の意識を逸らしてくれたりしていたので……たぶん悪い人ではないと思います。でも、俺は兄が少し怖かったんです」

「怖い？」

「兄は頭がよかったし、母親の全ての要求に逆らわずに応える実力もあって、母が溺愛するのも仕方ないかなと思ってました。俺はあの人には成績も全部、勝てなかった。でも、だからといって、兄のようになりたいと思っていたわけではないんです。……兄は、自分を全く表に出さない人でした。だから笑っている顔を見ても、何を考えているかわからなくて。子供心に、兄の心が壊れているように見えて、怖かったんだと思います」

それで、以前話を聞いた時に微妙な返答をしていたんだとわかった。

「兄は、母の選んだ女性と結婚したそうです。……うまくいっていないようだと、父は言っていましたが。そんなこんなで、母と兄には八年会っていません」

「それだけ距離を置いたお母様に、どうして会ってみようって思ったの？」

「……どうも、母が俺に見合いをさせようと画策しているみたいで」

「お見合いするの？」

「しませんよ。ただ、あの人は勝手に姉の結婚相手を決めて連れてきて、姉と大喧嘩になった前科があるんです。同じことが起きないように、事前に阻止しておかないと」

「それでお母様に？」

「ええ。貴女と付き合っていることも話した上で、余計なことをしないように釘をさしたくて……。まあ、あの人からまともな返事が来るとは思ってないですから、縁切りも覚悟です」

「縁切り⁉」

未紀君を一人でお母様に会わせるのは少し心配だ。

話を聞くだけでも仲がよくないのはわかるし、不快な気持ちになるのではないかと心配になる。

「それなら、一緒に行くよ？　付き合っている相手を実際に見せた方が、説得しやすいでしょう？　それに、家族じゃない第三者がいたら、少しは冷静に話し合いができるんじゃない？」

「親と喧嘩しているところを貴女に見せたくないし、貴女に紹介できるようないい母親でもないので」

未紀君の返事はやっぱりNOだった。

そんな未紀君を、私は押し倒す。仰向けになった彼の上に馬乗りになって、彼を覗き込んだ。

未紀君が驚いた表情を浮かべる。

「ひかり……さん？」

「私は未紀君のお母様に会ってみたいと思うよ？　大好きな人を産んでくれた人だから。それに、未紀君と私が逆の立場なら、私を一人で行かせる？」

「……行かせません。俺も行きます。行って、言い負かして、ひかりさんを攫《さら》って帰ります」

「でしょう？　それに、会って話して駄目なら、私もすっぱりとお付き合いは諦めるから」

突然、目の前が反転して、あれっと思った時には私の背中に布団の柔らかな感触があった。私を見下ろす、怒った顔の未紀君がいる。

今までにないくらい怖い表情に、思わず息を呑んだ。

「諦めるって、俺と別れるつもりですか？」

「え？　ち、違うよ？　未紀君と別れるわけないよ。諦めるのは、お母様と仲よくすることだよ。それを決めるためには、実際に会ってみないと。聞いた話だけではわからないこともあるでしょ？」

そう言うと、未紀君は安堵した表情になり、ゆっくりと私の首筋に頭を下ろした。

「俺と別れるつもりかと、本当にびっくりしました……」

「ご、ごめんね。肝心な部分が抜けてた」

そっちの心配をして怒ったのかと、私もほっとする。

「……心臓に悪いですよ」

「申し訳ない」

彼の後ろ頭に手を伸ばして、そっと撫でる。

「貴女は、俺の指導担当になる時も、実際に関わってみないと俺の悪い噂が本当かわからないって、言ってましたよね」

「そうだっけ？」

自分では何を言ったか、あんまり覚えてないんだよね。

「そうですよ。実際に先入観を捨てて俺と関わって、俺を判断してくれた。……そんな公平な考え方ができる貴女に、俺は惹《ひ》かれたんです」

初めて未紀君から、私を好きになったきっかけを聞いた気がする。

好きとは言ってくれるし、指導していた時から好きだったとも聞いたけど、きっかけとか詳しいことは教えてくれなかったから。

初めて好きって言われた時と同じくらい、嬉しい。

「そう思わせたのは、未紀君の魅力だよ」

緩《ゆる》んだ頬を自覚しながらそう伝えたら、未紀君が顔を上げる。

「そういう恥ずかしいことをポロッと言わないでください」

未紀君の頬は、少し赤くなっていた。

「わかりました……。俺と一緒に、母に会ってもらえますか？　会話が成立するかわかりませんが、母が何か言っても俺が守ります。最悪、母とは完全に縁を切ってしまってもいいと思っていますから」

「なるようになるし、未紀君が思うようにしたらいいよ。行く日はまた決めよう？」

不安げだった未紀君が、安堵したように表情を緩《ゆる》める。

「あ、その前に新記録樹立のお祝いもしないとね」

「それよりも先に、このところひかりさんを淋しくさせたお詫《わ》びをしないと」

「お詫《わ》び？」

「何でもいいですよ？　どこかへ旅行に行くとか、ほしいものを買うとかでも」

「本当に、何でもいい？」

「ええ」

「……じゃあ、今、キスしてくれる？」

旅行も素敵だし、プレゼントもいいけど、それより何より、今、彼に甘えたいって思ったのだ。未紀君が驚いた顔をする。

「そんなことくらい、いつでもしますよ？」

「だって、今日はまだ額《ひたい》にしかしてもらってないし、未紀君のこといろいろ聞けて嬉しかったから。だからいっぱいキスしたいかな」

未紀君は小さく笑って、私の唇に軽くキスを落とす。

「そういうことなら喜んで」

唇を食《は》む優しい口づけが、少しずつ頭がくらくらするような深いものになっていく。

静かな室内に、リップ音と私たちの熱を帯びた吐息が広がる。

どんどん、キスだけじゃ物足りない気持ちになってきた。

「蕩《とろ》けた顔して……すごく可愛いですよ」

「未紀君、もっと……足りないよ……」

「俺も……少し触っていい？」

「うん」

パジャマの裾《すそ》から未紀君の手が潜り込み、私の脇腹を撫でた。そのまま、下着をつけていないささやかな胸に触れる。胸を包むように触れた未紀君が、ちょっと不思議そうな顔をした。

「なんだか少し大きくなりました？」

「んっ、そうかな」

未紀君とお付き合いするようになって、ちょっとだけ大きくなったような気がしないでもないけど、ブラのカップサイズは変わっていないからよくわからない。

やわやわと優しくされる愛撫に、心地良いけど物足りなさが募る。

「お風呂上がりって、色気が増して危ないですね。ひかりさんの項《うなじ》、俺に抱かれた後みたいに桜色になって、すごくそそります」

首筋に唇を落としながら、未紀君が囁《ささや》く。唇が触れ、熱の籠《こも》った吐息が首筋にかかると、小さな快楽が這いあがってきた。私の身体がビクビクと震え、つい彼にぎゅっとしがみつく。

「未紀……く、ん」

「このまま、抱きたいかも」

「私も……してほしい」

私のお腹に当たる、彼の硬く主張するもの。それに手を伸ばし、そっと布の上からなぞる。

「っ、今日は積極的ですね。でも……」

未紀君は空いた手で私の手をとり、自分のスウェットの中に導いた。そして直に、自分のものに触れさせる。

熱く硬い塊《かたまり》は、私が触れた瞬間にびくりと震えた。

「どうせなら、直に触って」

そっと硬い幹を撫であげ、未紀君が弱い雁首《かりくび》のくびれを撫でれば、彼が息を詰める。

「それ、気持ちいいから、その調子で続けて？　俺も気持ちよくしてあげる」

熱の籠《こも》った吐息でそう言って、未紀君は私のパジャマのズボンの中に手を忍ばせた。

ショーツの内側に指が入り込んできて、秘裂をなぞる。

「もう、ぬるぬるですよ？」

「あっ、はっ……」

未紀君が秘芽を指の腹で擦《こす》る度に、ジンジンとした痺《しび》れが広がる。部屋に、ぬちっと音が響いた。

「声は堪《こら》えて。いやらしいことしているの、ご家族にばれちゃいますから」

「うんっ」

唇を噛みしめて、声が漏れないように必死に堪《こら》える。けれど、胸も首も秘芽も一緒に攻められて、思わず小さな喘《あえ》ぎが口から零れた。

「これじゃあ、下着もパジャマも汚れそうですね」

彼の手がショーツから離れた。そして、指どころか手の甲までドロドロに濡れたその手が私の目の前に来る。

彼の愛撫でぐずぐずに蕩《とろ》けているのを見せつけられるようで、羞恥心《しゅうちしん》に頭が焼け付きそうだ。

未紀君は私をじっと見つめながら、その濡れたものを拭《ぬぐ》うように舌で舐《な》める。

その淫靡《いんび》な様《さま》に、さっきまで触れられていたところがキュンと疼《うず》いた。

「そんなにものほしそうに見なくても、これからたっぷり舐《な》めてあげますから。服、脱いじゃいましょうね」

あっという間に私のパジャマと下着を剥《は》がして、彼もスウェットと下着を脱ぎすてる。

「今日は、新しい体位を試してみましょうか」

未紀君に導かれるまま、仰向けになった未紀君の上に跨《また》がる。そして、お互いに脚と頭が逆になる体勢になった。

「っ、こ、この格好恥ずかしいよ」

私の顔の前には未紀君のそそり立つものがあるし、彼にはきっと私の恥ずかしい場所が丸見えだ。こんなに恥ずかしさを煽《あお》る格好なんて初めてで、どうしていいかわからない。

「逃げないで。こうすれば、俺も貴女も一緒に気持ちよくなれるでしょう？」

思わず腰を戻そうとしたら、未紀君に太腿を掴まれた。そして彼は私の秘裂に顔を埋《うず》めて、敏感な秘芽を口に含む。

ぬるりとしたものが這うその刺激に、思わず声を上げる。

「ひぅっ！」

「ひかりさん、そんなに大きな声出すと、下に聞こえちゃいますよ」

時間的に、もう祖父母は就寝しているはず。だけど、我が家はそんなに防音がされていないから、あまり大きな声を出すと下にいる二人を起こしてしまうかもしれない。

「でもっ、こんなの、声出ちゃうよ……」

「俺のを咥《くわ》えて。それなら、声を抑えられるでしょう？」

「うん……」

お腹につくくらい屹立《きつりつ》したそれを手にとって、尖《とが》った先に口づける。

鈴口に滲《にじ》んだ先走りが少ししょっぱくて、舌先で鈴口を擦《こす》ってそれをちゅっと吸った。

未紀君はこれに弱い。後ろから、未紀君の艶《つや》のある小さな喘《あえ》ぎが聞こえた。

「あっ……それ、ずるいですよ」

「未紀君の、びくびくしてる」

唾液を絡めながら彼のものを口に含んで、吸いながら舌で丁寧に愛撫すれば、ビクビクと口の中で彼が震えた。

「っ、それ、気持ちいい」

仕返しとばかりに、未紀君は秘芽を舌で嬲《なぶ》り、指を蜜壺に忍ばせて掻きまぜる。

ごつごつしたその指が隘路《あいろ》を掻きわけて出入りするたびに、中がジンジンと熱くなった。淫《みだ》らな水音がどんどん大きくなって、零れる蜜を啜《すす》る音が部屋に響く。

声を抑えても、部屋の外にこの音が聞こえてしまいそうで不安になる。

「んんっ！　いっ、は、んぅっ、やだ」

「咥《くわ》えながら喋《しゃべ》ったら駄目ですよ」

「で、でも……」

「気持ちいいんでしょう？　俺の指にきつく喰いついて、俺が吸っても吸っても、どんどん濡れてきますよ」

「よ過ぎて、やっ」

彼のものを咥《くわ》えていなければ、恥じらいもなく淫《みだ》らな喘《あえ》ぎを上げていただろう。

「ぁ、んっ、んんっ！」

弱いところを指の腹で擦《こす》られ、身体に甘い痺《しび》れが走る。思わず、お尻が揺れた。彼の指の動きに翻弄《ほんろう》され、どんどん快楽に追い立てられる。

未紀君のも、限界が近いのかガチガチに硬くなっていた。先からだらだらと先走りが零れている。

「ひかりさん、もう止《や》めて……」

彼のものを口から離せば、未紀君が私を仰向けに横たえる。

「ゴム、ありますか？」

「ん……ない」

いつも未紀君の家でするから、ストックとかは未紀君の家に置いている。

「俺も……今日はそんなつもりじゃなかったから、持ってなくて」

そう言って私の脚を抱えるように持ち上げ、私の腰を浮かせる。

少し緩《ゆる》めた脚の間に、未紀君の熱く硬い雄が差し挟まれ、グズグズに蕩《とろ》けた秘裂にピタリとくっついた。

「ごめん。今日はこれで我慢して」

未紀君がゆっくりと腰を動かし始めると、未紀君のものが脚の間を往復して、私の秘裂を捲《めく》りあげるように動く。

動く度に淫《みだ》らな音が響いて、未紀君の硬いものが私の敏感になった秘芽をゴリゴリと擦《こす》った。それでも十分気持ちいいけど、やっぱり身体の奥が物足りなくて、そこにも刺激がほしくてキュンキュンと子宮が疼《うず》いてたまらない。

「あっ、あんっ、ほしいっ、やだっ」

「ひかりさん、声抑えて？」

慌てて口を自分の手で塞《ふさ》ぐ。声は小さくなるけど、くぐもった喘《あえ》ぎは止まらない。

「んんっ！　んっ、んんぅ」

「中にほしい？　入り口がひくひくして、俺のにキスしてるみたいに吸いついてますよ？」

してる時の未紀君は、やっぱり意地悪だ。羞恥心《しゅうちしん》を煽《あお》るようなことを、色気を含んだ声で言う。

だけど、未紀君のそんな声を聞くと、身体がゾクゾクして余計に感じやすくなることに私は気付いていた。

「ほしい、よぉ……」

「俺も中に入りたいけど……子供ができたら困るでしょう？」

未紀君の子供ならほしいけど、まだプロポーズをされたわけでもないし、できたら困るのは確かだ。けど……未紀君の口から言われると、切ない気持ちになる。未紀君は私との未来を考えてないのかなって。

「こうしてセックスはしてるけど……子供は結婚してからじゃないと。貴女を大事にしているご家族に申し訳ないし、結婚式をしてドレスを着た綺麗な貴女を見せびらかしたいし……それにまだ、ひかりさんを独り占めしたい」

続けられた言葉に、胸がドキッとした。応えたいけど、彼の動きは止まらなくて、喘《あえ》ぎが堪《こら》えられない。口から手を離せなかった。

「俺と結婚なんて嫌ですか？」

私は首を何度も横に振る。嫌じゃない。すごく嬉しい。

未紀君が私と一緒にいる未来を考えてくれているのが嬉しくて、泣いてしまいそう。

「あっ、うれ、しいよ……」

手を口にあてたままそう答えれば、未紀君が欲に染まった男の顔で淫靡《いんび》に笑った。

「よかった。ちゃんとプロポーズできるように、家の問題をちゃんと片付けてきます。……すっきり片がついたら、こんなので終わらせないから。もっとずっと本気で、貴女と繋がります。俺がそのつもりだって、今は覚えておいて？」

「うん」

「大好きですよ、ひかりさん」

「私も、大好きだよ」

未紀君の動きが少しずつ激しくなって、ベッドが軋《きし》む音と、私たちが交わる音が大きくなってきた。快楽に上り詰めていく呼吸音が、静かな部屋に響く。

「んっ、ふっ、いくっ、も、いっちゃうよ」

「いって、俺もいくから」

堪《こら》えきれない喘《あえ》ぎが漏れないように両手で口を押え、くぐもった嬌声《きょうせい》を上げる。押し上げられた快感に身体が激しく仰《の》け反《ぞ》り、私は達した。私の後を追うように未紀君も達して、熱い飛沫《しぶき》がお腹から胸へ広がる。

食いしばる未紀君の口から、快楽に震える吐息が聞こえた。緩慢《かんまん》な動きで、未紀君が私から離れる。

「……どうしよう、俺ので汚れたひかりさんがすごくエロい」

私を見下ろしながら、未紀君が欲情冷めやらぬ淫靡《いんび》な表情を私に向ける。

それにまたゾクゾクして、いったばかりの身体が疼《うず》いた。

「もっと汚したくなりますね」

ティッシュを手にとって私の肌を綺麗にしながら、そんな危ういことを口にする未紀君。

「っ、未紀君が、変態ちっくなこと言う」

「俺をこんなにしたのは貴女ですよ？」

ゴミを捨てた未紀君は、後ろから私を抱いて横になり、私のぬかるんだ秘裂に硬さを取り戻しつつある雄心を宛《あて》がう。

「これ以上は……」

あんまりしたら、家族にばれちゃうかもしれないのに。

「嫌ですか？」

そう言いながら、未紀君が腰を小さく揺らす。私の秘裂が、ゴリゴリと強く擦《こす》りあげられた。

過敏になったそこが熱く痺《しび》れて、まだ冷めない身体が未紀君を求めてしまう。

エッチをしている時の未紀君は、ちょっと意地悪で強引だ。なのに、彼に触れられると嬉しくて、逆らえなくて困る。

「ぁ、いじわる……んんっ、声、でちゃうから」

「なら、止《や》めますか？」

こんな状態で止《や》められたら辛い。

首を振れば、背後から含み笑いが聞こえた。

「どうしてほしいか教えて？」

「……止《や》めないで」

おずおずとそう答えれば、未紀君が私のぬかるんだ秘裂からゆっくりと腰を引いた。

「ひかりさん、こっち向いて？」

言われるままに未紀君に向き直れば、彼が私の身体を抱き寄せた。

くるりと回り、仰向けになった未紀君の上に私が乗る格好になる。

「跨《また》って、座って。腰は下ろして……逃げないで。手はここ」

腰を下げるように言われ、私のお尻の下に未紀君の硬く滾《たぎ》ったものが当たる。存在を主張するそれが触れ、身体の奥がぞくっとする。思わず逃げ腰になったところを、未紀君に押しとどめられた。そのまま彼の上に座る形になって、私は手を、筋肉がついた未紀君のお腹の上に添える。

「重くない？」

「平気です。そのまま、腰を動かして？」

滅多に私に奉仕をさせない彼のお願いに、私は自分の秘裂に未紀君の滾《たぎ》ったものをあて、確かめるようにゆっくりと腰を前後に動かす。

擦《こす》れる度に、秘芽が彼の傘のくびれに引っかかる。グリッと押さえつけるようにすると、腰が甘く疼《うず》いて身体の奥から蜜が湧いてきた。

私の身体から溢れたものが、私が動く度にくちゅりと音を立てる。静かな部屋に広がる、淫靡《いんび》な音。

気持ちよくて、一度達した身体がまた熱に浮かされて、つい夢中で腰を揺らして彼のものを愛撫する。

「……ぁ、どう？」

「俺の上で腰振るひかりさん、いやらしくてすごくいい」

「っ、だって、未紀君が動いてって」

だけど、気持ちよ過ぎて自分で自分の腰の動きが止められない。

「だからです。健気《けなげ》で淫《みだ》らで……俺のに吸いついてきて気持ちいいです。もっと続けて」

未紀君も、熱の籠《こも》った吐息を漏らしながら呟《つぶや》く。彼は私の胸に手を伸ばし、両手で胸を包むようにした。

「んんっ、胸、揉んじゃやっ」

「貴女が動く度に、可愛く揺れて触ってほしそうだから」

指先で胸の尖《とが》りを捏《こ》ねられ、やわやわと胸の膨らみを揉まれた。胸の先からゾクゾクして、腰の動きがおろそかになってしまう。

奥から刺激がほしいと、切ない疼《うず》きが溢れて止まらない。

「動き、鈍《にぶ》くなっていますよ？　頑張ってください」

「あぁっ」

催促《さいそく》するかのように、胸の先を指でキュッと摘《つ》ままれた。ビリッとした痺《しび》れが走り、思わず声を上げる。

慌てて片手で口を塞《ふさ》ぐと、未紀君がうっすらと笑った。

まるで捕食する獣《けもの》みたいにギラギラとした目で見つめられ、子宮が疼《うず》く。

「ん、ふっ……胸、駄目っ」

「俺に胸を突き出して、お尻も俺に一生懸命擦《こす》りつけてるのに？」

快楽がほしくて身体が疼《うず》くのに、身体が快楽に溺れれば自分の声を我慢できなくなる。もう、どうしたらいいかわからない。

「意地悪、言わないで」

身体を重ねる時だけＳっ気を発揮する、未紀君のこんな言葉にすら、疼《うず》きが走る。

「声、出ちゃうから……」

「ほら、身体を屈《かが》めて顔近付けて？」

言われるまま、上体を倒して未紀君を覗き込む。すると、彼が顔を寄せてキスしてきた。

「キスをすれば、口が塞《ふさ》げるでしょう？　ついでにお尻を浮かせて？」

未紀君がそのまま私のお尻を持ち上げ、無防備な私の秘裂に指を忍ばせる。

「んんっ！」

くちゅっと音を立て、未紀君の指が二本、私の泥濘《でいねい》の中に沈んでいく。

指だけど、待ち望んだ刺激に、きゅうきゅうと自分の中がそれを絡め取っていくのがわかる。

「すごいうねって、俺の指を食いちぎりそうですよ。……そんなにほしかった？」

もっと太くて硬いものがほしいって、身体が求めているのがわかる。私の手は、気付けば彼の張り詰めたものを掴んでいた。

「あっ……ほしいよ」

私の愛液でドロドロになった彼の猛《たけ》りを、手で扱《しご》く。手で擦《こす》る度に、ぬちゃぬちゃといやらしい音を立てて、それはビクビクと震えた。呼応するように、未紀君の吐息に微かな喘《あえ》ぎがまじる。

「っ、今日は、我慢して。俺も挿《い》れたくてたまらないけど、我慢するから。指でいって」

「うんっ」

貪《むさぼ》るように口づけをかわしながら、お互いを指で愛撫する。

未紀君の節くれた指が、私のいいところを擦《こす》って抽送を繰り返す。私の手は彼自身を包んで、私の中にある彼の指の動きに合わせて律動した。彼のものを自分が受け入れているみたいに動きがシンクロして、快楽を追って身体が上り詰めていく。

「んっ、いく……も、いっちゃうよぉ」

「俺も、くっ」

達する瞬間、深く口づけをかわして、二人でほぼ同時に達した。

強烈な快感に、頭の中が真っ白になる。力を失って、私は大きく隆起する彼の胸に身体を預けた。

◆◆◆

それから三週間後、隣の県にある未紀君の実家を二人で訪れた。

到着して家を見た瞬間、私は思わず感嘆の声を上げていた。

「大きい……」

高級住宅街なのか、周囲も大きな洋風建築の家が建ち並んでいるのだけど、未紀君の家はその中でも一際大きくて立派だった。想像以上で、圧倒される。家というよりお屋敷……むしろプチお城？

思わず未紀君を見てしまう。

「こ、ここなの？」

「ええ。大丈夫ですよ。ただ大きいだけですから」

なんてことないように未紀君は言うけど、全然、大丈夫じゃない。

スケールが全然違うのだ。

「帰りましょうか？」

「か、帰らないよ。ちょっと圧倒されちゃっただけ」

「無理はしないでくださいね。駄目そうならすぐ帰りましょう」

そう言って、未紀君は私の手を引いて玄関のインターホンを鳴らす。

機械越しに女性の声が聞こえ、未紀君が自分の名を告げる。しばらくすると、七十代くらいに見える女性が、中から出てきた。

「まぁ、まぁ。未紀坊ちゃん、お久しぶりです。ご立派になられて」

「八年ぶりだからね。久しぶり、稲見《いなみ》さん。……ひかりさん、こちらは稲見さん。俺が子供の頃から働いてくれているお手伝いさん」

「初めまして、東雲ひかりです」

「俺の恋人」

笑顔で未紀君に応対していた稲見さんは、私を見て更に嬉しそうに笑った。

「まあ、坊ちゃんの。ご丁寧にありがとうございます。わたくし、稲見と申します。どうぞお二人ともお入りください。奥様と旦那様がお待ちですよ」

「……父さんも？　来るとは聞いてなかったけれど」

「ええ。坊ちゃんがお越しになるからと、今朝お見えになりました」

未紀君は、少し驚いていた。

「稲見さん、これ、母さんは受け取らないだろうから先に渡しておくよ」

「かしこまりました。後で、奥様にお伝えしておきます」

「そうして」

持って来た菓子折を稲見さんに託《たく》した後、稲見さんの先導で天井の高いエントランスを抜けた。幅の広い瀟洒《しょうしゃ》な廊下を進む。少し先に進んだ場所にある扉の前で稲見さんが止まり、ノックをした。

「奥様、旦那様、未紀坊ちゃんがお見えになりました」

「お入りなさい」

開いた扉の向こうには、二十畳はありそうな部屋が広がっていた。革張りのソファに、未紀君のお父様と、その隣に綺麗な年配の女性が座っている。その人がおそらく未紀君のお母様だとは思う。けれど、頭の先から爪の先まで洗練されたその人は、私たちに視線だけを向け、すぐに眉をひそめた。

歓迎されていない感じがひしひしと伝わってくる。でもお父様は立ち上がって「よく来たね」と笑顔で声をかけてくれた。それに少しほっとする。

「お久しぶりです」

「二人とも、遠いところを来てくれてありがとう。さあ、まずは座って」

「あなた、勝手に仕切らないでちょうだい」

ぴしゃりと言った女性が、椅子から立ち上がる。そして、真っ直ぐに未紀君を見据えた。

「八年前に勝手に出て行った貴方が、今更、わたくしに何の用です」

「沙貴《さき》、よしなさい」

「いえ。まず、話があるのならわたくしに八年前の無礼を謝罪なさい」

お父様の制止にも構わず、お母様は未紀君にそう冷たく言い放つ。

私の隣にいた未紀君の眉尻が、ピクリと不快気に歪《ゆが》んだ。

「貴女は母親失格だと言ったことですか？　事実なので謝りませんよ」

どう考えても普通に話をする気はなさそうな未紀君の応答に、私は隣でハラハラする。

お互いに、穏便に話を……という空気が全くない。

お母様の隣にいるお父様が、頭痛でも堪《こら》えるように額《ひたい》を手で押さえた。

「未紀もよしなさい。何のために君は来たんだ。沙貴も、客人を立たせたままなど失礼だろう」

「私が招いた客ではありません！」

「それならどうして未紀が来るのを受け入れたんだ」

「この子が、紹介したい女性がいるだなんて馬鹿なことを言うからです！　立木の名を名乗ることになる娘を、わたくしに黙って選ぶなど許せますか！　立木を名乗る以上、然《しか》るべき家柄の才媛《さいえん》であるのは当然でしょう！　あんな聞いたこともない二流の会社に勤めているような娘など、認められますか。そもそもこの子が、あんな会社で働いていることすら恥ずかしいのに」

「まだそんなことを言うのか、君は」

お父様が落胆の色を表情にありありと映して、深くため息を漏らす。

未紀君から事前に聞かされていなければ、呆然としていたかもしれない。

彼のお母様は、彼から聞いたままの気性の女性だった。

事実私は庶民で、よい家柄の人間でも才媛《さいえん》でもない。それについてはもっともだと思う。

でもうちの会社は、まだまだ大企業ほどの知名度はないけれど、海外の有名企業からも認められる技術を持ったいい会社だ。社員のことも大事にしてくれる。そんなうちの会社の価値をわからないまま、社名を知らないというだけで判断してもらいたくないし、一生懸命働いている未紀君を恥ずかしいなんて言ってもらいたくない。

「……相変わらず、ものの価値を見極められないのですか。そんな人間に彼女の価値がわからないのは当然ですね」

ぼそりと、でも、はっきりと耳に届くように未紀君が呟《つぶや》く。

お母様にもそれが聞こえたのか、美しく弧を描く柳眉《りゅうび》が歪《ゆが》んだ。

「価値がわからないのは貴方でしょう。昔から、わたくしへの当てつけのように逆らってばかりで。いい加減にわたくしに頭を下げて、家に戻りなさい。わたくしが貴方にふさわしい嫁を見つけて差し上げます。それが貴方の幸せです。わたくしに認められるように、貴方は従えばいいのです」

「嫌です。従う理由がありません。俺の幸せは俺が決めますし、貴女に認めてもらう必要もありません」

未紀君は私の腰に手を回し、自分の方へぐっと引き寄せた。

私を逃《のが》さないようになのか強めに抱き寄せられ、ちょっとだけきつい。けれど、未紀君を見れば、その目は私ではなく、お母様に向けられていた。

そこには親子の情もなければ、怒りもない。ただ相手を蔑視《べっし》しているのがわかるその視線が、少し怖かった。

「俺が今日ここに来たのは、貴女に許しを請うためではありません。知ってもらうためです。俺は貴女と縁を切ってでも、大切にしたい女性《ひと》ができました。自分で生きる道を見つけて自立することもできた。貴女が俺や俺の選んだもの全てを否定しても、俺は別に気にもならない。貴女がいなくても、俺は勝手に幸せにやっていける」

「なっ……貴方を育てたのは一体誰だと思っているの！」

「貴女でないのは確かです」

淡々とお母様に言葉を返していく未紀君に、お母様も絶句する。

「身の回りの世話をしてくれたのは乳母《うば》だし、遊びに連れていってくれたり、学校行事に参加してくれたり、一般常識を教えて褒《ほ》めたり叱ったりして愛情を注いでくれたのは父さんです。貴女は俺を産んだだけだ。世話もしなかったし、愛情の欠片《かけら》も俺に向けたことはないですよね？」

「なんて失礼な子なの！」

「では、俺に愛情を向けたことがありますか」

未紀君の言葉に、お母様が口をつぐむ。そのまま返事がくることはなかった。

「俺は、父さんのような、子供に愛情を与えられる人間になりたい。自分が愛した女性と支え合う家族をつくること、それが俺の望む幸せです。家柄だの学歴だの、俺には何の意味もない」

「何を馬鹿なことを言っているの！　貴方は立木の人間なのよ！　結婚に失敗した聡《さとる》の代わりに、弟の貴方が、私の選んだ相手と結婚するのが務めでしょう！」

とんでも理論が飛びだして、私は呆気にとられた。

お兄さんの結婚の失敗を未紀君がカバーする理由なんて、どこにもないよね？　そもそもお兄さんと未紀君は別の人間だもの。

もしかして、そういう特殊なことをする家系？

「そんな務め、聞いたこともありませんが」

未紀君の言葉に、彼のお父様も頷いている。立木家特有のお話ってわけでもないらしい。

「だいたい、貴女の子供は兄さんだけでしょう？　俺は兄さんのスペア、いや、兄が優秀だからお前はスペアにもならない、要らない子だと、貴女はまだ十歳にもならない俺や姉さんに散々言ったんです。お忘れですか」

「ちょっと待ちなさい、未紀。それはどういうことだい」

未紀君の衝撃発言に驚いていたら、未紀君のお父様が顔色を変えた。

「流石《さすが》に言えませんよ。実母に不要と何度も言われたなんて」

「そんなことを幼い子供に言ったのか、君は！」

温和だと思っていたお父様の表情が般若《はんにゃ》のように歪《ゆが》んだ。そして、妻に声を荒らげる。

未紀君のお母様は自分の夫の変化に、顔色を失《な》くして動揺していた。

「そ、それは……だって仕方ないじゃない！　聡は素直で優秀なうちの跡取りなのよ！　言うことも聞かない、庶民の感覚にかぶれた生意気な子供なんて、わたくしの子供じゃないわっ！」

次の瞬間、室内にパンッと、肌を打つ乾いた音が響く。

お父様が、お母様の頬を打った音だった。

「あ、あなた……」

「聡も、美沙《みさ》も、未紀も、わたしと君の子供だろう！　その大事な子供たちを、どこまで傷付ければ気がすむんだ。わたしは君に言ったはずだ。子供たちを傷付けることはするなと！　君も子供三人を大事にすると誓って、母親として頑張ると言うから、贔屓《ひいき》の過ぎる扱いをしていても、目をつぶってきたんだぞ」

「だから、叩いたりなんてしていないわ。傷付けてなんていないじゃない」

「身体の傷だけが傷ではない！」

厳しい一喝《いっかつ》に、思わず未紀君の腕を掴む。未紀君は私の腰に回した手に、更に力を入れた。

お母様は完全に顔色を失って、真っ白な顔で震えていた。

「わたしに隠れて放った君の心ない言葉が、君の積み重ねた差別的な態度が、子供たちの心をずたずたに引き裂いていると何故わからない！　心なら目に見えないから傷付けてもいいのか！　わたしにもばれないからそれでいいと！」

「あ……そんなつもりじゃ」

「父さん、別にいいです。過ぎたことなので。この先、俺やひかりさんに一切関わらないでくれたらそれで。いないものと扱っていた人間を今更懐柔《かいじゅう》しようなんて、そんなみっともない真似、立木家の奥様ならなさらないとは思いますが」

「す、するわけないでしょう！　貴方のような子は、立木の人間ではありません！　二度と関わりたくないわ。さっさと出ていきなさい！」

「沙貴！」

「いいんです。これで言質《げんち》は取れましたから、二度と立木の家にも貴女の前にも現れません。あと、夫婦喧嘩でしたら、俺たちが帰った後で思う存分してください。これで失礼しますから」

　一人冷静なままの未紀君がそう言うと、お父様は我に返ったようで、その顔から怒りの表情が消えていく。そして彼は、私たちに深々と頭を下げた。

「申し訳なかった。せっかく来てくれたのに、東雲さんには不快な思いをさせたね。未紀も、これまで気付いてやれなくてすまなかった」

「俺は平気です。ただ、ひかりさんには挨拶《あいさつ》にもならない状況になってしまって……すみませんでした」

「だ、大丈夫です。お二人とも頭を上げてください」

未紀君にまで姿勢を正して謝罪され、慌てて二人に声をかけた。

「未紀君が一人で行くというのを無理についてきたのは私なので……。無理を聞いてくれてありがとう、未紀君」

「いいえ。穏便に話ができずにすみません」

「貴女が来なければ、こんなことにはならなかったのよ！」

お母様のその一言に、未紀君が顔を上げて、お母様を睨んだ。

それを止めて、私はお母様に向き直る。

「未紀君のお母様」

「何なの……事実でしょう」

少し怯《ひる》んだ様子でそう言う彼女に、私は頭を下げる。

「本日は突然お邪魔して申し訳ありませんでした。私は東雲ひかりと申します」

「貴女の名前なんて聞いていないわ」

「沙貴」

そっぽを向いてしまったお母様をお父様が窘《たしな》めるけれど、お母様は頑として私の方を見ようとはしない。

「彼とは私の家族を含め、親しくさせて頂いております」

「聞いてもいないことをべらべらと喋《しゃべ》る娘《こ》ね」

「申し訳ありません。私はお喋りなので勝手に話しますから、嫌なら聞き流してください」

「なっ……」

機嫌を損ねて話を聞いてくれないかもと思ったけれど、なんだかんだと言いながらも私の話を聞くようだ。お母様は、案外律義なのかもしれない。未紀君の律義なところは、もしかするとお母様似だろうか。

「わたくしになにか文句でもおありなの？」

「いえ。お礼を伝えたくて」

「お礼？」

「貴女が彼を産んでくださったから、私には大切な人ができました。優しくて頼もしい彼に出会うことができたのは、ご両親がいてこそです。感謝しています」

「っ、嫌味《いやみ》のつもりなの!?　それとも、反抗的な息子を褒《ほ》めて、わたくしに取り入るつもり!?　そんな言葉を聞いても、貴女のような賤《いや》しい娘など、立木家の者として認めませんよ」

やっと私を見てそう言葉を放った彼女に、私は首を横に振った。

「私は一般家庭の人間ですから、どう頑張ってもいい家柄にはなれませんし、学歴もご要望には添えません。その点を貴女に認められることは、無理だと思います」

それればかりは、どう頑張っても変えられないから。

「そうよ。庶民の貴女など絶対に認めないわ」

「それは、わたしのことも認めていないということだな」

静かに呟《つぶや》かれたお父様の言葉は、はっきりとした怒りを宿していた。

その言葉に、私との会話で血色を取り戻したはずのお母様の顔色が、瞬《また》く間に悪くなる。

「君の言い分では、『たかが町工場《こうば》経営者の息子』のわたしは賤《いや》しくて、立木の家にはふさわしくないのだろう？」

「そ、そんなつもりじゃ……」

「では、どういうつもりだ？　自分は好き勝手に庶民と結婚して立木の家に入れておきながら、子供には自由恋愛を認めないのか？　親に強制された生活が嫌で、押しつけられた許嫁《いいなずけ》と結婚したくなくて、わたしと結婚したのに、子供に自分と同じ苦痛を与えようとするのはどういうことだ」

「あ……」

何かに気付いたように、自分の夫を見るお母様の目が大きく見開かれる。

「今の君は、昔の義父上《おちちうえ》と同じことをそのまま自分の子供にしていると、何故わからない？」

「そんな……わたくしは」

お母様に、先程までの凛《りん》とした女主人の佇《たたず》まいはなくなっていた。ただ、激しく狼《ろう》狽《ばい》している。

その様子は、見ているこちらが可哀想《かわいそう》に思ってしまうほどだ。

「……未紀君、本当にお母様と縁を切ってもいいの？」

思わず、隣の未紀君にそう尋ねたけれど、彼には同情の表情は微塵《みじん》もなかった。

「ええ。もとからそのつもりでしたから」

未紀君はすっきりとした表情でそう言い切る。彼の意思は、最初からずっと変わらなかった。

「あちらの事情がどうであれ、これまであの人が俺にしたことは消えないし、俺はそれを許すつもりもありません。俺のこの先の人生に、母は必要ありません」

完全にお母様から心が離れてしまっている未紀君の言葉からは、母子関係の修復はもう不可能なのだと伝わってきた。冷え切った声音で、駄目押しのようにそう突き付ける。

「貴方なんて、もうわたくしの子でも何でもないわ……好きになさい」

お母様の声は少し震えて、言葉のような強さはどこにもない。

「この先、未紀君が私の家族になって立木の姓を捨ててしまっても、いいんですか？」

未紀君は驚いた顔をしたけれど、お母様は眉一つ動かさなかった。

「こんな息子にはお似合いよ」

「褒《ほ》めて頂いてありがとうございます」

「嫌味《いやみ》もわからないの？」

お母様が苦虫を噛み潰したような顔でそう唸る。

あれ？　お似合いって言われたけど、意味が違ったのかしら……

なんて思っていたら、未紀君が声を殺すようにして笑った。

「どうしたの？　私、変なこと言った？」

「いえ。確かに、お似合いだと言いましたから、間違っていませんね」

「だよね。それに、本当に駄目な息子だって思っていたら、わざわざお見合いを考えたりしないものね。どうしてこんな人をすすめたんだって信用を失っちゃうもの。外聞が悪くて、そんな子供を他所様《よそ》にすすめるなんて、とてもできないわ。できがいいからこそ、他の人にすすめられるのよね」

そう口にしたら、未紀君が少し驚いた顔をした後で、珍しく声を出して笑う。

「貴女のそういう発想、すごく好きですよ」

「……もう、二度と来ないでちょうだい」

苦々しい顔で額《ひたい》を押さえ、追い立てる言葉を力なく呟《つぶや》いたお母様。未紀君が笑顔を向ける。

「ええ。こちらも、二度と貴女に会うつもりはありませんから。今日はお時間ありがとうございました……産んでくれたことは感謝しています。お元気で。失礼します」

そんな感じで、未紀君のお母様との対面は終わった。


翌日、朝食後に祖父が未紀君を散歩に誘った。二人で出掛けてずいぶん時間が経った頃、我が家に来客があった。

その人は、私より五つくらい年上の、スーツ姿の男性。初めて見る人だけど、一目でその人が未紀君の身内だとわかった。

「突然お邪魔して申し訳ありません。わたしは立木聡、未紀の兄です。初めまして」

そう言って頭を下げたその人は、未紀君と双子のようにそっくりというほどではないけれど、目鼻立ちはかなり似ていた。

「……今日は、どういったご用件でしょう？」

訪問の意図がわからなくて、少し警戒気味に挨拶《あいさつ》を返す。

「昨日は、母が大変失礼しました。父から連絡を受け、そのことを知りました。申し訳ありませんでした」

「頭を上げてください。貴方に謝罪される理由はありません」

玄関先で突然頭を下げた相手に、私は慌ててそう返す。

「ですが」

「それに、傷付いたのは私ではなく未紀君で、それを許す、許さないは彼の意思ですから」

その言葉に、相手が顔を上げる。

「貴女は、母に対して怒っていないのですか？」

「怒ってはいませんが、未紀君には金輪際、近付けたくない人だとは思いました。なのでお母様と縁を切ると宣言した彼のその意思を、私は尊重します」

幼い未紀君に対して、あれと同じような身勝手な理論と行動を続けていたのかと思うと、二度と未紀君をお母様に会わせたくはないと思った。そのお母様の影響を多大に受けているであろう目の前の人にも、正直未紀君を会わせたくない気持ちがある。

もし絶縁を口にした未紀君の言葉を撤回させるために、私のところに来たのなら、私はその手助けはしないことを先にはっきり伝えておかなければ。

「そうですか」

機嫌を損ねるかもしれないと思ったけれど、何故か相手はほっとしたように小さく笑った。

「貴女のその言葉を聞けてよかったです。母はわたしが責任を持って、貴女や弟には近付けさせません。わたしが言えた義理ではありませんが、弟のことをよろしくお願いします」

そう言って再び頭を下げ、菓子折りの入った紙袋を私に渡した。その場から立ち去ろうとした彼に違和感を覚え、思わず呼びとめる。

未紀君の話では、ほとんど会話もしたことがない兄弟だったというのに、どうして『弟をよろしく』なんて私に言うのだろう。

「何か?」

「未紀君とは話をされましたか?」

「あれはわたしを嫌っていますし、兄弟らしいことなど何一つしてきませんでした。今更、兄弟ごっこをするつもりもありませんよ」

「それならどうして私に謝罪して、未紀君のことを頼んでいくんですか？」

「今回の母の暴走はわたしの離婚が起因なので。もし貴女と別れる事態になっていたら、わたしはあれに恨《うら》まれますからね。まあ、その心配はなさそうですが」

その言葉で理解した。自分の違和感の理由を。

「不仲なら、別に恨《うら》まれても気にしませんよね？　気にするのは、未紀君に情があるからでは？」

嫌いなら、相手が不幸になっても恨《うら》んでもフォローなんてしないはず。気にならなければ、こうして私に未紀君を頼んだりもしないだろう。

この人も、未紀君と同じように、疎遠ながらもどこか兄弟のことが気になっているのかもしれない。

「……貴女は、要らぬことに首を突っ込む性質ですか？」

少しむっとした表情も、その言い方も、未紀君に似ている。

「そうみたいです。貴方は悪い人じゃなさそうだし、もう少し話してみたいなと思いました」

「馬鹿ですか貴女。あの母親に溺愛されて育てられた男ですよ？　貴女を貶《おとし》めてやろうと思って近付いたのかもしれない男に、悪い人じゃなさそう？　もう少し警戒心を持ったらどうですか。傷付けられて泣くのは貴女ですよ」

なんだかデジャヴかと思うような叱られ方をされてしまった。

素直じゃないし、少し口が悪いけど、人を心配して気遣うところまで未紀君に似ている。

そう思ったら、自然に頬が緩《ゆる》んだ。

「何がおかしいんですか」

「未紀君と叱り方が一緒だなって思って。すみません。あ、玄関先では何ですから、上がってください」

「わたしの話は終わったのでこれで」

「お客様を玄関でお帰ししたら、祖父に叱られますから。お茶だけでも」

そう言って居間へ招き、お茶を用意する間に、祖父へ未紀君のお兄さんが来ている旨のメッセージを送る。祖父からは、「あと数分で着く、まかせとけ」って可愛い絵文字付きの返事が来た。

お茶をもって居間に戻ると、未紀君のお兄さんは綺麗な正座をしたまま、ピクリとも動かずに待っていた。

「お待たせしてすみません」

「いえ」

お茶とお茶請けを置き、未紀君のお兄さんの対面に座る。

「弟とはいつから交際を？」

「五ヶ月くらい前ですね。同僚としての付き合いは三年弱くらいですけど」

「貴女の目から見て、弟はどう見えますか」

「私のことも祖父母のことも気遣ってくれる、優しい人です。それに、とても努力家で真面目ですね。一見、何でもすぐできてしまうように見えるんですけど、人の見ていないところでたくさん努力をしていて……頑張り過ぎるから身体を壊してしまわないか、少し心配です」

その言葉に、お兄さんはお茶を飲みながら目を伏せる。

「あれはわたしの目から見て、何でもすぐこなせるできのよい人間でした。わたしよりも要領がよく、頭もよかった。だから正直、わたしは弟が嫌いでした。常に一位であれと、毎日母親からプレッシャーをかけられて押し潰されそうになっている時も、弟は自由気ままに生きているようにしか見えなくて」

「未紀君は、貴方には全然勝てなかったって言っていましたよ？」

「わたしは弟が家にいる間、ずっと不安で、必死でしたよ。母親の執着し過ぎた愛情が鬱陶《うっとう》しいと思いながらも、母の思考に毒されていて、優秀でなければ自分の価値はないと思い込んでいたので……。弟に抜かれたらわたしは母親に捨てられる。それがとても怖くて、勉強ばかりしていました」

未紀君は母親に自分を見てもらいたくて頑張って、この人は母親に捨てられないようにずっと頑張っていた。そう思うと、切なくなった。

「わたしは自分の意思もなく、母親の言うことに従うだけの人間でした。母は父の目があるところでは何もしませんでしたが、父がいなければ、妹や弟が従わないと酷《ひど》い癇癪《かんしゃく》を起こして、自分の我が通るまで二人を詰《なじ》った。そんな姿を見ていたから、わたしは反抗することも止《や》め、母の望んだ高校、大学、会社に入って、母が選んだ女性と結婚をしたんです。でも気付いたら、わたしは自分で物事を決められない、空っぽな人間になっていました。しかもそれを妻に諭《さと》されるまで、自覚すらなかった」

「未紀君もお兄さんも、すごいと思います。自分のやりたいことを早くに見つけて頑張る未紀君もすごいし、親の期待に応え続けたお兄さんもすごいです。一位をとれって言うのは簡単だけど、それを実際にするのも維持するのも、すごく大変なことですよ？　貴方自身の能力もあって、更にやろうと思って頑張らないと絶対に無理です。言われて流されるまま、簡単にできることじゃないと思います」

未紀君のお兄さんは、呆気にとられたように私を見ていたけれど、不意に笑った。

「貴女は妻と同じことを言いますね。……わたしも彼女と結婚しなければ、自分の意志を持つことなく、母に従う人生をこの先も続けていたかもしれません。今更気付いても遅いかもしれませんが」

「気付いたということは、変えるチャンスを得たってことだと思いますよ。この先、貴方がどうするかを、自分自身で決める。そういうチャンスです。だから遅いってことはないと思います」

気付かないままならどうしようもないけど、気付いたなら考えて変わっていけるもの。

「……そうですね。貴女の言う通りかもしれません」

「まあ、私も祖父の受け売りなんですけど」

「いいお身内をお持ちですね」

「はい。自慢の家族です」

ここは謙遜《けんそん》するべきなのかなとも思ったけど、やっぱり大好きな家族だから、褒《ほ》められたら嬉しいし、胸を張って認めたいと思ったのだ。

「今思えば、中学生の時点で自分の進路を決めて母親の呪縛から抜けだした弟は、ずっと大人で聡明だったと思います。癪《しゃく》に障るので、本人には絶対に言いませんが」

お兄さんは視線を下げたまま、そう呟《つぶや》いた。

そこには未紀君への恨《うら》みとか憎しみとかそんな感情は全然見えなくて、純粋に未紀君を褒《ほ》めているようだった。だからこそ、言いたくないのかもしれない。

「早い段階からあの母から逃《のが》れたのですから、弟はこのまま母親と関わらない方がいい。自分の母を悪く言うのもなんですが、あれは毒親です。わたしたち子供にとっては、害にしかならない。貴女が弟との未来を考えるなら、仏心を出さないよう貴女に忠告しようとも思っていました。ですが、その必要はありませんでしたね」

「そのために来てくださったんですね。ありがとうございます」

「何の役にも立っていませんがね」

首をすくめた彼は、お茶を手に取り口にする。

やっぱり悪い人ではなさそうだし、未紀君と話をしたらわだかまりも少しは解消できるんじゃないかなって思うけど……会ってくれないかな。

もう帰って来てもいい頃なのに、祖父も未紀君も帰って来る気配がない。

「いえ。お話が聞けてよかったです」

「わたしはそろそろ御暇《おいとま》します。ご家族によろしくお伝えください」

「はい。お引きとめしてすみませんでした」

これまでも無理に引きとめているので、もう引き伸ばすことは難しいだろう。おとなしく、お見送りすることにした。

立ち上がって居間から出ようとしたところで、お兄さんに思い切って声をかける。

「あの……もし何か未紀君に言伝《ことづて》があるなら」

脚を止めて振り返ったお兄さんは、私を見下ろすと首をゆっくりと横に振った。

「言ったでしょう？　わたしは兄弟ごっこをするつもりはありません。だから、あれには何も言うこともありません」

「そうですか……」

言伝《ことづて》すら駄目なんて、私が簡単に考えているだけで、やっぱり二人の確執は根深いのだろうか。

「貴女になら、なくもありませんが」

私に？

「なんでしょう？」

お兄さんは、小さく笑った。

「あれは頑固で融通《ゆうずう》のきかないところがありますが、根は素直です。なので、うまく貴女の掌《てのひら》の上で転がしてやってください」

言葉では馴れ合わないって拒否しているけれど、案外彼のことをよく見ていたんだってわかって嬉しくなる。

でも、私の方が未紀君の掌《てのひら》で転がされているので、お兄さんのアドバイスを私が役立てることはできないかも。

そう思っていたら、スパンと隣の部屋の障子《しょうじ》が開いた。

驚いて視線を向けると、なんと未紀君がいた。

「余計なお世話です。俺以上に頑固で融通《ゆうずう》のきかない石頭の貴方に言われたくないですよ」

「え？　未紀君、いつの間に？」

未紀君の隣には祖父がいて、親指を立ててドヤ顔をしている。

まさか、二人して隠れて私たちの話を聞いていたとか？

おじいちゃんの任せとけって、こういうサプライズの意味だったの？

祖父に問いただしたいところだけど、むっとした表情の未紀君がこちらに歩み寄って私の手を引いたので、聞けなかった。私の身体は、そのまま未紀君に抱きしめられる。

「久々に会った人間に対して挨拶《あいさつ》の一つもせずに、よく営業職が務まっているものだな」

「その言葉、そっくりそのままお返ししますよ」

一気に部屋の温度が下がった気がする。険悪な雰囲気で睨みあう兄弟にどうしていいのかわからず、二人を交互に見た。

こんなに仲が悪かったの？

「それから、貴方に心配されなくても、俺はひかりさんを守るし幸せにします。貴方も俺や母親に関わるより、自分の幸せを優先してください。奥さんとやり直すと、父さんから聞きましたよ」

　未紀君はそう言って、深いため息をついた。

「ひかりさんも、この人に文句の一つも言ってやればいいんですよ。今回の離婚騒動、フェイクなんですから」

「フェイク？　……嘘ってこと？」

「そう。奥さんと二人でやり直すために」

「それは事実だが、離婚は三ヶ月前にしているよ」

「復縁なさるってことですか？」

　言っていることがよくわからなくて未紀君を見ると、彼も離婚していたことは知らなかったのか、驚いた顔をしていた。

「再婚ももうしていますよ」

「えっ⁉」

「妻とやり直す条件が、一度離婚して、わたしが妻の籍に入り、立木との関係を断つというものだったので。離婚後すぐ再婚して、今は妻の姓を名乗っています。ただ仕事上は立木のままですし、母はこのことをまだ知りません。事前にそれが知れたら母に阻止されそうだったので、手筈《てはず》を整えてから、理由をつけて家を出るというのが当初からの計画でした」

「そうだったんですね。よかった、いがみ合っての離婚じゃなくて」

「でもまさか、母が弟に、『わたしの結婚のやり直し』をさせようと考えるとは思わなくて。貴女にはご迷惑をおかけしました」

「いえ。気になさらないでください」

なんだか大変なことのような気がするけれど、でも結果的にはこれでよかったと思う。

「俺はよくないですよ。貴方の家庭問題のせいで、こちらはいい迷惑です」

「そうか？　あの母から、結婚の承諾を引き出したと聞いたんだが？」

「それは俺じゃなくて、ひかりさんですよ」

「つまりわたしは、甲斐性なしのお前に八つ当たりされているのか」

「誰が甲斐性なしですか」

「すまなかったな。お前にも迷惑をかけた」

ふっと笑ってそう謝罪したお兄さんに、未紀君が渋面を作る。けれど、やがて諦めたように表情を緩《ゆる》め、深いため息をついた。

「まあいいです。昔みたいに人生を諦めたような、つまらない顔をしているなら殴ってやろうかと思っていたけど。今はいい顔しているし、義姉《ねえ》さんを悲しませるといけないので、殴らないで許します」

少しぎこちないけど、未紀君はお兄さんに笑顔を向けた。お兄さんの方も、未紀君と似たような笑顔を返している。

「今更、仲のいい兄弟ごっこをするつもりは俺にもありません。ですが、母親の呪縛から抜けた貴方となら、少しくらい仲よくしてもいいです。本当に少しだけですけど」

「そうだね。弟は可愛くないが、義妹《いもうと》になる彼女は素直で、妻とも仲よくなれそうだ。だから、弟夫婦とは家族ぐるみで少しくらい仲よくしてもいいね」

二人とも捻《ひね》くれた言い方だけど、表情はおだやかで、剣呑《けんのん》な空気は全然なかった。お互いにほんの僅《わず》かだけど歩み寄ろうとしているのがわかって、胸が優しい気持ちで満たされる。

「未紀君ともども、よろしくお願いします」

「こちらこそ。捻《ひね》くれた弟ですが、末永く仲よくしてやってください」

「貴方に言われたくないです、貴方には」

結局、最後まで素直な会話なんてかわさないままで、お兄さんは帰っていった。

それでも連絡先を交換していたから、少しは距離が縮まったのかもしれない。

その一部始終を見ていた祖父は、未紀君に「よかったな」と声をかけて笑っていた。

未紀君も「はい、ありがとうございます」と答えて祖父へ頭を下げている。

「ひかりさん、ありがとうございました。兄を引きとめてくれて」

お兄さんが帰るのを家の前で見送り、その背が見えなくなった頃、未紀君がそう言った。

「私はお兄さんと話をしただけだから」

「俺では、兄もまともに話をしてくれなかったでしょう」

「そんなことないよ。未紀君のこと、最初から気にかけていたよ？」

「……だとしても、まともに話したこともなかったから、どう接していいか、俺も……

たぶん兄さんも、わからなかったと思います」

「話してみると、よく似ているよね。やっぱり兄弟だなって思った」

「似ていると言われるともやっとしますけど、確かにあの人は俺の兄だなと思いました」

渋い顔になりつつも、すぐにおだやかな表情を見せた未紀君に、私はそっと寄り添う。

その身体を、未紀君が優しく引き寄せてくれる。

「これから少しずつ、話す機会が増えるといいね」

「ええ。少しくらいなら仲よくしてもいいです」

「ふふっ。素直じゃないなぁ」

「いいんです。あっちだって捻《ひね》くれているんだから、これくらいで」

これが彼の照れ隠しだってわかるから、そんなに心配はしていない。

「ひかりさんは、仲よくしたいんですか？」

「そうだね。弟はいたけど、お兄さんやお姉さんはいなかったから、ちょっと憧《あこが》れるかな」

「……そうですか。まあ、気が向いたら連絡くらいはしてみます」

その気がなさそうな口調だったけど、未紀君の表情はおだやかで、嫌いな人に向ける表情とは全然違っている。たぶん、連絡するだろうなって思った。

「うん。そうだね」

ほんの少しでも、この先、二人が兄弟らしくなれたらいいな。

って、未紀君を見つめていたら、彼が不意に優しく微笑んで私の頬にキスを落とした。

「話すきっかけをくれて、ありがとう」

そう囁《ささや》いて私を抱きしめる未紀君が愛しくて、私もぎゅっと彼を抱きしめた。

書き下ろし番外編

小さな幸せの訪れ

「仔猫を一日だけ預かってもらうことってできますか？」

土曜日のお昼過ぎ、ビデオ通話をかけてきた未紀君が困り顔でそう言った。

動物の鳴き声がして、背景から動物病院にいるのがわかった。

「世話は俺が責任持ってするので」

元々、今日は未紀君がうちに泊まりに来る日だったたし、仔猫を預かることも経験がないわけじゃなかったからたぶん大丈夫だとは思うけど、祖父母にも確認しないとな。

「おじいちゃんに聞いてみるね？」

「ん？　わしか？　何か困りごとかい？」

近くで会話を聞いていた祖父がスマホ画面を覗き込むと、未紀君はカメラの位置を下げた。

丁度、お腹のあたりに黒い仔猫がぎゅっとしがみついている画像が見える。

「可愛い仔猫ね」

「実は今朝、弱っている猫を見つけて病院に来たんですが、俺から離れなくて」

「良いよ。うちに連れてきなさい」

「ありがとうございます」

おじいちゃんは二つ返事で未紀君にそう返すと、未紀君はほっとした表情を浮かべた。


それから三十分くらいして、タクシーで未紀君がやってきた。

彼は片手で紙袋とペットバッグを持ち、片手で胸元あたりの膨らみを支えていた。

ペットバックを覗き込んだけど、そこには仔猫の姿はなかった。

「あれ、仔猫は？」

「ここです。まだ離れなくて。でもちょっとよじ登って上に来ました」

暖房のきいた居間で腰を下ろした未紀君がコートの胸元を開く。そこには黒い仔猫がしがみついていた。しっかりと服に爪を立てて震えている。

「どこで見つけたの？」

「車のボンネットの中です」

「あ、猫って寒い時期は車のボンネットに入り込んじゃうことがあるんだよね？」

「ええ。暖を取るためにエンジンを切った車に寄ってくるみたいで。買い物帰りに車に乗ろうとしたら猫の鳴き声がしたので、探したらボンネットの中にこの仔がいたんです。元気がなくてぐったりした様子だったので、動物病院に連れていったんです」

「何か病気だったの？」

「いえ。病気はなかったんですが、満足に食事がとれていなかったみたいです」

「親とはぐれて食べられなかったのかな？」

「だと思います。近くに母猫やきょうだい猫がいる様子もなかったので」

未紀君は片手で仔猫のお尻を抱え、優しく撫でる。

「点滴をして元気にはなったので安心しました」

「そっか。一匹で頑張って偉かったね。未紀君が見つけてくれてよかったね」

私は未紀君の隣で仔猫を見ながらそう声をかけた。仔猫は少しだけ顔を上げて小さな鳴き声を上げる。まるで返事をしているようで可愛らしい。

だけど、しっかりと未紀君の服に爪を立てて、引き離されないように必死でしがみついているのが見て取れる。

「ご飯は食べられるのかな？　何か仔猫のご飯買ってこようか？」

「一応、病院でも少し食べていました。仔猫用のミルクとドライフードを買ってきたので、落ち着いたら与えてみようと思います」

「ここが安全だとわかれば自然と離れるだろうし、無理に引き離さない方がいいだろう」

「はい。急に無理なお願いをしてすみませんでした」

未紀君の家はペット禁止だから、彼がこの仔猫を飼うことはできないのよね。

でも、猫好きだから仔猫を放置しておけなかったんだよね、きっと。

「困った時はお互い様だよ。この仔は、どうするか決めているのかい？」

「猫の保護活動をしている友人に連絡をしたら、引き受けてくれるとのことだったので、明日、病院で再度診察した後に引き渡しをする予定です」

「そうか。それならこの仔も安心だね」

少し話をした後、仔猫がゆっくりできるように祖父母は少し席を外した。

私は、お昼ご飯がまだだった未紀君に片手でも食べやすいように、おにぎりを作り、後はフォークで食べられるおかずを用意して居間に戻る。

すると未紀君が口元に人差し指を立てて、静かにと声を出さずに私に注意を促した。

そっと近づくと、仔猫が眠気を堪《こら》えるようにゆらゆらと頭を揺らしている。時折、耐えかねて未紀君の服に顔を突っ伏すようにもたれて、はっとしたように頭を起こすのを繰り返している。

未紀君が、寝てもいいよと言わんばかりに、仔猫を包み込むように撫でると、次第に仔猫は睡魔に負けてついに眠り始めた。

「寝ちゃいましたね」

「可愛い寝顔だね」

「ええ。今日は無理言ってすみませんでした」

「うちは皆、動物好きだから気にしないで」

「そうなんですか？」

「うん。私が赤ちゃんの頃までは猫を飼っていたって言ってたよ。それに、おじいちゃんはたまに野良の仔猫を保護していたから大丈夫。久しぶりに仔猫が来てくれて二人とも嬉しかったみたい。ありがとう」

私が物心ついてからは、捨て猫や親とはぐれた野良の仔猫を保護することはあったけど、幸いにも良い里親がすぐ見つかって自分たちが飼うこともなかった。

久しぶりの仔猫に祖父母も嬉しそうだった。

「そう言ってもらえると、助かります。病院が引き取って里親を探してくれるとも言ってくれたんですが、この調子で離れなくて」

「きっと未紀君が良い人だってわかったから離れたくなかったんだね」

「そう言われると、俺も離れがたくなりますね」

少しだけ寂しそうな表情で未紀君がそう言いながら、仔猫を見つめていた。

そんな話をしていたら、祖父が段ボールにタオルと簡易湯たんぽをセットした寝床を持ってきた。

「おや、寝てしまったのか」

祖父が仔猫を覗き見て、寝床を未紀君の横に置いた。そして、未紀君の服にしがみつくその仔猫を優しく器用に引き離して抱き上げた。

手慣れた様子で祖父は仔猫を寝床に休ませる。

仔猫が気持ち良さそうに眠っているのを見て、私たちは安堵して微笑み合った。


仔猫は、あの後昼寝を終えてからしっかりと食事もとり、元気いっぱいに私たちにじゃれて回った。

私たちは大丈夫だと安心してくれたようだし、元気も取り戻してくれたようで本当に良かった。

そして仔猫の愛くるしさは、あっという間に私たちの心を鷲掴《わしづか》みにした。

特に、猫好きの未紀君は頬が緩みっぱなしだった。

仔猫は身体も頭も黒だけど前脚だけ白く、足袋《たび》をはいているように見えた。それもまた可愛くて暫定的《ざんていてき》に『たび』と名前を付けた。

「マサムネが来た時を思い出すなぁ」

おじいちゃんはおばあちゃんが作った猫じゃらしで仔猫と遊びながらそう呟《つぶや》いた。

「マサムネって、昔飼っていた猫だよね」

「あぁ。ひかりのお父さんが子供の頃に拾ってきたんだよ」

「お父さんが？」

「あぁ」

おじいちゃんもおばあちゃんも、猫や亡くなったお父さんたちの話をすることはあまりなかった。たぶん、亡くなった当初に酷《ひど》くショックを受けていた私を気遣って話を避けていた名残なんだと思う。

全くというわけではないけど、何となくお互いに話をしてこなかった。

「一緒に何匹か拾ってきたんだが、マサムネは目を怪我して失明してしまっていたんだよ。それで、引き取り手がなくてうちで飼うことにしたんだ」

「名前の由来って、伊達正宗公《だてまさむねこう》ですか？」

「そうだよ。息子が片目のハンデにも負けないようにって名付けたんだけどね」

「でも実はマサムネ、女の子だったのよ」

女の子に男の子の名前を付けちゃったんだ、お父さん。

「息子の中ではもう自分が飼うことを決めていたみたいでね。性別を確認する前にそう名付けてしまって、仔猫の方もマサムネで反応していたので変えられなかったんだよ」

「何となく、そのうっかりなところはひかりさんに似ていますね」

「そうなんだよ。ちょっと抜けていてうっかりなところが息子そっくりでね」

「二人して私のことうっかりって」

お父さんと似ているところがあるとわかって嬉しいけど、あまり褒《ほ》められることじゃないので、ちょっと微妙な気持ちになってしまう。

それにうっかりなんて私、そんなにはしてないよね？

「困っている人を放っておけない性分なのも、きっとお父様譲りなんですね」

「困っている人や動物を放っておけないのは未紀君でしょう？　私のことを助けてくれたし、この仔だって」

「俺はただの猫好きで、貴女のことは好きだから力になりたかっただけですよ」

その言葉に、顔が一気に熱くなって言葉が出なかった。

祖父母のいる前で好きだなんて言われてすごく動揺してしまう。

リラックスしたおだやかな表情で、僅《わず》かに熱の籠《こも》った未紀君の目で見つめられると、どんどん恥ずかしくなって、いたたまれない気持ちになる。

「いい加減、言われ慣れてくださいよ」

「だ、だって……何度言われても、嬉しいし恥ずかしいんだもの」

「仲よしね」

祖母は口元を手で押さえて上品に笑っている。

祖父はそんな祖母を見てうんうんと頷いている。

「にーっ」

いたたまれない気持ちになった時、足元にたびが寄ってきて、すりすりと私の膝に頭を擦《こす》りつけてくる。その柔らかな毛の感触と体温に心が落ち着く。

「たびも仲間に入りたかったのかな？　ごめんね」

私の問いに応えるようにまた鳴いて、白い両脚を私の膝にちょこんと置いて立った。

そして私の膝をよじ登り、私の脚の上に来るとちょこんと座ってあくびをする。

「遊び疲れちゃったのかな？　可愛いなぁ」

顎《あご》下あたりを指で撫でれば、たびはしっぽをぴんと立てて気持ち良さそうに目を細めている。

時折喉《のど》を鳴らしている音が聞こえ、完全にリラックスしているのがよくわかる。

最初は未紀君にべったりだったから警戒心が強いのかなとも思ったけれど、この仔はとても活発で人懐っこい。

これなら里親の人に引き取られても、すぐに打ち解けて仲よく暮らしていけるだろう。

そう安堵するのと同時に、こうして懐いてくれたのに明日でお別れになるのもなんだか淋しい気持ちになる。

できれば飼ってあげたいけれど、仕事で平日はほぼ不在の私ではまだ人の手がかかる仔猫のお世話も躾《しつけ》もままならない。そうなれば日中自宅にいる祖父母が一番お世話をすることになってしまう。

それはちょっと違うかなと思うので、引き取りたいとは言えない。

「ひかりさんにすごく懐きましたね」

そっと手を伸ばしてきた未紀君の指を見つけたたびは、その指に鼻を寄せて匂いをかいだ後、ペロッとその指先を舐《な》めてすりすりと顔を寄せる。

甘えるそのしぐさを、未紀君はじっと見つめていた。

「……俺、決めました」

「何を決めたの？」

「たびをひとまず友人に預けますけど、半年後に引き取ります」

「どうして半年後に？」

「半年したら姉夫婦が任期を迎えて日本に戻ってくるので。今の部屋を返して、猫が飼える家に引っ越しして、たびを迎えます」

「決意は固いのかい？」

強い意志をもって宣言した未紀君に、祖父が真面目な顔をして問いかける。

「はい」

その言葉に、祖父がにこりと笑う。

「そういうことなら、このままうちでたびを預かるよ」

「おじいちゃん……いいの？」

祖父は頷いた。

「うちならいつでも会いに来られるし、ひかりに様子を聞くこともできるだろう？」

「でも、お世話大変じゃない？」

「一生見てやることはできないが、少しのお世話くらいなら任せておきなさい」

「本当によろしいんですか？」

「構わないよ。君が猫好きなのはとてもよくわかったから」

未紀君、スマホで写真は撮りまくりで、仔猫用のおもちゃもいっぱい買い込んできていてもう、孫にでれでれなおじいちゃんみたいに頬緩《ゆる》みっぱなしで遊んでいたし。

真面目な彼しか知らない会社の人が見たら、驚くほどの猫好きぶりを披露していた。

祖父もなかなかに猫好きで、意気投合して猫談義もしていて私と祖母がちょっと置いてきぼりだったし。

「ありがとうございます！」

未紀君と祖父は笑顔で何故だか固く握手を交わした。

たびとお別れせずに、これからも一緒にいられるとわかり、私はたびを撫でた。

「たび、これからよろしくね」

その言葉に返事をするように、にゃぁとたびが鳴き声を上げた。

うちの仔、天才かも知れない。


そして半年後。

未紀君は、現在私の家で一緒に暮らしている。

姓を『東雲』に変えて。

我が家の新しい家族の一員として、たびの新たな飼い主として、私の隣で身体の大きくなったたびを抱きながら幸せそうに笑っている。

たびにメロメロな未紀君に、ちょっと嫉妬《しっと》心を煽《あお》られて、不意打ちのように彼の頬に軽くキスをした。

驚いた顔をして私を見た未紀君に、私は悪戯《いたずら》が成功した気分でにこりと笑った。

「大好きだよ」

「そういう可愛いことするなら、夜覚えておいてくださいね」

唇に軽く口づけを落とした未紀君は、するりと私の腰に手を回してぎゅっと抱き寄せた。

「たくさん可愛がってあげますね」

夜の彼を思わせる艶《つや》のある声が耳元で響き、腰の奥がゾクリと甘い疼《うず》きを感じて震えた。

一気に余裕がなくなった私を見て、未紀君が意地悪く笑う。

「っ、未紀君の意地悪」

「貴女限定でね」

「にゃっ！」

再び唇を塞《ふさ》ごうとした未紀君だったけど、キスをする寸前、たびの右脚が未紀君のほっぺに軽いパンチを繰り出し動きが止まった。

「たび……どうして邪魔するかな」

未紀君のやや不満げな言葉に、たびはもそもそと未紀君によじ登り、肩の上から私たちの間に割り込んだ。

「ふふっ。仲間に入りたかったのね、たび」

そうですすと、たびは一鳴きしてすりすりと未紀君の頬に頭を擦《こす》りつけて甘える。

甘えん坊の一撃に、未紀君も困りながら笑ってたびを撫でモフる。

「うちの猫《こ》が可愛くて怒れない」

この先も、ずっとこんな風に未紀君が幸せそうに笑ってくれたら嬉しい。

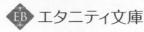

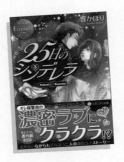

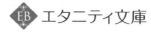

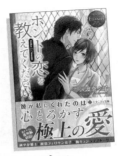

恋愛小説「エタニティブックス」の人気作を漫画化!

Eternity COMICS

華麗なる神宮寺三兄弟の恋愛事情

漫画 黒ねこ
原作 秋桜ヒロロ

神宮寺《じんぐうじ》──日本有数の通信会社を営む華麗なる一族。その本家には、三人のイケメン御曹司たちがいる。自ら興《おこ》した会社の敏腕社長である長男・陸斗《りくと》、有能な跡取りとして次期社長の座を約束されている次男・成海《なるみ》、人気モデルとして活躍する三男・大《ひろ》空《たか》。容姿も地位も兼ね備えた彼らが、愛しいお姫様を手に入れるために全力を尽くすけど……？

B6判　定価：704円（10%税込）　ISBN 978-4-434-28867-8

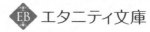

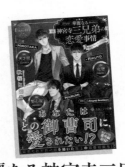

秘書として働く燕《つばめ》は、長身がコンプレックス。そのため恋愛に積極的になれない。そんなある日、社内一ハイスペックな副社長に、お見合い除けのための恋人役を頼まれた…！　こんな自分では無理だと断ろうとするも、引き受けざるを得ない状況に追い込まれてしまう。仕方なく彼と付き合っているフリをするのだが、なぜか副社長は彼女を本当の恋人のように甘やかしてきて……

B6判　定価：704円（10%税込）　ISBN 978-4-434-28775-6

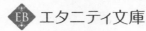

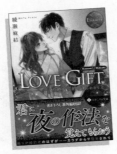

エタニティ人気の12作品
アニメ好評配信中
アルファポ
エタニティ公式サイトに
通常版
デラックス♥版
配信中です!
Eternity
エタニティ
深夜の濡恋ちゃんねる
NUREKOI
Sweet Love Story
アニメ公式サイト：https://eternity-nurechan.com
アニメ公式ツイッター：@Eternity_Anime
DVD & Blu-ray
好評発売中！
©エタニティブックス原作者・アルファ
エタニティ濡れちゃん♡製作委員会

本書は、2018 年 5 月当社より単行本として刊行されたものに、書き下ろしを加えて文庫化したものです。


この作品に対する皆様のご意見・ご感想をお待ちしております。

おハガキ・お手紙は以下の宛先にお送りください。

【宛先】

〒 150-6008 東京都渋谷区恵比寿 4-20-3 恵比寿ｶﾞｰﾃﾞﾝﾌﾟﾚｲｽﾀﾜｰ 8F
（株）アルファポリス　書籍感想係

メールフォームでのご意見・ご感想は右のＱＲコードから、
あるいは以下のワードで検索をかけてください。

アルファポリス　書籍の感想　検索

ご感想はこちらから

エタニティ文庫

意地悪《いじわる》な彼《かれ》と不器用《ぶきよう》な彼女《かのじょ》

響《ひびき》かほり

2021年6月15日初版発行

文庫編集－熊澤菜々子・倉持真理
編集長－太田鉄平
発行者－梶本雄介
発行所－株式会社アルファポリス
〒150-6008 東京都渋谷区恵比寿4-20-3 恵比寿ｶﾞｰﾃﾞﾝﾌﾟﾚｲｽﾀﾜｰ8F
TEL 03-6277-1601（営業） 03-6277-1602（編集）
URL https://www.alphapolis.co.jp/
発売元－株式会社星雲社（共同出版社・流通責任出版社）
〒112-0005 東京都文京区水道1-3-30
TEL 03-3868-3275
装丁イラスト－gamu
装丁デザイン－AFTERGLOW
（レーベルフォーマットデザイン－ansyyqdesign）
印刷－中央精版印刷株式会社

価格はカバーに表示されてあります。

落丁乱丁の場合はアルファポリスまでご連絡ください。

送料は小社負担でお取り替えします。


ISBN978-4-434-28974-3 C0193